우리가 사랑한 소녀들

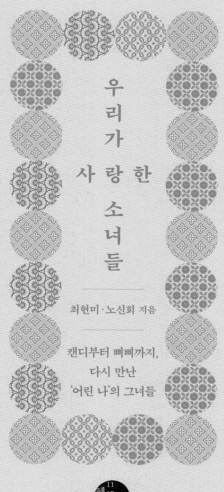

우리가 사랑한 소녀들

사랑한

최현미·노신회 지음

캔디부터 삐삐까지,
다시 만난
'어린 나'의 그녀들

혜화

책을 펴내며

외로워도 슬퍼도 울지 않는 캔디, 빨간 머리 앤, 알프스 소녀 하이디, 말괄량이 삐삐 그리고 다른 열네 명의 소녀들은 나와 한 시절을 함께 한 친구들이다.

우리가 사는 세상은 동화 속 세계처럼 착하지도 아름답지만도 않다. 하지만 한없이 서툴고, 세상을 향한 동경만큼이나 두려움도 컸던 어린 시절, 선하고 긍정적인 이 소녀들 덕분에 안심하고 세계에 대한 기대를 품어볼 수 있었다. 현실에 존재하지 않는 멸균된 순진한 동화의 세계와 그 세계에서 걸어나온 친구들은 나의 등을 따뜻하게 떠밀어 세상 속으로 한걸음 한걸음, 그렇게 좀 더 멀리 가볼 수 있게 했다. 그 첫걸음 덕분에 여기까지 왔다.

사람들은 누구나 자신이 주인공인 상상의 이야기 세계를 만든다. 자신이 읽고 보고 듣고 경험한 모든 지식, 생각과 감각을 동원해 이야기 세계를 만들고 그 속에서 하루하루를 살아간다. 우리는 함께 살아가지만 실제로는 각자 자신이 만든 작은 우주에서 살아가는 존재들인 셈이다. 오래전 어린 시절에 만나 '어린 나'와 함께 자라며 나의 의식과 무의식을 만든 이 소녀들이야말로 내 이야기 우주의 가장 근원적인 밑바탕을 쌓은 이들이다.

언젠가부터 이 소녀들과 이들의 동화 세계를 향한 차갑고 거친 이야기들이 들려오기 시작했다. 이들은 부정되고 때론 난폭한 비난의 대상이 되기도 했다. 지나치게 남성 중심적인 이야기, 남성에 기대는 의존성, 자신의 욕망이나 판단과는 상관없이 무조건 착하고 순진한 품성, 모든 이에게 친절하고 순종적이어야 훌륭한 여성이라는 은근한 교훈……. 이 모든 것이 오늘의 시선에서 볼 때 불편하다 못해 때로는 참을 수 없는 지경에 이르기도 했다. 나 역시 다르지 않았다. 사랑스런 기억과 추억을 떠올리며 다시 펼쳐든 동화와 동화 속 소녀들이 때로 얼마나 실망스러웠는지. 좋은 기억이 망가지는 것 같아 책을 덮어버리고 싶은 적도 한두 번이 아니었다.

그렇지만 이런 나의 실망, 이 시대의 비난은 과연 온당하기만 한 걸까? 이미 우리에게 익숙한 '정치적인 올바름'politically correct의 기준을 들이대며 이 소녀들과 이들의 이야기를 시대에 뒤떨어진 '올바르지 않은' 세계라며 그냥 내던져버려야 할까? 그럴 수는 없다. '오늘'의 눈으로 그저 비난만 하기에는 그녀들의 고군분투 역시 가볍지 않기 때문이다.

우리가 사랑했던 그녀들을 진짜 제대로 만나려면 그녀들과 함께 그녀들의 시대로 가야 한다. 그곳에서 그 소녀들이 등장한 당대의 눈으로 다시 봐야 한다. 그렇게 보니 그녀들은 나름대로 무척 용감했고, 도전적이며 때로는 전복적이기까지 했다.

'예쁜 외모 외에 어떤 노력도 없이 살아가는 한심한' 캐릭터로 집중적인 비판을 받고 있는 '공주'들이라고 다를까? 백마 탄 왕자의 일방적인 선택을 받아 결혼한 뒤 오랫동안 행복하게 살았다는 공주들은 싸잡아 비아냥의 대상이 되곤 한다. 하지만 그 시대 결혼이란 가문을 지키기 위한 제도였으며, 집안에서 정해준 사람과 하는 것이었다. '사랑'이란 가정이라는 경계 밖에서만 가능한 '혼외'의 감정이었다. 그런 시대에 왕자와 만나 사랑에 빠진 공주들의 결혼은 '개인의 탄생'을 보여주는 극적인 풍경이기도 했다. 한편으로 제대로 된 교육도 받을 수 없고, 번듯한 직업을 가질 수도 없는, 게다가 유산의 상속 역시 제한적이었던 그 시대 결혼이란 여성들에게는 생사가 걸린 필사적인 문제였음을 생각하면 비판하기는커녕 오히려 고단한 시절을 살았던 그녀들이 애틋해지기까지 한다. 쉽지 않은 길을 나보다 먼저 걸어간 선배처럼 여겨진다.

이렇게 우리가 사랑한 소녀들은 그때의 시선과 오늘의 시선으로 함께 바라봐야 정확한 그 모습을 확인할 수 있다. 당대의 역사적 맥락 속에 등장한 소녀들, 시간이 지나 그 소녀들과 함께 울고 웃던 '어린 나' 그리고 다시 시간이 지나 이들을 다시 보는 '지금의 나'가 시간을 뛰어넘어 서로 만나는 놀라운 경험. 이 자리에서 이제 우리는 더 나은 길을 향해 나아갈 수 있을 것 같다.

이 책은 딱 서른 살의 나이 차가 나는, 20대 대학생 딸과 함께 한 결과물이다. 어두워지면 아파트 밖으로 나와 퇴근하는 엄마를 기다리다 '엄마' 하고 달려와 안기던 꼬마는 어느덧 자라 나와는 다른 독립적인 존재가 되었다. 각자의 삶을 살고, 각자의 24시간을 보내고, 서로 바쁠 때면 얼굴 볼 틈도 없다. 때론 무슨 생각을 하는지, 무슨 고민이 있는지도 모르고 지나가기도 한다. 그러던 어느 날 나와 딸은 우리가 뭔가를 같이 만들어보면 좋겠다는 이야기를 했다. '공동 작업으로 엮이면 더 많은 시간을 공유하고 일상적인 대화 이상으로 서로의 생각을 깊게 이해할 수 있지 않을까' 하는 바람이었다. 주제는 둘이 같이 좋아하는 동화와 애니메이션 속 소녀 캐릭터로 쉽게 잡혔다. 나란히 앉아 〈스누피 더 피너츠 무비〉나 〈토이 스토리〉를 보며 돌아갈 수 없는 그 순진한 어린이의 세계에 같이 눈물을 훌쩍이곤 하는 동화의 세계에 대한 깊은 애정과 여성 캐릭터에 대한 평소 관심이 맞

물린 결과였다. 같은 20대 또래 젊은 여성들처럼 변하지 않는 세
상에 대해 답답해하는 딸은 빠르게 변하는 세상의 속도와 달리
여전히 대표적 여성 캐릭터로 호명되는 동화 속 소녀들을 오늘의
시선으로 보고 싶어 했다.

　　다만 결과물의 형태가 책이어야 하는가에 대해서는 이견
이 있긴 했다. 영상 세대답게 하고 싶은 이야기를 시각적으로 표
현하는 것에 익숙한 딸은 그러나 엄마인 나의 취향을 존중해줬
고, 덕분에 우리는 감사하게도 함께 '책'을 펴낼 수 있게 되었다.

　　처음엔 같은 소녀를 두고 이야기를 나누고 이것을 정리하
려 했지만 각자 바쁘다보니 자연스럽게 20대의 시선과 50대의
시선을 각각 드러내는 쪽으로 흘러갔다. 뜻밖에 그렇게 나란히
보는 것의 묘미와 의미를 알게 되면서 책의 성격은 그렇게 정해
졌다. 그러다 보니 혹시라도 서로의 의견이 각자의 생각에 영향
을 미칠까, 오히려 작업에 대해 서로 함구하는 예기치 못한 상황
과 맞닥뜨리기까지 했다.

　　각자의 작업을 다 마무리하고, 첫 교정지를 통해 서로의
작업물을 처음 봤다. 20대 젊은 여성의 시선과 다양한 표현 방식
이 참 흥미로웠다. 내가 몰랐던 '나의 그녀들'을 알게 되는 '발견'
의 기쁨도 누렸다. 두 사람 사이의 나이 차이만큼 같은 소녀를 경
험한 매체도 달랐다. 우리는 같은 소녀를 각각 다른 이미지로 떠

올렸다. 나의 세대는 주로 동화책으로 만난 소녀들을, 딸의 세대는 이미 어려서부터 시대에 맞게 재해석되고 영화나 만화 등 가공된 작품들로 만나왔다는 당연한 사실도 새삼스러웠다. 이 작업을 위해 원전을 다시 읽은 이 20대의 젊은 여성은 때론 원전이 알고 있던 이야기와 너무 달라 '차라리 읽지 말걸'이라는 후회 아닌 후회도 했다고 한다. 하지만 결과적으로 우리가 사랑한 소녀들이 어떻게 나와 어떻게 변해 왔는지를 생각하게 하는 즐거운 작업이었다고 했다.

서로의 작업물을 보고 난 뒤 특별히 의논한 바가 없음에도 예상 밖으로 비슷하게 생각하는 부분이 많다는 것에 우리는 서로 놀랐다. 아무리 시대 변화에 상처 입어도 시대를 뛰어넘는 고전동화, 그 주인공들이 가지고 있는 위대한 힘이 아닐까 생각했다.

이 책을 독자들에게 보내며 두 가지 소망을 품어본다. 이 책이 독자들에게 각자의 '어린 나'의 친구였던 그녀들을 다시 만나게 해주길 바란다. 그녀들을 통해 그 시절 그때의 '어린 나'와 다시 만나면 좋겠다. 그건 결국 그 시절을 함께 한 사람들, 그때의 기쁨과 슬픔, 고민과 숱한 생각들을 기억하는 일이 될 테다. 기억은 우리가 사용할 수 있는 일상의 타임머신이다. 지난 시절

속 좋은 기억을 많이 끌어낼 수 있다면 과거는 다시 만들어지고, 그 과거에 기댄 '지금'도 조금은 좋은 쪽으로 바뀌지 않을까? 조금 더 자란 지금의 나라면 '어린 나'의 슬픔과 아픔을 따뜻하게 안아줄 수도 있을 것이다.

이 책이 나의 세대들에게는 우리보다 젊은 세대들이 무슨 생각을 하고 사는지 돌아볼 계기가 되길 소망한다. 딸의 세대들은 당신들보다 앞서 세상을 살아온 우리가 어떤 시대를 거쳐왔으며 지금 어떤 생각을 하며 사는지 이해해보는 작은 창구로 삼아주면 좋겠다.

아무쪼록, 우리가 사랑한 소녀들과 함께 우리 모두 행복하길 바란다.

2019년 여름
최현미

차례

그녀가 걷는 노란 길이
아름다워 보이는 까닭

『오즈의 마법사』의 도로시

도로시의 노란 길이 아름다운 건 홀로 대단한 무언가를 이루어서가

아니라 옆에 있는 누군가와 보폭을 맞춰 함께 걸어가기 때문이다.

우리 모두에게는 자기만의 노란 길이 있다. 그 길 위에서 우리가

사랑한 도로시처럼 함께 하는 이들과 서로 배려하고 서로의

삶을 응원하며 한걸음, 한걸음 그렇게 앞으로 나아가고 싶다.

『오즈의 마법사』
The Wonderful Wizard of Oz
라이먼 프랭크 바움, 1900, 미국

'오즈의 마법사'를 떠올리면 〈오버 더 레인보우〉의 선율이 귓가에 맴도는 듯하다. 책
보다 영화가 더 유명하고, 영화보다 노래가 더 유명하다. 소녀 도로시가 회오리바람
을 타고 낯선 나라에 떨어진 뒤 온갖 모험 끝에 다시 집으로 돌아온다는 이야기는
1900년 출간한 첫 권의 줄거리일 뿐이고, 이후 무려 열세 권의 후속작이 나와 총 열네
권으로 완결되었다. 『오즈의 마법사』는 동화의 세계에서도 고전이 되었고, 1939년
빅터 플레밍 감독이 MGM에서 만든 뮤지컬 영화는 명작 영화의 반열에 올랐다. 주
디 갈랜드는 이 영화로 불멸의 스타가 되었으니 한 편의 동화가 만들어낸 마법의 힘
이 매우 강력했던 셈이다.

어린 시절의 강렬한 기억과 경험은 마법의 글자 같다.
어딘가에 숨어 있다가 누군가, 그 언저리를 건드리기만 해도
어김없이 살아나는 나의 오래된 기록이다.

판타지 이야기 속 주인공들은 누구나 놀랄 만큼 인상적인
방법으로 현실 너머 환상의 세계로 들어간다. 일곱 살 영국 소녀
앨리스는 양복 입은 토끼를 따라 토끼 굴로 뛰어들고 치히로는
어둔 터널을 지나 도착한 신의 나라에서 센이 된다. 제2차 세계
대전 당시 대공습을 피해 시골로 내려간 페번시 가 네 남매는 옷
장을 통해 마법의 나라 나니아로 건너가고 우리의 예비 마법사
해리 포터는 런던 킹스크로스 역 '9와 3/4' 승강장에서 호그와
트 행 열차를 탄다. 눈이 온 날 하루 종일 눈사람을 만든 아이는

그날 밤 진짜 살아 있는 눈사람이 되어 찾아온 스노맨의 손을 잡고 밤하늘을 날아 저 먼 북쪽 산타 마을로 날아간다. 토끼 굴이든 터널이든 옷장이든 현실에 없는 승강장이든 선택 받은 주인공이 비밀 통로를 통과해 환상의 세계로 들어가야 모험과 탐험, 이 모든 이야기가 시작된다.

미국 작가 라이먼 프랭크 바움이 1900년에 발표한 『위대한 마법사 오즈』*The Wonderful Wizard of Oz*의 주인공 도로시도 선택 받은 주인공이다. 열한 살 캔자스의 시골 고아 소녀를 마법의 세계로 데려간 것은 회오리바람이었다. 보이는 것 없이 끝없이 펼쳐진 잿빛 황량한 캔자스 대평원을 달려온 회오리바람은 집을 통째로 들어올려, 집 안에 있던 도로시와 도로시의 유일한 친구 강아지 토토를 오즈의 나라에 내려놓는다.

요즘은 제주도 앞바다에서도 회오리바람이 솟구치는 용오름이 가끔 관측되곤 하지만 어린 시절, 회오리바람이라곤 본 적 없는 나는 그때부터 회오리바람이라면 도로시를 떠올렸다. 그것은 모든 걸 집어삼키고 부수는 바람이 아니었다. 태풍의 눈처럼 한 가운데 소중한 사람을 껴안고 날아가 멀고 먼 마법의 세계로 데려다주는 마법의 이동수단 같은 바람이었다. 우리가 모르는 세상의 모든 비밀을 알고, 세상 어디로든 갈 수 있는 자유롭고 낭만적인 바람이었다.

오랜 시간이 지나 신문사 국제부에서 일하며 엄청난 토네이도가 오클라호마와 캔자스 등 미국 중서부 대평원을 강타했다는 외신을 접했을 때, 한동안 잊고 있던 캔자스 소녀 도로시가 떠올랐다. 외신 영상을 통해 집이며 나무, 자동차까지 조각내며 휩쓸고 가는 회오리바람을 보며 말 그대로 입이 딱 벌어졌고, 피해자 수를 종합해가며 미국 발 재난 기사를 쓰면서도 순간순간 도로시를 생각했다. 눈앞의 회오리바람은 더이상 낭만적이지 않아도, 회오리바람이라면 여전히 도로시였다.

어린 시절의 강렬한 기억과 경험은 아무리 지우개로 지우고 지워도 어김없이 되살아나는 마법의 글자 같다. 사라진 듯해도 어딘가에 숨어 있다가 누군가, 무엇인가 그 언저리를 건드리기만 해도 어김없이 살아나는 나의 오래된 기록. 기쁨일 수도, 슬픔일 수도, 상처일 수도 있지만 이 모든 것이 '지금의 나'를 있게 한 '어제의 나'였다는 것을 생각하면 담담하게 바라보고 나의 일부로 끌어안게 된다. 지금의 나를 만든 그 모든 것들, 이 모든 것들을 인정해야 우리는 어제의 나에게서 한걸음 나아갈 수 있다.

수많은 '나의 도로시'는 수많은 '나'와 함께 자라고
지금도 커나가는 중이다. 그러니 이 지구상에는 도로시를
사랑하는 이들의 수만큼 각자의 도로시가 있는 셈이다.

회오리바람을 타고 간 도로시를 처음 만난 건 바움의 동
화 『위대한 마법사 오즈』가 아니라 1939년 MGM에서 제작한 뮤
지컬 영화 〈오즈의 마법사〉였다. 몇 살 때였는지 정확하게 기억나
지 않지만 아주아주 어렸을 때 'TV명화극장'에서 처음 봤다. 동
네마다 극장도 별로 없던 시절, 'TV명화극장'은 고전 명작들을
볼 수 있는 거의 유일한 창구인 국민 안방극장이었다. 〈오즈의
마법사〉는 그 뒤에도 크리스마스 특선 영화로 몇 번 더 방영되었
다. 처음엔 흑백영화인 줄 알았다가 1980년 컬러 TV 시대가 열
린 뒤 이 오래된 작품이 원래 컬러로 제작되었다는 사실을 뒤늦
게 알고 깜짝 놀랐던 기억도 난다. 우리가 일제강점기, 막막한 근
대의 시절을 보내고 있을 때 미국 할리우드 빅 프로덕션에서는
컬러 영화를 만들고 있었다니 동 시대에 벌어진 그 문화적 격차
에 현기증 같은 것을 느꼈다.

〈오즈의 마법사〉를 처음 봤을 때는 정말 무서웠다. 어린
나에게 〈오즈의 마법사〉는 환상의 동화가 아니라 공포의 영화였
다. 빗자루를 타고다니며 가만두지 않겠다고 엄포를 놓는 마녀
나 그 마녀가 시키는 대로 여기저기 날아다니는 원숭이 떼가 무

서웠다. 심지어 도로시가 오즈의 나라에 도착해 처음으로 만나는 착한 주민인 먼치킨도 무서웠다. 돌아보면 무리로 몰려다니며 이상하게 변조된 목소리로 동시에 함께 말하고 노래하는 모습이 기괴하게 보였던 듯하다. 영화가 얼마나 무서웠는지 도로시가 허수아비, 양철 나무꾼, 사자와 만나 함께 오즈의 마법사를 찾아 떠나는 이야기는 눈에 들어오지도 않았다. 어떻게든 도로시가 빨리 이 무서운 곳에서 벗어나 집으로 돌아가기만을 바랐다. 때문에 도로시가 빨간 구두의 뒤축을 세 번 부딪혀 집으로 돌아갔을 때, 깨어나 보니 자기 집 침대였을 때 얼마나 마음이 놓였는지 모른다. 영화에서는 원작 동화와 다르게 도로시의 모든 모험이 회오리바람에 정신을 잃고 쓰러진 그녀가 꾼 꿈으로 마무리된다. 시청자를 울고 웃게 한 주인공 남녀의 애틋한 로맨스가 알고 보니 여주인공이 쓴 시나리오였다는 결말로 엄청나게 비난을 받은 드라마가 있었다. 지금 생각해보면 영화 〈오즈의 마법사〉의 결말도 이 드라마만큼이나 허무한 엔딩이었다. 조금 전까지 손에 땀을 쥐고 본 모든 이야기가 사실은 꿈이었다니! 무책임한 농담 같은 결말이다. 하지만 그때 오즈의 세계가 얼마나 무서웠던지 그 결말이 정말 마음에 들었다. "집보다 좋은 곳은 없다"는 도로시의 말에 백 퍼센트 공감했던 건 물론이다.

그 뒤로 곧 〈오즈의 마법사〉가 더 이상 무섭지 않은 시간이 왔다. 공포심을 덜어내고 보니 착하고 용감한 도로시와 그의 친구들이 함께 길을 가며 성장하고 삶의 비밀을 깨우쳐 가는 로드 무비가 눈에 들어왔다. 허수아비는 원래 지혜로웠고, 양철 나무꾼은 작은 벌레도 못 죽일 정도로 마음이 따뜻했고, 사자는 이미 용감했다는 것도 알게 됐다. '이 세상에 가장 위대한 마법은 자기 안에 있고, 자기 자신을 믿고 도전하는 것이 우리의 할 일'이라는 영화의 메시지를 깨달으면서 '내 안에도 과연 위대한 마법이 있을까?' '나의 마법은 뭘까?' 하는 생각을 하기도 했다.

　『위대한 마법사 오즈』를 제대로 읽은 것은 2000년, 한 출판사가 '오즈의 마법사' 탄생 100주년을 맞아 열네 권짜리 기념 완역본 시리즈를 내놓기 시작했을 때였다. 바움은 여성 운동가였던 장모로부터 『이상한 나라의 앨리스』처럼 아이들을 즐겁게 해줄 이야기를 써보라'는 권유를 받아 『위대한 마법사 오즈』를 썼고, 이 작품이 엄청난 인기를 끌자 속편에 속편을 거듭해 총 열네 권을 썼다. 영국에 앨리스가 있다면, 대서양 건너에 미국판 앨리스인 도로시가 등장한 셈이다. 그제야 '오즈의 마법사'가 무려 열네 권이나 되는 대작 시리즈라는 사실을 알게 된 나는 언젠가 독파하겠다며 책이 나올 때마다 차곡차곡 모아 쌓아뒀다. 하지만 이 '원대한' 계획은 우리가 흔히 '오즈의 마법사'라고 말하는 첫 권, 『위대한 마법사 오즈』에서 끝나고 말았다. 흘러가는 줄

거리라면 영화를 통해 이미 외울 정도로 잘 알고 있던 데다 영화가 워낙 인상적이어서 아무리 원전이라고 해도 영화 이상의 새로운 즐거움이 그리 크지 않았다. 게다가 야심차게 2권을 펼치긴 했으나 실망스럽게도 우리의 주인공, 도로시가 등장하지 않아 중간에 덮어버렸다.

물론 어른이 되어 다시 읽은 동화가 어린 시절만큼 재미없다고 해서 어른이 된 나에게 도로시가 소중하지 않다는 건 아니다. 어린 시절 읽고 본 이야기는 우리 존재의 출발점이자 바탕인 '어린 나'를 만든다. 그리고 이들 주인공은 '나'와 함께 커나간다. 세상의 모든 것이 아는 만큼 보이고, 이치를 깨우친 만큼 의미를 갖듯 우리가 사랑했던 주인공도 그렇다. 덮인 책 속에 화석처럼 가만히 박혀 있지 않고 마음속에서 '나'와 함께 자란다. 도로시는 1900년에 미국인 작가 바움에 의해 탄생했지만 수많은 '나의 도로시'는 수많은 '나'와 함께 자라고 지금도 커나가는 중이다. 그러니 이 지구상에는 도로시를 사랑하는 이들의 수만큼 각자의 도로시가 있는 셈이다.

동화의 타이틀에는 어김없이 주인공 소녀가 등장하는데
도로시의 이야기는 왜 '도로시의 이상한 나라'가 아니라
'위대한 마법사 오즈'가 되었을까?

그러던 어느 날 문득 이런 의문이 스쳤다. 도로시는 왜 타
이틀에 등장하지 않을까? 『이상한 나라의 앨리스』, 『하이디』, 『빨
간 머리 앤』, 『삐삐 롱스타킹』, 『캔디 캔디』 등에는 주인공 소녀
의 이름이 제목에 등장한다. 이름이 직접 언급되지 않아도 『소공
녀』, 『작은 아씨들』처럼 주인공 소녀는 어김없이 타이틀에 등장
한다. 그런데 왜 도로시 이야기는 '위대한 도로시'가 아니라 '위
대한 마법사 오즈'가 되었을까? 도로시는 왜 이름을 빼앗겼을
까? 찾아보니 이유가 있긴 했다. 바움의 말에 따르면 마법사 오
즈의 존재감이 너무 강했기 때문이라고 했다. 설득력 없는 설명
이다. 이 이야기에서 존재감이라면 누가 봐도 도로시다. 사기꾼
마법사 오즈 정도는 가볍게 넘어선다. 하지만 『위대한 마법사 오
즈』의 폭발적 인기에 힘입어 나온 두 번째 권인 『환상의 나라 오
즈』에 모두의 예상과 달리 도로시를 등장시키지 않은 걸 보면 정
작 작가에게 도로시의 존재감이나 도로시를 향한 애정의 정도
가 우리의 짐작보다 낮았던 게 아니었을까, 그런 의심을 품게 된
다. 도로시를 사랑하는 독자들의 거센 항의가 없었다면 그 다음
권부터 도로시가 다시 나올 수 없었을지도 모른다. 어쩌면 작가

는 미국판 『이상한 나라의 앨리스』를 떠올리며 꽤 과감하게 용감한 소녀를 주인공으로 내세웠지만 도로시에게 오즈 세계의 대표 선수 타이틀까지 내주는 건 선뜻 내키지 않았는지도 모른다.

도로시는 오즈의 나라에서도 아무것도 얻지 못한다. 허수아비는 지혜를, 양철 나무꾼은 마음을, 사자는 용기를 얻는다. 그리고 이 친구들은 모두 작은 나라의 왕이 된다. 하지만 이들을 이끌던 도로시는 그곳에 남아 자신들의 왕이 되어달라는 먼치킨의 요청을 거절하고 집으로 돌아간다.

하지만 도로시가 그토록 애타게 돌아가고 싶어 했던 집도 그리 행복한 곳처럼 보이지 않는다. 영화에서는 꽤 큰 농장을 꾸리는 것으로 그려지지만 원작에서 도로시를 키워주는 헨리 아저씨와 엠 아줌마는 가난한 농사꾼이다. 이들이 도로시와 어떤 관계인지, 어떻게 키우게 되었는지에 대한 설명도 없다. 아저씨는 열심히 일하지만 일의 기쁨을 모르고, 아줌마는 잿빛 얼굴에 웃는 법이라곤 없다. 가난하고 삶에 지친 이들이 도로시에게 신경을 쓸 여유는 없어 보인다. 강아지 토토가 자신을 위로하는 유일한 존재라는 도로시의 혼잣말을 보면 아저씨와 아줌마에게 충분한 사랑을 받았던 것 같지도 않다. 게다가 뒤축을 세 번만 치면 가고 싶은 곳으로 데려다주는 빨간 구두마저 집으로 오는 도중에 벗겨져 사라져버린다. 흔히 판타지의 주인공들은 현실 세계로 돌아올 때 모험의 징표를 갖고 오기 마련인데 도로시는 완벽하게 빈 손으로 돌아온다.

물론 성장담의 구조가 주인공이 집을 떠나 모험을 하고, 모험을 통해 성장해 이전과는 다른 존재가 되어 돌아오는 것이긴 하지만, 이 작은 소녀에게 왕국의 지도자 자리를 맡기는 것은 비록 상상의 세계일지언정 이 시대에는 쉽지 않은 일이었던 듯하다. 도로시가 세상에 나온 건 1900년, 그러니까 여성에게 참정권도 없던 시절이었다. 남북전쟁(1861-1865)을 전후해 많은 여성이 노동시장에 참여하고 각성하며 본격적으로 참정권을 쟁취하기 위해 투쟁했지만 여성들이 투표권을 가질 수 있었던 건 그후로도 한참 더 지난 1920년, 헌법수정안이 통과된 이후였다. 그런 시대, 친구들을 이끌고 모험의 주인공으로 활약하는 도로시는 그 시절에 나오기 어려운 용감한 소녀, 시대를 뚫고 나온 소녀였다. 하지만 그 이상은 넘보지 못했다. 작은 소녀가 있어야 할 곳은 결국 집이었다. 만약 도로시가 소년이었다면 어땠을까? 아마도 그는 왕이 되어 훌륭한 지도자가 되는 걸로 그려지지 않았을까?

도로시는 이야기 밖에서도 제대로 존중 받지 못했다. 영화 〈오즈의 마법사〉에서 도로시 역을 맡았던 주디 갈랜드는 촬영 현장에서 남자 배우들로부터 따돌림과 성추행을 당했다고 한다. 영화의 주인공 역할을 어린 여성이 차지했다는 것이 이유였다. 여성, 게다가 작은 소녀가 그 시대 어떤 대접을 받았는지 짐작하게 한다. 시대를 뚫고 나왔지만 시대에 갇힌 소녀. 어른이 되어 다시 만난 도로시는 그저 참 애틋하다.

자기 안에 이미 있는 그것을 찾아내준 이는 마법사 오즈가 아닌 도로시다. 도로시가 있었기에 전혀 다른 이들이 함께 길을 걸어갈 수 있었다.

도로시는 누가 봐도 처음부터 오즈 나라의 영웅이었다. 회오리바람이 싣고 온 도로시 집이 정확하게 동쪽마녀 위에 떨어지면서 마녀는 죽고, 마녀의 압제에 시달리던 먼치킨들을 해방시켰다. 착한 북쪽마녀가 도로시의 이마에 남긴 키스 자국은 도로시를 많은 위험에서 보호한다. 서쪽마녀의 모자로 날아다니는 원숭이를 마음대로 부릴 수도 있었다. 오즈 나라에 입성하는 순간부터 엄청난 힘을 손에 쥐게 된 것이다. 하지만 도로시가 가진 건 마녀들이 선사한 강력한 힘만이 아니었다. 그녀는 길을 가다 만난 허수아비를 막대기에서 내려주고, 양철 나무꾼에게 기름칠을 해준다. 허세를 부리는 사자에게 호통을 친다. 낯선 존재의 어려움을 그냥 지나치지 않는 선한 마음과 옳지 않은 일 앞에서 할 말을 하는 용기를 가졌다. 지혜가, 마음이, 용기가 없다고 한탄하는 세 친구들에게 희망을 건네고, 원하는 것을 들어준다는 마법사를 만나러 에메랄드 시티로 함께 가자는 현실의 목표도 내놓는다. 낯선 이에게 손을 내밀어 환대하고, 그들의 고민에 공감하며 같이 길을 걸어가 함께 꿈을 이루었다.

마법사 오즈를 만나기 전부터 이미 허수아비는 지혜로웠고 양철 나무꾼은 선한 마음을 가졌다. 사자 역시 용감했다. 이들은 그저 자기 안에 이미 있는 것들을 알지 못했을 뿐이다. 하지만 그것을 찾아내준 것은 마법사 오즈가 아닌 도로시였다. 도로시가 없었다면 전혀 다른 이들이 함께 길을 걸어갈 수도 없었을 것이다. 도로시는 서로 돕고, 용기를 북돋우며 같은 목표를 향해 가는 아름다운 관계를 만들어냈다. 사람들끼리는 둘만 모여도 상하 관계, 이른바 권력의 관계가 만들어진다는데 도로시는 달랐다. 그녀는 권력을 손에 쥔 왕의 자리에 오를 수 있었지만, 왕이 되어 명령을 내리는 대신 자기 옆의 존재들을 인정하고 배려하며 스스로 제 몫을 다할 수 있도록 이끌어나갔다. 중간에 탈락하는 이 없이 모두 자신의 꿈을 이루어내는 아름다운 연대를 만들어냈다. 소녀라는 이유로 왕이 될 수 없었지만 아이러니하게도 왕이 되지 않았기 때문에 더 나은 관계를 만들어낼 수 있었다.

어린 시절 나에게 도로시는 아주 이상하고 무서운 세계에

느닷없이 떨어진 뒤 그저 순진하게 집으로 돌아가기만을 바라는 작은 꼬마 아이였다. 하지만 어른이 되고 보니 도로시는 내가 살아가는 이 세상에서 꼭 한 번 만나고 싶은 사람이 되어 있었다. 어떤 곳에서든 아름다운 관계를 만들어내고, 함께 더 좋은 길을 찾아가는 존재라니, 참 멋지다. 역시 이 동화의 제목은 '위대한 마법사 오즈'가 아니라 '위대한 소녀 도로시'여야 했다. 물론 도로시라면 자기 이름 앞에 붙은 '위대한'이라는 권력적인 뉘앙스의 단어를 거절했을 테지만.

하늘색 원피스, 빨간색 뾰족 구두를 신고 노란 벽돌길을 따라 초록빛 에메랄드 시티를 향해 떠나는 도로시가 떠오른다. 처음에는 먼치킨들의 배웅을 받으며 홀로 용감하게 떠나지만 곧 허수아비를, 양철 나무꾼을, 사자를 차례로 만나 둘이, 셋이, 결국 넷이 함께 노란 길 위를 성큼성큼 걸어간다. 그들이 함께 걸어가는 노란 벽돌 길이 아름답다. 도로시의 노란 길이 아름다운 건 홀로 대단한 무엇인가를 이루어서가 아니라 옆에 있는 누군가와 보폭을 맞춰 함께 걸어가기 때문이다.

하지만 도로시의 노란 길만이 아름다운 것은 아니다. 우리 모두에게도 자기만의 노란 길이 있다. 누구나 그 길 위에서 많은 사람과 만나고 헤어지고 또 만나며 걸어간다. 반짝이는 별들이 이어져 아름다운 별자리를 만들 듯, 이들과 함께 한 시간들이 이어져 우리의 길이 된다. 그 길 위에 함께 했던 많은 사람 그리고 지금 함께 걸어가고 있는 사람들을 떠올려본다. 그들과 함께 서로의 삶을 응원하며 한걸음, 한걸음씩 나아가고 싶다. 그렇게 나의 노란 길을 만들어가고 싶다. 우리가 사랑한 도로시가 그랬 듯이. 자신의 노란 길 위에서 함께하는 이들에게 마음을 내주며, 같이 걸어갈 수 있다면 우리의 이 길은 조금씩 조금씩 더 널찍해 질 것이다.

반려견 책임상

이름 도로시

위 소녀는 회오리바람이 불어 위험한 상황에도 겁에 질린 토토를 데리고 굴로 대피하려고 하였습니다. 또한 캔자스로 돌아가는 열기구를 타야 하는 급박한 상황에서도 토토를 놓고 가지 않으며 주인이자 친구로서 책임을 다했기에 이 상을 드립니다.

토토와 같은
강아지를 키우고 있는
사람들로부터

소녀 리더상

이름 도로시

위 소녀는 허수아비, 양철 나무꾼, 사자에게
는 물론 날개 달린 원숭이, 윙키 등에게도 권
위적이거나 폭력적인 태도를 보이지 않으면
서도 뛰어난 리더십을 발휘하였습니다. 이는
남성 중심적인 위계질서 내에서 흔히 보아온
수직적인 리더의 전형과 다르면서 동시에 많
은 소녀의 모범이 되었기에 이 상을 드립니다.

멋진 리더를 꿈꾸는
모든 소녀로부터

말없이 경청상

이름 도로시

위 소녀는 허수아비, 양철 나무꾼, 사자 등 친구들의 고민을 진심으로 들어주었습니다. 또한 친구들의 말에 대해 자신의 생각이 확실히 정해지지 않은 이상 말을 아끼며 신중하게 대답하는 등 어른스러운 태도를 보였기에 이 상을 드립니다.

고민 들어주는 척하면서
자기 자랑하는 어른들이
제일 싫은 아이들로부터

모험왕상

이름 도로시

위 소녀는 지혜롭고 순발력 있는 대처로 많은 문제를 해결했습니다. 특히 포기하지 않고 끈기 있게 모험을 이어나가 결국 스스로의 목표뿐만 아니라 친구들의 소원까지 이루게 해주었기에 이 상을 드립니다.

전 세계의
모험가들로부터

어디든 도착할 거야,
꾸준히 걷기만 한다면

『이상한 나라의 앨리스』의 앨리스

앨리스가 다시 묻는다. "난 어디든 별로 상관없어. 그저 어디든 도착하면 돼." 그러자 고양이는 말한다. "그렇다면 어느 길로 가도 괜찮아. 어디든 도착할 거야. 꾸준히 걷는다면." 내 마음속 앨리스를 불러내 앨리스와 함께 꾸준히 걷고 싶다. 체셔 고양이의 말대로 당연히 어딘가에 도착할 테다. 그 도착점은 어느 방향으로든 꾸준히 걷는 내가 만드는 것이다.

『이상한 나라의 앨리스』
Alice's Adventures in Wonderland
루이스 캐럴, 1865, 영국

어린 시절 누가 말하지 않아도 누구나 꼭 한 번씩은 읽고 지나간 필독서. 아이들뿐만 아니라 어린 시절 읽은 책을 아이에게 다시 권하며 어른들에게도 언제나 큰 사랑을 받고 있는 명실상부 고전 동화의 대표작. 출간 이후 약 50여 개 언어로 번역, 출간되었고 연극과 영화, 드라마, 뮤지컬 등으로 제작되어 인기를 끌었다. 1951년 월트 디즈니 피처 애니메이션의 만화 영화가 대표적이며, 2010년 팀 버튼이 감독을 맡아 애니메이션과 실사를 합성한 영화를 만들기도 했다. 저자로 자동 연상되는 루이스 캐럴은 가명이고, 원작자의 정체는 영국의 수학자 찰스 루트위지 도즈슨 옥스퍼드 크라이스트 처치 대학 교수이며 '우리의 앨리스'는 그가 헨리 리델 옥스퍼드 크라이스트 처치 대학장의 세 자매를 위해 만든 이야기에서 탄생했다.

당대의 모순과 위선을 한순간에 웃음거리로 만든 소녀,
탄생한 뒤 150여 년의 시간을 넘어 오늘도 여전히
빛나는 존재, 그녀 앨리스.

위대한 작품은 언제나 당대의 한계를 뛰어넘기 마련이다. 어린 시절 읽은 많은 이야기의 주인공 가운데 그 시대를 멋지게 훌쩍 뛰어넘어 우리 앞에 온 소녀를 꼽는다면, 제일 앞줄에 이 소녀가 서 있을 것이다. 앨리스, 이상한 나라의 앨리스.

시계를 보며 늦겠다고 중얼거리는 양복 조끼 입은 흰토끼를 쫓아가 나중에야 어떻게 될지 걱정 같은 건 하지도 않고 토끼굴에 냉큼 뛰어든 일곱 살 소녀 앨리스. 호기심 넘치고 두려움 없이 용감하고, 깊디깊은 굴 밑으로 떨어지면서도 주위를 둘러보며 다음엔 어떤 일이 일어날까 여유 있게 상상할 정도로 배짱도 두둑하다.

『이상한 나라의 앨리스』는 1865년 영국의 수학자인 찰스 루트위지 도즈슨 옥스퍼드 크라이스트 처치 대학 교수가 루이스 캐럴이라는 필명으로 발표한 작품이다. 지금도 앨리스만큼 당찬 주인공을 찾기 어려운데 그녀가 등장한 것이 영국 빅토리아 시대였다니 아무리 생각해도 놀랍다.

빅토리아 시대가 어떤 시대인가. 이른바 가부장제가 깊이 뿌리 내리기 시작한 보수적인 시대가 아닌가. 경제적으로는 '대영 제국'의 최정점을 찍고 있었지만 사회를 움직이던 종교적 권위가 무너지면서 이를 대신할 사회 규율로 '젠틀맨 앤 레이디'라는 도덕률이 만들어진 시대였다.

주요 시상식과 공식 행사의 첫 단골 멘트인 '레이디스 앤 젠틀맨'이라면 말을 하는 사람이나 듣는 사람 모두 품위 있는 교양인처럼 느껴지게 하지만 젠틀맨과 레이디는 근대 시민들, 특히 여성을 도덕적으로 억압하고 묶어두기 위한 틀이었다. 중세 기사도를 이어받아 가족을 책임지는 젠틀맨과 젠틀맨에 순종하는 레이디. 이 틀에 따라 빅토리아 시대 가장 훌륭한 여성상은 집에서 아이들을 잘 키우고 가정에 헌신하는 현모양처였고, 최고의 찬사는 '집 안의 천사'였다. 집 밖으로 나오는 여성은 악녀 아니 그런 시절에 '여성', 더구나 '여자 어린이'가 동화 속 세계 일지언정 당당한 주인공으로 나서는 것은 생각하기도 어려운 일이었을 것이다. 그런데 앨리스가 그때까지 남성의 전용 무대였던 탐험과 모험 판을 장악했으니 설정만으로도 가히 혁명적이다. 앨리스의 행보 또한 예사롭지 않다. 당대의 약자 중의 약자인 소녀가 그저 신나는 모험을 벌이는 것이 아니라 의미 없는 일들을 꿰뚫어보지 않나, 어른과 귀족의 허세를 비웃고 나서더니 마지막에는 여왕을 향해 "당신은 카드 한 벌에 불과하다"며 정당하지 않은 권력을 단번에 무너뜨린다. 호기심과 당찬 용기로 금기를 깨고 공고한 현실을 가볍게 넘어 당대의 모순과 위선을 한순간에 웃음거리로 만든 것이다. 이렇게 당당하고 전복적인 소녀 캐릭터는 요즘도 찾기 어렵다. 앨리스는 이렇게 탄생한 뒤 150여 년의 시간을 넘어 여전히 생생하게 빛나고 있다.

어린 시절 앨리스와의 첫 만남은 『이상한 나라의 앨리스』와 다른 이야기 몇 편이 같이 묶인 어린이용 축약본을 통해서였다. 축약본이었으니 당연히 이야기는 줄거리 위주로 짧았다.

우리나라에서는 2000년을 전후해 동화 완역본이 본격적으로 출간되기 시작했다. 그즈음 완역본이 아니면 그 작품을 제대로 읽은 것이 아니라는 분위기가 일었다. 어린 시절에 읽은 것은 대부분 일본어 중역본이나 해적판으로 제대로 된 번역이 아니니 읽어도 읽은 것이 아니라고, 작품의 진면목을 보지 못했다고들 했다. 이런 지적이 설득력을 얻으면서 이른바 고전 동화의 완역본이 차례로 나왔다. 그 덕분에 나 역시 축약본으로만 읽었던 상당수의 동화를 다시 읽게 됐고, 미처 보지 못했던 작품들은 새로 읽었다. 이 무렵 동화 읽기에 꽤 몰두했다. 하지만 돌아보면 꼭 완역본으로 읽어야 하는 것은 아니다. 좋은 완역본은 사회적 독서 목록으로 당연히 출간되어 있어야 하지만 나의 어린 시절만 봐도 축약본으로 읽었기에 두꺼운 분량에 질리지 않고 재미있게 읽을 수 있었다. 짧고 간단한 이야기 사이사이에는 나만의 상상을 펼쳐 채워넣을 수 있었다. 어린 시절 내가 만난 동화책들이 모두 완역본이었다면 몇 권도 채 보지 못하고 유년 시절을 보냈을 것이다. 어린 시절 나에게 짧게 요약된 『이상한 나라의 앨리스』는 어두운 무대 위, 그곳만 환하게 불을 밝힌 이야기 상자 같았다. 상자를 열면 신기한 이야기가 펼쳐지는 마법의 상자. 그 마법 같은 이야기에 빠져들어 앨리스가 시대를 뛰어넘는 캐릭터라는 건 알지도 못한 채 그저 신기해 앨리스의 뒤를 따라

갔다. 토끼 굴에 빠지고, 물병 물을 마시고 버섯을 먹으며 커졌다 작아졌다 하며 벌이는 신나는 모험. 나에게도 그런 신기한 버섯이 있어 주머니에 넣고 다니며 나쁜 사람을 만나면 버섯의 오른 쪽을 먹어 커다란 거인이 되어 혼내줬다가, 악당이 놀라서 도망치면 다시 왼쪽을 먹어 아무 일 없었다는 듯 내 몸으로 돌아오는 그런 상상을 했다.

온통 재미로 가득한, 뒤죽박죽 펼쳐지는 이상한 난장판 나라의 모험. 이런 재미야말로 '앨리스'의 가장 큰 의미이자 성과가 아닐까? 앨리스의 이상한 나라에는 교훈이란 없다.

앨리스의 몸이 커졌다 작아졌다를 반복하는 것은 진짜 나는 누구일까 같은, 자아에 대한 심오한 질문이라는 분석은 나중에 알게 됐을 뿐 어린 나는 그저 독수리 얼굴에 사자 몸뚱이를 가진 동물과 미친 모자 장수, 그리고 카드 여왕이 나와 뒤죽박죽 펼치는 이상한 난장판 나라의 모험이 재미있을 뿐이었다. 진짜 재미있는 이야기였다. 알고 보니 바로 이런 재미야말로 '앨리스'의 가장 큰 의미이자 성과였다. 『이상한 나라의 앨리스』에는 아이들을 가르치려 드는 교훈이 없다. 앨리스가 탄생한 시절은 어린이 교육의 필요성에 이제 막 눈을 뜨기 시작한 때였다. 아이들은 어른에 비해 모든 면에서 부족하니 윤리와 도덕, 예절을 가르쳐야 한다는 생각이 강박에 가까웠다. 앨리스보다 조금 앞선 시대지만 샤를 페로의 동화집을 보면 교훈에 대한 강박을 짐작할 수 있다. 거기에는 한 작품이 끝날 때마다 아이들에게 건네는 교훈이 일일이 붙어 있다. 행여나 아이들이 이야기에 담긴 메시지를 모르고 넘어갈까봐 그런 듯한데 교훈이라는 것이 때로 기가 막힌다. 예를 들어 『잠자는 숲속의 공주』에는 지금이라면 모든 여성들을 분노케 할 이런 교훈이 붙어 있다.

"부유하고 잘생기고 다정한 배우자를 만나려면 인내심을 갖고 기다려야 합니다."*

이런 시대에 『이상한 나라의 앨리스』는 교훈은 집어치우고 온전히 아이들에게 즐거움을 주기 위해 쓴 작품이었다. 앨리스는 심지어 거기서 한발 더 나아간다. 입만 열었다 하면 교훈을 늘어놓는 공작부인을 대놓고 비웃어버린 것이다. 공작부인이 "얘야, 모든 일에는 교훈이 있어"라며 이런저런 교훈을 끌어대자 앨리스는 일일이 받아치며 이렇게 말한다.

"정말 무슨 일에서든 교훈을 찾는 것을 좋아하나봐! 제발 지금보다 더 길게 말하는 수고는 하지 마세요."*

어른이 아이를 가르치는 것이 아니라, 어른을 가르치는 아이라니. 위계질서를 통쾌하게 뒤집어버렸다. 이렇게 앨리스의 세계에는 시시한 교훈은 없지만 유쾌한 풍자는 넘친다. 앨리스를 이상한 나라로 이끄는 토끼는 윗사람에게는 꼼짝도 못하면서 아랫사람은 쥐 잡듯 몰아세우는 소심한 중간 관리자 같고, 앨리스가 동물들과 함께 한 코커스 게임은 제멋대로 룰을 만들어놓고 참가자들을 세뇌시키는 말도 안 되는 놀이다. 스스로 석판에 '나는 바보'라고 쓰는 배심원이나 증거 없이 몰아붙이는 재판은 정치인과 사법부에 대한 노골적인 비판이자 조롱이다. 미친 모자 장수와 생쥐가 차를 마시는 것은 의미도 모른 채 쳇바퀴처럼 계속되는 우리의 일상과 닮았다. 카드의 여왕은 말할 것도 없고. 누가 봐도 이상한 상황에 대해 '이것은 이상하고, 저것은 말이 안 된다'는 앨리스의 지적을 누구도 귀담아 듣지 않는 '이상한 나라'는 자기 말만 하고 반성이라곤 모르는 폐쇄적인 사회를 은유한다. 결국 앨리스가 카드 판을 완전히 뒤집어버리는 결말은 아무리 해봐도 개선이 불가능한 상황에 맞선 혁명을 상징한다.

하나의 이야기 안에 이렇게 상징과 은유, 해석을 기다리는 코드가 겹겹이 쌓여 있다보니 이 이야기에 몰입한 건 아이들만

이 아니었다. 인문학자, 철학자, 예술가는 물론 과학자들까지 '앨리스'에 빠져들었다. 질 들뢰즈나 라캉 같은 철학자는 말할 것도 없고, 신경학계에서는 자기 몸이나 물건이 왜곡되어 보이는 증상을 '앨리스 증후군'ATWS, Alice in Wonderland Syndrome이라고 했고, 진화학에서는 적자생존을 '붉은 여왕 가설'Red queen hypothesis로 설명했다. 화가 살바도르 달리는 앨리스를 모티브로 한 작품을 선보이기도 했다.

어른이 된 뒤 『이상한 나라의 앨리스』를 다시 읽게 된 것도 이 같은 앨리스의 유명세 때문이었다. 공부하는 심정으로 세계적인 캐럴 연구가 마틴 가드너의 주석이 달린 앨리스를 읽었다. 작품보다 주석과 해석의 분량이 더 많았다. 같은 책도 언제 읽느냐에 따라 느낌도 감동도 쓸모도 다르다. 주석 달린 앨리스는 앨리스 이야기의 숨겨진 비밀을 알아가는 즐거움을 줬다. 하지만 주석을 보기 위해 끊임없이 이야기 읽기를 멈춰야 했기에 순수하게 이야기에 빠져들던 그 시절의 즐거움은 얻을 수 없었다. 그것이 아쉬워 주석 없는 앨리스를 펼쳤지만 머릿속에서 끊임없이 의미 풀이가 계속되어 더 이상 이야기에만 몰입할 수 없었다.

어디 책 읽기만일까. 모든 일엔 그때에만 가능한 것들이 있다. 그때를 놓치면 사라지는 것들이 있다. 순간을 놓치지 않고 그때의 감각과 즐거움에 집중하는 것, 그것이 우리가 삶에서 기쁨의 총량을 늘리는 길이다. 그러고 보면 앨리스를 다시 읽었을 때 몰입하는 즐거움이 사라졌다고 아쉬워하기보다는 해석하는 즐거움을 얻는 것에 기뻐하면 될 일이었다.

우리는 모두 한때 앨리스였다. 온 세상이 궁금하고 신기했던, 잘 모르지만 무엇이든 해보고 싶었던 그런 시절이 내게도 있었다.

그렇게 앨리스와 함께 풍자와 상징의 세계를 누비다보면 이야기 속 이상한 나라가 150여 년 전 영국이 아니라 바로 지금, 이곳이라는 생각을 하지 않을 수 없다. 어쩌면 소설보다 더 소설 같은 일이 벌어지고 상상을 초월하는 사건과 어이없는 사고가 벌어지는 지금 이곳이 앨리스의 이상한 나라보다 더 이상할지도 모른다. 그렇다면, 이곳에 살고 있는 나 역시 '그렇고 그런 이상한 나라의 사람들'일 테다.

"모르셨어요? 지금 당신들 모습이 이래요."

앨리스는 우리에게 정확하게 알려주고 있다. 변명이 없진 않다. 바쁘고 피곤하고 책임질 일이 아주아주 많다고. 아이를 키우고 돈도 모으고 집도 사야 한다. 내 몫의 일을 하며 일에 사람에 치이다보면 일주일이 어떻게 갔는지도 모르겠다. 나를 챙길 시간도 모자라니 대의나 공정함, 믿음 같은 것들은 자꾸 뒷전으로 밀린다. 이 모든 일이 다 그럴 듯한 변명이 된다. 어른이 되는 건 변명의 목록이 갈수록 늘어나는 일이다. 그렇게 살다보면 무엇을 위한 일이냐보다 그것을 위해 써야 하는 시간이나 돈을 더 따지게 된다. 얻는 것보다 잃는 것에 더 민감해지고, 조금의 손해도 보지 않으려 안간힘을 쓰게 된다. 그러다 보면 슬쩍 주저앉아 버리곤 한다. 잘 알지도 못하면서 되는 것과 안 되는 것, 할 수 있는 것과 없는 것의 선을 분명하게 긋고 잘못된 줄 알면서도 내 일이 아니면 모른척하게 된다. 최선을 다하기보다는 적당히 넘기며 현상 유지 정도에 가슴을 쓸어내린다. 그렇게 점점 이상한 나라의 사람이 되어가고 있는 중이다. 가끔 내 안의 앨리스가 얼굴을 내밀면 이렇게 말해왔다.

"미안해. 그냥 모른 척해줘. 다들 이렇게 살고 있어."

하지만 우리는 모두 한때 앨리스였다. 세상이 궁금하고 신기하고, 잘 모르지만 무엇이든 해보고 싶었던 시절이 있었다. 어린 시절의 내가 무조건 선하고 솔직하고 용감한 존재는 아니었다. 하지만 적어도 지금보다는 사심 없는 눈으로 사람을 바라보고, 세상을 향한 선한 믿음을 가졌던 적이 있었다. 그때의 나는, 우리는 보는 대로 받아들이고, 사사건건 교훈을 늘어놓으며 자기 잇속을 차리는 그 어른들보다 더 직감적으로 옳은 것이 무엇인지 알고, 그것을 선택했다. 그 앨리스는 다 어디로 갔을까. 내 마음속의 앨리스를 다시 만날 수 있을까. 어느 날 내 눈앞에 양복 입은 토끼가 뛰어간다면, 앨리스처럼 토끼를 따라 토끼 굴에 뛰어들 수 있을까. 누군가 잘못된 일을 할 때 앨리스처럼 틀렸다고 말할 수 있을까. 우리 앞에 '이것을 마시시오'라고 적힌 물병이 있다면 망설임 없이 그 물을 마실 수 있을까. 앨리스는 마셨다. 이렇게 이야기하면서.

> "내가 무엇을 먹든지 마시든지 하면 뭔가 재미있는 일이 일어나잖아. 그러니 이번에는 어떤가 봐야지."*

앨리스처럼 해보지 않으면 아무 일도 일어나지 않는다. 떠나지 않으면 도착할 수 없고 시도하지 않으면 아무것도 얻지 못한다. "그것은 틀렸다"라고 말하지 않으면 아무것도 바뀌지 않는다. 내 안의 앨리스를 다시 불러내는 건 귀찮고 수고스럽고 때론 두렵기도 하다. 하지만 만약 그렇게 할 수 있다면 분명히 조금이라도 내가 바라는 삶에 더 가까워질 수 있을 것이다. 적당히 변명거리를 찾아내 모른 척하고, 좋은 게 좋다고 여기고, 습관처럼 굳어진 눈치 보기에서 벗어나 더 가치 있는 뭔가를 선택해나갈 수 있지 않을까?

이상한 나라에 떨어진 앨리스도 '토끼 굴에 뛰어들지 말았어야 했다'고 후회한 적이 있다. 하지만 앨리스는 곧 마음을 고쳐먹는다.

> "음, 그렇지만, 이런 게 더 흥미로운 인생이잖아! 이제 나에게 무슨 일이 생길까! 요정 이야기들을 읽으면서 현실에선 절대로 일어나지 않는 일들을 상상하곤 했는데, 지금 내가 바로 그런 일을 쥐고 있잖아. 나에 대해서 책이라도 쓸 수 있을 걸."*

그렇게 길을 다시 간 앨리스는 여러 갈래 길에서 체셔 고양이를 만난다.

> "체셔 고양이님. 내가 어느 길로 가야 할까요."**

고양이는 답한다.

"그거야 네가 가고 싶은 곳에 달렸지."*

앨리스가 다시 묻는다.

"난 어디든 별로 상관없어요. 어디든 도착만 한다면
요……"**

그러자 고양이는 말한다.

"그렇다면 어느 길로 가든 괜찮아. 꾸준히 걷는다면 말이
야."***

때론 잊곤 한다. 꾸준히 걸으면 어딘가 도착한다는 사실
을. 나도 내 마음속 앨리스를 불러내 함께 꾸준히 걸어가보고 싶
다. 조금은 용감하게. 체셔 고양이의 말대로 당연히 어딘가에 도
착할 테다. 그 도착점이 어디든, 결국 꾸준히 걷는 내가 만들어가
는 것이다.

나는 이상한 나라에
들어가곤 한다

¶『이상한 나라의 앨리스』를 처음 읽었을 때 나는 앨리스의 시선이 되어 '이상한 나라'를 구경하거나 앨리스 옆에 찰싹 붙어 따라다니기 바빴다. 앨리스가 가는 곳마다 신기한 물건이 놓여 있는가 하면 한 번도 보지 못했던 '이상한' 풍경이 내 눈앞에 펼쳐져 있었다.

¶ 판타지와 동화를 좋아하지만 그런 세계가 없다는 건 알고 있다. 굳이 이상한 나라에 가지 않아도 현실에는 온통 이상한 일들 투성이다. 너무 지칠 때는 지금 당장 이 이상한 현실을 뒤로하고 어딘가로 떠나고 싶어진다. 이곳과 어떤 연관도 없는, 그 자체로 완전한 세계로. 앨리스 옆을 붙어다니던 어릴 때의 나처럼 지금 이곳을 벗어나고 싶을 때가 있다.

¶ 어릴 때부터 달리는 걸 좋아했다. 스치는 바람이 나를 매만지는 것 같아서 좋았고 속도가 붙으면 내가 이 공간의 균열을 깨는 것 같은 쾌감이 들었다. 누군가 쫓아오는 것도 아닌데 무언가로부터 앞서 있다. 그 누구도 나를 절대 따라올 수 없다는 느낌이 나를 자유롭게 했다. 앨리스도 토끼를 따라 이렇게 달리지 않았을까? 달리면서 자신에게 곧 신비한 일이 일어날 것 같다는 예감을 했을까? 달리는 내 앞에는 앨리스가 있고 그 앞에는 우리를 이상한 나라로 인도하는 토끼가 있다.

¶ 거울을 통해 다른 세계로 이동하는 앨리스처럼 다른 세계를 담고 있는 '면'을 발견할 때가 있다. 건물의 창과 유리에 세상이 비칠 때 그 면들을 보고 있으면 또 다른 세계가 나를 빨아들인다. 하지만 실제로 그 너머는 벽이다. 나는 그 너머 세계를 상상하며 면들 속에 담긴 풍경을 카메라로 찍는다. 그러면 그 세계는 또 다른 면인 컴퓨터 모니터와 휴대폰 화면 속에 머문다. '면' 속에 '면'. 그 속에 수많은 '면'들이 머물러 있다.

¶ 앨리스는 '나를 먹어 케이크'를 먹고 작아지고 유리병에 담긴 '나를 마셔'를 마시고 커진다. 우리도 그럴 때가 있다. 신비한 케이크와 음료수 대신 태양의 힘으로 내 발 밑에 붙은 '나'를 키우기도, 줄이기도 하는 순간들이 있다. 해가 뜨고 질 때면 커졌다 작아졌다 하는 숱한 사람들의 '분신'이 세상에 가득하다. 땅바닥에 붙은 분신들을 바라보고 있으면 마치 이상한 나라를 내려다보는 신이라도 된 것 같은 기분이다.

앤처럼 세상을 본다면,
완벽한 행복 하나쯤 만나지 않을까?

———

『빨간 머리 앤』의 앤

행복을 느끼는 데도 연습이 필요하다. 수십 년 걸었던 동네를 걸으며 새삼 경이를 느끼고, 주변 사람들의 좋은 점을 찾아보고, 마음을 투명하게 열고 세상과 사람과 일을 앤처럼 마주 보는 것, 그리고 그 순간을 아주 깊숙하게 느껴보는 연습. 그렇게 나아가다보면 어느 날 "음, 완벽하게 행복해"라고 말할 수 있을 것이다. 어쩌면 매일 완벽한 행복 하나쯤은 만날 수 있을지도.

『빨간 머리 앤』
Anne of Green Gables
루시 모드 몽고메리, 1908, 캐나다

빨간 머리 앤과 사랑에 빠지지 않고 유소년기를 보낸 이가 얼마나 될까. 작가의 고향이자 이야기의 배경이 된 캐나다 프린스에드워드 섬의 에이번리를, 그곳이 어디쯤인지 알지도 못한 채, 언젠가 가고 싶은 곳 1순위로 꼽는 이도 많았다. 출간 후 인기를 끌자 『에이번리의 앤』, 『레드먼드의 앤』, 『윈디 윌로우스의 앤』, 『앤의 꿈의 집』까지 앤의 생애를 다룬 후속작들이 연달아 나왔다. 그뿐만 아니다. 1952년부터 2017년까지 앤의 이야기를 다룬 드라마와 영화, 만화, 애니메이션은 세기를 넘어 만들어졌다. 이 가운데 1979년 다카하타 이사오 감독의 TV 만화 영화가 수많은 이들에게는 '앤'의 원전이며, 그 주제가 역시 앤의 주근깨 얼굴과 동시에 떠오르는 추억의 매개체다.

나에게 앤은 언제나 세상의 아름다움에 감탄하고,
삶에 대한 경이를 쏟아내는 열한 살의 앤 셜리로 남아 있다.

양 갈래로 땋은 숱이 많은 빨간 머리, 주근깨투성이의 작
고 갸름한 얼굴, 유난히 뾰족한 턱과 감정을 고스란히 드러낸 입,
햇빛에 따라 초록이 됐다 잿빛이 됐다 하는 반짝이는 눈, 생기
넘치는 목소리, 야윈 몸에 볼품없는 옷을 입어도 예리한 눈을 가
진 사람이라면 알아볼 수 있는 흔치 않은 영혼을 가진 소녀.

캐나다 작가 루시 모드 몽고메리가 1908년 발표한 뒤 100년
이 넘는 지금까지 사랑받고 있는 소녀, '빨간 머리 앤'이다. 앤
의 말에 따르면 Ann이 아니라 뒤에 알파벳 'e'가 붙은 '고상한
Anne'이다. 원제는 『초록 박공지붕의 앤』*Anne of Green Gables*이지

만 한국에 처음 소개될 때 일본 번역서 제목인『빨간 머리 앤』을 그대로 가져왔다. 쉽게 그려지지 않는 먼 나라의『초록 박공지붕의 앤』보다는 고집스럽지만 사랑스러운 이미지가 고스란히 떠오르는『빨간 머리 앤』이 더 좋다.

　　『초록 박공지붕의 앤』이 폭발적인 반응을 얻자 몽고메리는 그 다음해에『에이번리의 앤』*Anne of Avonlea*을 냈고 사후에 출간된『앤의 추억의 나날』*The Blythes are Quoted*까지 합해 모두 열한 권의 앤 이야기를 썼다. 작품 속에서 앤은 우리 모두가 그렇듯 점점 자라 어른이 된다. 초등학교 교사가 되고, 교장이 되고, 길버트와 결혼해 6남매의 엄마가 된다. 첫아이를 유산하고 전쟁에서 아들을 잃는 고통과 슬픔을 겪기도 한다. 75세 할머니가 된 앤까지 만날 수 있다.

　　책이 흔치 않던 어린 시절, 친구 집에서 앤을 빌려 읽었다. 친구는 당시에 흔치 않은 딱딱한 박스에 포장된 앤 전집을 갖고 있었다. 책의 주인인 친구 언니가 빌려가는 것을 허락하지 않아 학교가 끝나고 나면 친구 집에 가서 야금야금 봤다. 하지만 나의 앤 읽기는 앤이 길버트를 사랑한다는 것을 깨닫고, 청혼을 받고 결혼하는 대목 정도에서 멈췄다. 친구 집에 가서 읽는 것이 불편하기도 했고, 그 불편함을 이기면서까지 읽을 정도로 뒷이야기가 그리 궁금하지 않았던 것 같기도 하다. 어쩌면 어른이 된 앤

이야기는 그다지 알고 싶지 않았던 건지도 모르겠다. 어린 나에게 앤이라면 목사님 부부를 위해 만든 케이크에 실수로 진통제를 넣고, 친구 다이애나에게 실수로 과실주를 마시게 해 동네를 발칵 뒤집어놓고, 홍당무라고 놀리는 길버트의 머리를 석판으로 내리쳐 석판을 두 동강이 나게 만드는 그런 친구여야 했다. 나뿐만 아니라 수많은 이들에게 앤은 언제나 엉뚱하지만 세상의 아름다움에 감탄하고 삶에 대한 경이를 쏟아내는 열한 살의 앤 셜리로 남아 있을 것이다.

낙관적이고 긍정적인 앤이 좋았다. 앤에 깊이 빠져 앤이 점점 예뻐져서 좋았고, 동네에서 제일 똑똑한 학생이 되어 기뻤다. 거의 모든 순간이 사랑스럽지만, 앤이 가장 앤다웠던 장면은 브라이트 리버 역에서 매슈 아저씨를 처음으로 만나 집으로 오는 길에 끊임없이 수다를 쏟아내던 그 시간 같다. 나이 지긋한 독신 남매 매슈와 마릴라 커스버트가 농장 일을 도와줄 남자아이를 입양하려다 착오로 앤을 만나게 된 날. 위탁 가정과 고아원을 전전하다 진짜 '가족'을 갖게 된 기대와 기쁨과 설렘에 도저히 가만히 있을 수도, 조용히 입을 다물고 있을 수도 없던 앤은 끊임없이 말을 쏟아낸다.

비탈길 하얀 꽃이 핀 나무를 보고 안개 같은 면사포를 쓴 새색시 같다고 말하고, 아름다운 꽃길에 경탄하고, 반짝이는 호수에 감동한다. 모든 것에 자기만의 이름을 붙이고, 사랑하는 모든 것에 잘 자라고 인사를 보낸다. 다리를 건널 땐 다리가 두 동강 날 것 같아 너무 무서워 눈을 꼭 감지만 다리가 정말 무너진다면 어떻게 무너지는지 보고 싶어 중간에 눈을 뜰 수밖에 없다고 말할 땐, 앤의 넘치는 호기심뿐 아니라 모든 것을 생생하게 표현하는 언어 능력에 놀라지 않을 수 없었다.

> 앤을 빛나게 하는 것은 생생한 표현력이다. 사는 것이 왜 즐겁고 경이로운지, 때론 고통스럽지만 왜 삶에 기대를 걸어야 하는지, 나는 왜 다른 사람이 아닌 바로 나 자신이 되고 싶은지를 놓치지 않고 잡아낸다.

앤은 『작은 아씨들』의 조, 『소공녀』의 세라, 『키다리 아저씨』의 주디와 『캔디 캔디』의 캔디 등과 함께 호기심과 상상력 넘치고, 초긍정의 밝고 유쾌한, 동화 세계에서 가장 강력한 여주인공 그룹을 이루고 있다. 따뜻하게 빛나는 햇살 같은 이 주인공 그룹에서 단연 앤을 돋보이게 하는 것은 생생한 표현력이다. 세상이 얼마나 아름다운지, 사는 것이 얼마나 즐겁고 경이로운지, 때론 고통스럽지만 왜 삶에 기대를 걸어야 하는지, 나는 왜 다른 사람이 아닌 바로 나 자신이 되고 싶은지, 그런 순간순간을 놓치

지 않고 잡아내 구체적인 감정으로 얼마나 생생하게 표현하는
지. 어린 시절, 앤을 읽으며 앤은 당연히 작가가 될 거라고 생각
했다. 지금도 이 생각은 변함없이 그대로다. 앤은 작가가 됐어야
했다.

앤은 순간을 놓치는 법이 없다. 모든 감각을 세상을 향해
예민하게 열어두고 작은 떨림과 미세한 울림까지 알아챈다. 이웃
집 린드 아주머니가 앤의 부주의하고 충동적인 성격을 지적하며
머릿속에 할 말이나 할 일이 떠오르면 멈춰서 한 번 더 생각하라
고 하자, 앤은 이렇게 말한다.

"마음에 곧바로 떠오른 것이 가장 멋진 거예요. 멈추어서
다시 한 번 생각했다가는 망치고 말아요."•

앤은 별것 아닌 듯 흘러가는 일상 속에서 순간을 알아보
고 그 순간에 의미를 부여해 특별하게 누릴 줄 안다. 세계적인 스
타 심리학자 조던 피터슨은 인생이 고통스러울 땐 시간을 짧게
생각하라고 조언하고 있다. 다음 주를 어떻게 보내야 할지 막막
하면 일단 내일만 생각하고, 내일도 너무 걱정되면 한 시간만 생
각하고, 그것도 어려우면 10분, 5분, 1분으로 끊어 생각하라고,
힘들고 어려울 때일수록 사소한 아름다움을 보라고 한다. 하지

만 이미 앤은 그의 조언 없이도 생생한 삶 속에서 순간을 알아보고, 놓치지 않는 법을 알고 있었다. 매일매일 세상의 사소한 아름다움을 발견해 그것을 완벽한 행복으로 느끼는 능력을 갖고 있다.

매슈를 처음 만난 그날 앤은 끔찍한 고아원 생활마저도 순간순간의 상상을 통해 넘어섰다고 이야기한다. 고아원에는 상상할 거리가 하나도 없지만 옆에 있는 친구가 실은 어렸을 때 못된 유모에게 유괴된 백작 딸이라고 상상하며 잔혹한 시간을 버텼다고 했다. 한 번도 예쁜 옷을 입어보지 못했지만 그렇기 때문에 앞으로 눈부시게 차려입은 자신을 상상할 수 있어서 좋았다고 했다.

> "앞으로 알아야 할 것들을 생각하면 신나지 않나요? 그럼, 제가 살아 있다는 게 즐겁게 느껴지거든요. 정말 흥미진진한 세상이잖아요."

이렇게 첫 등장한 앤은 매슈 남매의 사랑과 보살핌 속에 멋진 여성으로 자라난다. 삐쩍 마르고 못생긴 앤은 점점 예뻐지고, 상상력과 놀라운 언어 능력, 배움에 대한 열의와 우수한 학습 능력으로 상급 학교에 진학하고 장학금을 받고 대학에 갈 수 있게 된다. 고아를 어떻게 믿고 입양하느냐며 마릴라를 말리던 동네 사람들의 편견, 작은 실수를 고아의 나쁜 행실로 해석해 앤을 내쳤던 사람들의 불신을 넘어 앤은 프린스에드워드 섬 사람들의 자랑거리가 된다. 하지만 앤이 커나가는 것이 조금 아쉽긴 했다. 앤만의 상상력 폭발과 '좌충우돌'도 사라졌기 때문이었다. 앤은 여전히 꿈을 꾸지만 열여섯 살의 앤은 열한 살의 앤과 많이 달라졌다. 스스로도 '예전보다 생각은 더 많이 하고 말수는 확 줄었다'고 했다. 앤의 세계에서도 어른이 된다는 건 상상력이 사회의 규범과 충돌하지 않게 매끈해지는 것인 모양이다.

　　『빨간 머리 앤』이 우리나라에 처음 소개된 것은 1962년. 동화 작가 신지식이 헌책방에서 일본판 『빨간 머리 앤』을 읽고 감동해, 자신이 교사로 있던 이화여고 교지에 게재하면서 이루어졌다. 그는 한국전쟁으로 고아가 된 어린이들을 떠올리며 앤이 많은 이에게 희망을 줄 것이라고 생각했다. 그러고 보면 이 땅에서 앤의 등장은 꽤 한국사적 국면 안에서 이루어진 셈이다. 이듬해 『빨간 머리 앤』은 정식 출간, 베스트셀러가 됐고, 저작권 개념도 없던 시절 여러 출판사가 앞다퉈 앤을 내놨다. 지금은 이 중역본들을 다시 볼 수 없어 정확하게 비교할 수는 없지만, 일본 번역본과 이를 중역한 당시 한국판은 고아, 여자아이, 외부인에 대한 편견이나 프린스에드워드 섬 사람들의 폐쇄적인 공동체에 대한

이야기나 묘사는 생략하고, 긍정적인 자세와 호기심 넘치는 상
상력으로 고난을 이겨나가는 '앤'이라는 개인 캐릭터에 초점을
맞췄다고 한다. 그뒤 『빨간 머리 앤』은 우리나라에서도 어린이부
터 성인까지, 특히 여고생의 필독서가 됐다.

    그러다 몇 년 뒤, 애니메이션으로 앤을 다시 만났다. 지브리
스튜디오를 함께 만든 명콤비 다카하타 이사오 감독과 미야자키
하야오 감독이 1979년에 만든 50회짜리 〈세계 명작 극장〉이었다.
"주근깨 빼빼 마른 빨간 머리 앤, 예쁘지는 않지만 사랑스러워~.
상냥하고 귀여운 빨간 머리 앤. 외~롭고 슬프지만 굳세게 자라"라
는 주제가와 함께 떠오르는 애니메이션이 1986년 KBS에서 방영
되면서 '빨간 머리 앤' 하면, 책보다 애니메이션을 먼저 떠올리는
이들로의 세대교체가 이루어졌다. 하지만 나는 이보다 약간 이전
세대로 애니메이션에 대한 기억은 그리 선명하지 않다.

        그러고 보면 우리의 말괄량이 앤의 모습 뒤에는
        이 작은 아이가 받았을 상처와 이를 딛고 넘어서려는
        안간힘은 감춰져 있다. 그 안간힘과 상처에 마음이 아프다.

    한동안 잊고 지내던 앤을 다시 만나게 한 건 넷플릭스 드
라마였다. 빨간 머리 앤에 관한 한 나는 〈세계 명작 극장〉 세대가

아니라 넷플릭스 세대라고 할 수 있다. 매체가 다양해지고 하나의 원전이 여러 방식으로 재해석되면서 이제 세대 구분도 자연연령이 아니라 취향과 관심을 기준으로 나눠지는 것 같다. 넷플릭스가 제작해 2017년부터 시즌제로 방영한 드라마 〈빨간 머리 앤〉에서 앤은 위탁 가정과 고아원에서 당한 놀림과 학대로 깊은 정신적 상처를 입은 인물로 등장한다. 여전히 밝고 긍정적이고 상상력을 끝없이 펼치지만 고아원과 위탁 가정을 전전하며 당한 놀림과 폭력, 끝없는 노동으로 깊은 트라우마를 가진 아이다. 생각해보면 태어난 뒤 석 달 만에 엄마를 잃고 나흘 뒤 아빠마저 세상을 떠나 남의 집을 전전하다 고아원에 맡겨진 아이가 과거를 딱 잘라낸 듯, 상처에 대한 기억 없이 누구보다 긍정적이고 삶에 경탄을 쏟아낸다는 이야기가 오히려 더 비현실적이다.

그러고 보면 우리의 말괄량이 앤의 모습 뒤에는 이 작은 아이가 받았을 상처와 이를 딛고 넘어서려는 안간힘이 감춰져 있었다. 그 안간힘과 상처에 마음이 아프다. 드라마에서 앤이 매슈와 마릴라 남매 집에 입양된 뒤 커가는 모습은 이들의 사랑과 관심 속에 앤이 점차 트라우마와 상처를 극복해가는 과정으로 그려진다. 앤이 좁은 위탁 가정집에서 본 주인 부부의 잠자리 이야기를 친구들에게 들려줬다가 온 동네의 손가락질을 당했을 때 매슈와 마릴라 남매는 이 작은 소녀가 얼마나 많은 고통을 감당하고 살아왔을까를 생각하며 마음 아파한다. 누군가를 사랑한다는 건 저렇게 깊은 연민을 전제하고 있다는 것을 보여준다. 학교 친구들 사이에서 따돌림 받는 동성애 소년을 등장시켜, 상처 입은 두 사람이 나누는 우정이라는 원작에 없는 새로운 이야기도 들려준다. 새로운 앤이다. 드라마를 보고 앤을 더 많이 좋아하게 되었다. 상처 속에서도 삶은 아름다울 수 있고, 기쁨을 찾을 수 있다는 사실. 그 아름다움을 알아보고 발견하려 애쓰는 앤이 다시 보였다.

고전이 위대한 이유는 여러 가지가 있다. 작품 자체가 뛰어나 시간을 견디며 살아남는 것이 가장 큰 이유다. 하지만 모든 것을 변하게 만드는 시간이라는 물리적 조건 속에서도 하나의 원천이 되어 새로운 이야기를 끊임없이 퍼낼 수 있게 한다는 점 역시 고전이 지닌 위대함이다. 앤은 지금까지 그렇듯 끊임없이 더 많은 새로운 이야기를 들려줄 것이다.

나이 들어 어린 시절 좋아했던 것을 다시 보면 실망하는 경우가 꽤 있다. 이야기 자체가 낡아 더 이상 흥미롭지 못하기도 하고, 세상이 너무 빨리 변해 그땐 아무렇지 않았던 것들이 받아들일 수 없을 만큼 불편한 경우도 많다. 하지만 어른이 되고, 나이가 들어갈수록 앤이 더더욱 좋아진다. 어른이 되어 다시 읽은『빨간 머리 앤』에는 오히려 밑줄이 더 가득하다. 누구든 인생에서 어떤 식으로든 앤과 한번 만난다면 앤에게 반할 수밖에 없다.

앤이 보여주는 삶에 대한 생생한 감각과 세상에 대한 경이로움이 부럽다. 앤처럼 세상에 대한 신뢰를 잃지 않고, 실망해도 삶의 다양한 가능성을 찾아보는 탄력성 있는 의지를 갖고 싶다. 나이를 먹고, 어른이 되고, 사회에 나와 살아가다보면 누구나 비슷비슷한 사람이 되어 있다. 어른이 된다는 건 린드 아줌마의 말처럼 "행동하기 전에 한 번 더 생각하는" 분별력 있는 사람이 된다는 것을 뜻한다. 그런데 한 번 두 번 생각하다보면 결국 다들 정답과 비슷한 결론에 이르게 된다.

앤처럼 주변에서 경이를 느껴보겠다고 일주일 동안 20년 가까이 다녔던 회사 주변을 아주 천천히 걸어본 적이 있다. 때마침 알렉산드라 호로비츠의 『관찰의 인문학』이라는 책을 읽은 뒤였다. 이 책은 저자가 뉴욕 맨해튼의 자기 동네 같은 길을 어린 아들, 지질학자, 타이포그래퍼, 곤충박사, 도시사회학자, 의사, 음향 엔지니어, 일러스트레이터 등 여러 사람들과 걷고 나서 쓴 글이다. 이들과 함께 걸으면서 그는 같은 길이라도 어떻게 보는지에 따라 전혀 다른 길이 된다는 것을 알았다. 그 길이 멋져서가 아니라 멋진 것을 발견할 줄 아는 눈이 있기 때문이었다. 하루에 최소한 세 가지, 내가 보지 못했던 것을 찾아보자고 시작한 산책이

었다. 20여 년을 오간 길을 천천히 걸으며 그 동네에 대해 아는
것이 그리 많지 않다는 사실에 놀랐다. 20년을 봐도, 보는 것보
다 보지 못한 것이 훨씬 많다는 것을 알게 되면서 모든 것은 어
떻게 관심을 두고, 얼마나 자세히 보느냐에 달려 있다는 평범한
사실을 다시 깨달았다. 하지만 그 산책이 쉽지 않았다. 속도의 시
대, 가속도가 붙을 대로 붙은 걸음을 멈추고 천천히 호기심을 갖
고 주변을 바라보는 것이 어려웠다.

　"완벽하게 행복하다."

　앤의 말에 밑줄을 긋는다. 앤이 그 유명한 과실주 사건 이
후 절친 다이애나를 다시 만나도 된다는 허락을 받은 뒤 한 말이
다. 완벽한 행복. 낯선 단어다. 행복하기도 어려운데 완벽한 행복
이라니. 나에게 완벽하게 행복했던 순간은 언제였을까? '완벽한'
이란 단어가 주는 말 그대로 완벽한 부담감 때문에 금방 떠오르
지 않는다. 앤이라고 무엇이 그리 다를까. 말 그대로 완벽해서 완
벽한 행복이 아니라, 순간에 집중해 스스로 그 순간을 특별하게
만들기 때문에 완벽해지는 행복일 것이다.
　행복을 느끼는 데도 연습이 필요하다. 수십 년 걸었던 동
네를 걸으며 새삼 경이를 발견하고, 매일 얼굴을 맞대고 살아가

는 주변 사람들의 좋은 점을 찾아보고, 뭘 해도 별로 놀라울 게 없다고 아는 척 하지 않고 마음을 투명하게 열어 세상과 사람과 일을 앤처럼 마주 보는 것, 그리고 그 순간을 아주 깊숙하고 특별하게 느껴보는 연습. 그렇게 매일매일 조금씩 달라지다보면 어느 날 "음, 완벽하게 행복해"라고 말할 날이 올 것이다. 어쩌면 매일 완벽한 행복 하나쯤 만날 수 있을지도 모른다.

『빨간 머리 앤』에서
밑줄을 긋다

		모	르	는		게		많	은		만	큼		즐	겁	다		
나	중	에		알	아	봐	야		할		온	갖		일	들	을		
생	각	하	는		것	도		멋	진		일		아	네	요	?		
제	가		살	아		있	다	는		사	실	이		기	쁘	게		
느	껴	지	거	든	요	.	정	말		재	미	가		반	도			
안		될		거	예	요	,		그	렇	죠	?						
그	렇	게		되	면		상	상	할		거	리	도		없	겠	죠	?
—	초	록		지	붕	으	로		오	는		길	에					
		앤	이		매	슈	에	게		한		말		중	에	서	—	

10×20

이름 짓기

"원 세상에, 난 모르겠다. 제라늄에
이름을 지어주는 게 도대체 무슨
의미가 있니?"

"전 제라늄이라고 해도 이름을 갖고
있는 게 좋아요. 그럼 사람처럼
여겨지니까요. 그저 제라늄이라고 부르면
제라늄이 기분 나쁠지 모르잖아요?"

        ― 창턱에 있는 제라늄을 놓고 나누는
          앤과 마릴라의 대화 중에서 ―

변화는　의미를　부여하는　데서　일어난다

생각해봐　다이에나　난　오늘로　열세　살
(thir te en) 이　됐어.
내가　틴에이저라는　게　실감나지　않아.
오늘　아침에　일어났을　땐　모든　게
달라져　있으리라　생각했어.
인생이　훨씬　흥미로워지는　것　같아!
— 열세　살이　된　첫날　앤이　열세　살이
된　지　한　달이　넘은　다이애나에게

74

| | | | 슬 | 플 | | 때 | 는 | | 울 | 어 | 야 | | 한 | 다 | |

| | 마 | 음 | 껏 | | 울 | 게 | | 내 | 버 | 려 | | 두 | 세 | 요 | . |

| | 마 | 릴 | 라 | | 아 | 주 | 머 | 니 | . |

| 우 | 는 | | 게 | | 가 | 슴 | 이 | | 아 | 픈 | | 것 | 보 | 단 | | 나 | 아 | 요 | . |

| — | 앤 | 이 | | 세 | 상 | 을 | | 떠 | 난 |

| | | 매 | 슈 | | 앞 | 에 | 서 | | 한 | | 말 | | 중 | 에 | 서 | — |

누군들 삐삐 곁에
머물고 싶지 않으랴

『삐삐 롱스타킹』의 삐삐

모니터 속 삐삐는 여전히 말괄량이처럼 웃고 떠든다. 그녀와 함께

멋진 세계에서 신나게 놀았다. 어린 시절 소심했던 나는 삐삐의 손을

잡고 현실의 경계에서 한발짝 나아갈 수 있었다. 어른이 되었지만

여전히 소심한 나는 삐삐를 믿고 다시 한 번 그래볼까 생각한다.

『삐삐 롱스타킹』

Pippi Longstocking, Pippi Långstrump
아스트리드 린드그렌, 1945, 스웨덴

우리에게는 〈말괄량이 삐삐〉라는 제목의 TV 드라마로 유명한 '삐삐'는 스웨덴에서 1945년 출간한 『삐삐 롱스타킹』의 주인공이다. 1권 출간 이후 1948년에 네 권의 책이 더 나왔고, 1969년부터 1975년까지 추가로 여섯 권의 책이 더 나왔다. 우리에게 익숙한 드라마는 1969년 스웨덴에서 제작한 것으로 주인공 삐삐로 등장한 잉거 닐슨이 사실은 여자가 아닌 남자였다거나 일찍 죽었다거나 하는 괴소문이 전국 초등학교 교실에 퍼지기도 했다. 인터넷도 없던 시절 같은 소문이 전국적으로 급속도로 퍼진 것은 지금 생각하면 놀라운 일이 아닐 수 없다. 삐삐가 당시 '어린이'들에게 그저 수많은 드라마 속 주인공 중 한 사람이 아니었다는 걸 말해주는 사례가 아닐 수 없다.

도전 그 자체에 의의를 두는 것에서 멈추지 않고
자신 앞을 가로막는 권위와 권력을 무력화시키는 데도
멋지게 성공한, 내 친구 삐삐.

세상이 정해준 틀을 거부하고 자기만의 세상을 만들어간
자유롭고, 용감한, 삐삐 롱스타킹. 삐삐처럼 용감할 수 있을까?
삐삐처럼 자유로울 수 있을까?

1945년 스웨덴의 위대한 작가 아스트리드 린드그렌에 의
해 탄생한 이래 약 70여 년이 지난 지금까지 전 세계 독자들에게
큰 사랑을 받고 있는 삐삐. 본명은 삐삐로타 델리카테사 윈도셰
이드 맥크렐민트 에프레임즈 도터 롱스타킹이다. 양 갈래로 땋아
옆으로 쫙 뻗은 빨간 머리, 주근깨투성이 얼굴과 유난히 크고 하

얀 이, 짝짝이 긴 양말과 엄청나게 큰 신발을 신고 있는 이 소녀만큼 자유롭고 권위에 두려움 없이 도전하는 캐릭터는 없었다. 게다가 그녀는 도전하는 데 의의를 두는 것에서 멈추지 않고 자기 앞을 가로막는 권력을 무력화시키는 데도 멋지게 성공한다. 시대는 이미 변해 여성이 사회 거의 모든 분야에 진출하고 영화와 드라마, 소설에서도 진취적이고 독립적인 여자 주인공들이 등장하고 있지만 여전히 삐삐에 견줄 만한 캐릭터는 쉽게 떠오르지 않는다. 그런 점에서 우리의 삐삐는 여전히 독보적이며 여러 의미에서 문제적이다.

엄마는 세상을 떠났고, 해적선 선장인 아빠는 폭풍우에 휩쓸려 사라져버려 고아와 다를 것 없는 삐삐는 첫 등장부터 예사롭지 않다. 아빠가 일찌감치 삐삐와 살겠다고 사둔 뒤죽박죽 별장에 삐삐가 작은 원숭이 닐슨 씨와 말 한 마리와 함께 나타나면서 조용하던 작은 마을에는 한바탕 소동이 일어난다. 한 전기 작가는 열일곱 살에 유부남 직장 상사의 아이를 임신해 고향을 떠나야 했던 린드그렌이 보수적이었던 고향을 떠올리며 삐삐를 스웨덴의 고요한 작은 마을로 보내 주민들을 혼란에 빠뜨렸다고 추측하기도 했다. 힘은 천하장사요, 금화를 가득 채운 가방을 가진 백만장자 삐삐는 자신이 가진 물리적인 힘과 경제적인 능력으로 스스로를 지켜낼 뿐만 아니라 어린이를 포함해 약자에게 가해지는 모든 간섭과 억압, 일방적인 사회의 매뉴얼을 가볍게 물리친다. 어린아이를 혼자 둬서는 안 된다며 마을 어른들이 삐삐를 억지로 어린이집으로 보내려 하자 삐삐는 자신을 데리러 온 경찰들을 지붕 위로 던져버린다. 가정부를 헐뜯는 주부들에게 따끔하게 일침을 가하고, 금화를 탐내는 어리숙한 도둑들은 삐삐에게 혼쭐이 난다. 친구를 괴롭히는 못된 아이들은 순식간에 나무 위에 걸어놓는다. 그러면서 불난 집에 뛰어들어 아이들을 구해내고, 아이들을 위해 과자와 사탕, 케이크가 넘치는 파티를 열거나 장난감 선물을 아낌없이 안긴다. 심심하면 뗏목을 타고 강을 내려가고 기구를 타고 하늘 여행을 떠나기도 한다. 하루하루를 장난치듯, 어떤 금기도 없이 재미있게 살아가며 사회의 룰을 통쾌하게 깨지만 위선을 일삼는 어른들보다 훨씬 더 정의롭고, 친절하며, 따뜻하다.

우리의 꼬마 영웅 삐삐는 막강한 힘을 가졌지만 언제나 따뜻하고 재미있는 친구로 우리 곁에 있어주었다. 그러니 누군들 삐삐의 세계에 함께 하길 원하지 않았을까.

'삐삐 롱스타킹'은 린드그렌이 1941년 무렵 폐렴으로 앓아누운 둘째 딸 카린을 위해 지어낸 이야기이다. 평소에도 재미

있는 이름 짓기를 좋아하던 카린은 이 날 '삐삐 롱스타킹 이야기
를 들려달라'고 했다. 카린은 엄마에게 엄청난 힘을 가지고 있지
만 그 힘을 남용하거나 잘못 쓰지 않는 영웅의 이야기를 해달라
고 했다. 이에 답하듯 린드그렌은 힘도 세고 돈도 많은 삐삐를 주
인공 삼아 그녀가 가진 힘을 도둑을 물리치고 불 속에 갇힌 아
이들을 구하거나, 말을 들어올려 친구들을 즐겁게 해주는 데 쓰
게 했다. 넘치는 돈으로는 주위의 모든 아이들에게 과자를 사주
고, 재미있는 파티를 열고, 바보 같은 불쌍한 도둑들에게 아낌없
이 나눠주면서, 엄청난 힘을 가지고 있지만 그 힘으로 현실에서
불가능한, 자유롭고 즐거운 세계를 만드는 영웅의 모습을 보여줬
다. 힘은 곧 권력이고, 권력을 가진 사람은 항상 타인의 위에 올
라서기 마련인 세상에서 우리의 꼬마 영웅 삐삐는 막강한 힘을
가졌지만 언제나 따뜻하고 재미있는 친구로 우리 곁에 있어주었
다. 그러니 누군들 삐삐의 세계에 함께 하길 원하지 않았을까.

　　린드그렌은 이 같은 삐삐 이야기를 즉석에서 지어냈다. 플
롯을 미리 정교하게 짜지 않고 그저 딸이 깔깔거리며 재밌어하
는 데만 초점을 맞춰 즉흥적으로 이야기를 만들어갔다. 눈을 반
짝이며 듣고 있는 딸의 반응을 봐가며 아이를 더 즐겁게, 더 웃
게 만들기 위해 이야기를 이어갔을 테니 이야기는 갈수록 아이
눈높이에 맞춰 더 자유롭고, 더 재미있고, 더 과장되게 풀려갔을

테다. 그 덕분에 우리는 아주 멋진 이야기를 만나는 행운을 누리게 되었다. 그로부터 약 2년쯤 뒤 린드그렌은 눈길에 미끄러지는 바람에 다리를 다쳐 열흘 남짓 누워 있게 되었다. 그때 그녀는 이 이야기를 원고로 정리했다. 시대를 뛰어넘는 위대한 작품들이 그렇듯 우리의 삐삐 역시 책으로 출간되기까지 곡절이 없을 리 없다. 카린의 열 번째 생일 식탁에 완성본 원고를 올려놓은 린드그렌은 복사본을 만들어 스웨덴에서 가장 큰 출판사에 투고한다. 출판사는 출간 일정이 밀려 책 출간이 어렵다며 그녀의 제안을 거절한다. 당시의 공식적인 이유는 그렇지만, 훗날 알려진 바로는 여자아이들이 이 책을 보고 삐삐를 따라할까봐 염려했기 때문이었다고 한다. 하긴 오늘날에도 "학교에서 배우는 것이라곤 쓸데없다"거나 어른들에게 대놓고 "다른 사람의 험담을 하는 것은 나빠요"라고 말하는 당찬 주인공을 찾기 어려운데, 70여 년 전 말 잘 듣는 아이를 원하던 어른들에게 삐삐가 좋게 보였을 리 없다. 행여나 아이들이 삐삐처럼 될까봐 진지하게 걱정했을 수도 있다.

　　여기에서 포기했다면 우리는 삐삐를 만날 수 없었을 것이다. 다행히 몇 년 뒤 린드그렌이 초고를 약간 수정해 다른 출판사 공모전에 제출, 당선되면서 1945년 드디어 책으로 출간 된다. 초고에서 삐삐는 훨씬 더 과감하고, 거칠고, 어른들은 훨씬 더 야

비하고 폭력적이었다고 한다. 초고와는 약간 달라지긴 했지만 삐삐는 여전히 전례 없이 유쾌하고 도발적인 아홉 살 소녀였다. 그무렵 마침 착하고 예쁘기만 한 동화 속 소녀 캐릭터에 대한 문제가 제기되고 훈육과 체벌에 반대하는 자유로운 교육론이 힘을얻고 있었다. 이런 사회 분위기와 맞물려 삐삐는 엄청난 열광을일으켰다. 책은 불티나게 팔려나갔고, 연극으로 각색되어 무대에오르기도 했다. 이후 1940년대 말까지 스웨덴에서만 약 30만 부가 팔려나갔는데, 당시 이 정도 판매부수는 엄청난 베스트셀러였다고 한다. 삐삐 출간 이후 아이들이 더는 어른들의 폭력적인구속을 받으며 자라서는 안 된다는 논의와 논쟁도 뜨겁게 이어졌다.

열광적인 지지의 반대편에는 언제나 그만큼 뜨거운 비판이 나오기 마련이다. 삐삐의 행동이 실제로 아이들에게 나쁜 영향을 끼칠 수 있다는 비판이 이어졌다. 심지어 삐삐가 정신적으로 문제가 있다며 아이들이 이 책을 읽으면 안 된다는 주장까지제기됐다. 린드그렌은 이런 비판에 대해 이렇게 말했다.

""아이들에게 사랑을 선물하고 더 많은 사랑을 그리고 더더욱 많은 사랑을 선물한다면 바른 행실은 저절로 우러나게 된다." 린드그렌은 아이들을 탓하지 말고 아이들을 사랑하라며 아이들은 이미 거짓말도 나쁜 짓도 하면 안 된다는 것을 알고 있다고, 그러니 아이들이 삐삐를 따라할 거라는 걱정을 하지 않아도 된다고 말했다."•

린드그렌의 말에 전적으로 동감한다. 나 역시 어린 시절 삐삐에 열광해 삐삐처럼 나쁜 친구들을 혼내주고, 도둑을 잡고, 신나게 놀며 집 안을 엉망진창 난장판으로 만들고 싶었다. 하지만 그런 적은 없었다. 삐삐를 통한 환상의 대리 만족이었다. 1990년대 무렵에는 돈을 펑펑 쓰는 삐삐를 두고 지나치게 자유로운 개인주의자, 혹은 자본주의 시민의 상징이라는 비판도 등장했다. 하지만 삐삐는 언제나 삐삐답게 그런 비판 위를 경쾌하고 유쾌하게 날아올라, 세대를 넘어 어린이뿐 아니라 어른들에게도 사랑 받는 존재가 되었다.

나처럼 소심한 꼬마도 삐삐의 손을 잡고 현실과 꿈의 경계를 뛰어다녔다. 생각의 틀 밖으로 발을 내딛고, 다른 세계를 꿈꿔본 것도 삐삐 덕분이었다.

어린 시절 나와 삐삐의 첫 만남은 책이 아닌 드라마를 통해 이루어졌다. 『삐삐 롱스타킹』을 원작으로 삼아 1969년에 제작된 이 스웨덴의 드라마야말로 삐삐라는 세계의 문을 열어준 일등공신이다. 어떻게 그렇게 딱 떨어지는 인물을 캐스팅했을까. 양쪽으로 뻣뻣하게 뻗은 머리, 주근깨투성이 얼굴, 큰 앞니 두 개를 가진 잉거 닐슨은 이야기 속 삐삐가 그대로 걸어나온 듯했다. 나는 그 삐삐를 사랑했다.

　　어린 시절 꽤 소심했던 나는 드라마 속에서 집 안을 엉망 진창으로 만드는 삐삐가 재밌고 부러우면서도 한편으로는 저러면 안 될 텐데, 걱정하기도 했다. 이웃 아주머니들에게 버릇없게 행동할 때는 마치 내가 혼나기라도 할 것처럼 조마조마했고, 뒷날을 생각하지 않고 돈을 펑펑 쓰는 걸 보면서 불안했다. 가장 큰 걱정은 돈 가방이었다. 저렇게 함부로 뒀다가 저 가방을 잃어버리면 큰일 날 것 같았다. 하지만 삐삐의 세계에서 내가 걱정할 일은 일어나지 않았다.

　　삐삐 덕분에 나처럼 소심한 꼬마도 삐삐의 뒤를 쫓아다니며 커피잔을 깨고, 가루 설탕을 뿌리고 맨발로 여기저기를 걸어다니는, 현실에서 할 수 없는 일들을 상상할 수 있었다. 자신을 잡으러 온 경찰을 따돌리느라 지붕 위로 도망친 삐삐가 경찰들과 숨바꼭질이라도 하듯 지붕 위를 여기저기 뛰어다닐 때 나 역시 삐삐의 손을 잡고 현실과 환상의 경계를 뛰어다녔다. 삐삐 덕분에 조금 더 자유롭게, 조금 더 용감하게, 조금 더 과감하게 나를 가두는 생각의 틀 밖으로 한발짝 내딛고, 다른 세계를 꿈꿀 수 있었다. 어린 시절 그런 삐삐가 되고 싶었다. 삐삐의 친구 토미와 아니카가 되고 싶었다. 나도 토미와 아니카처럼 매일매일 삐삐와 함께 하루 종일 신나게 놀다가 밤이 되면 누워서, 오늘 하루 너무너무 재미있었다고, 내일은 또 어떤 일이 벌어질지 기대하는 그런 나날을 보내고 싶었다. 삐삐와 함께라면 사탕도 실컷 먹고, 어른들에게 말대꾸도 맘껏 하고, 옳지 않은 일은 눈치 볼 것도 없이 나쁘다고 말할 수 있었다. 아무 걱정 없이 하루하루를 멋지고 행복하게 지낼 수 있었다. 삐삐와 함께 하는 세상은 그런 자유로운 해방의 세계였다.

"삐삐를 부르는 산울림 소리, 삐삐를 부르는 산울림 소리, 삐삐를 부르는 환한 목소리, 삐삐를 부르는 상냥한 소리"로 시작하는 주제가는 지금도 선명하다. 토미와 아니카가 "왜 뒤로 걷니?"라고 묻자 삐삐는 "여긴 자유의 나라잖아. 내가 걷고 싶은 대로 걸으면 안 되는 법이라도 있어?"라고 말한다. 쏟아지는 비를 맞으며 꽃에게 물을 주는 삐삐는 "어제부터 꽃에 물을 주려고 기다렸어. 비가 온다고 꽃에 물을 주는 즐거움이 없어지는 건 아니잖아?"라고 말한다.

토미와 아니카처럼 겨울 방학을 보내고 싶은 삐삐가 학교에 가는 에피소드는 내가 오래도록 가장 좋아하는 장면이다. "7

더하기 5는 몇이냐"고 묻는 선생님에게 "글쎄요, 선생님도 모르는 걸 제가 어떻게 알아요?"라고 답했을 때 얼마나 통쾌했는지. "그럼 8 더하기 4는 뭐니?"라고 이어지는 질문에 "67쯤"이라고 답했다가 정답을 말해주는 선생님을 향해 "7 더하기 5가 12라더니 이번에는 8 더하기 4가 12라고요? 아무리 학교라지만 이건 정말 말도 안 돼!"라고 말할 때는 또 어떻고. 그야말로 내가 학교에서 겪은, 차마 말로 표현하기 어려운 그 억울함 비슷한 마음을 속시원하게 되갚아주는 것 같았다. 그런 삐삐를 사랑했다.

돈을 훔치러 온 도둑들이 삐삐에게 들켜 밤새도록 폴카를 추는 장면도 생생하다. 춤추느라 기진맥진한 도둑들에게 춤춘 값이라며 금화를 건네는 삐삐는 아이의 돈을 탐내는 부끄러운 어른보다 훨씬 '어른'스러웠다.

우리는 자라고 배우고 사회화되며 어른이 되지만, 어른이 되면서 잃어버리는 것도 아주 많다. 삐삐에겐 있지만 우리에게 없는 것, 그것이 우리가 잃어버린 것들이다.

삐삐를 다시 만나니, 어린 시절의 나를 다시 만난 듯도 하다. 하지만 나와 함께 뛰놀던 삐삐는 거기 있는데, 나는 삐삐와 함께 놀려먹던 그 어른이 된 것 같기도 했다.

삐삐를 만나 참 많이 좋아했던 그때 이후로 많은 시간이 지났다. 시간만큼 나이가 들었고 당연히 나이만큼 변했다. 나이가 든다는 건 마음속에서 삐삐를 하나둘 지우는 것이다. 삐삐가 냅다 걷어찬, 남들이 만들어놓은 정답을 받아들이는 일이다. 그래서 누가 묻기도 전에 "7 더하기 5는 12"라고 답하게 된다. 학교에서는 좋은 성적을 받아야 하고 사회에서는 남들보다 앞서가야 하고, 남들에게 인정을 받는 것이 최우선이 된다. 남들이 어떻게 보는지가 중요하고 규칙은 반드시 지켜야 하고, 권위는 존중해야 마땅하다. 모두가 앞으로 걷는 세상에서 나 홀로 뒤로 걸을 수 없고, 비 오는 날 꽃에 물을 주는 것같이 쓸모없는 일은 절대 하지 않는다.

어느 늦은 밤, 유튜브로 〈말괄량이 삐삐〉를 봤다. 삐삐는 그날도 비 오는 날 꽃에 물을 주고, 경찰관을 골려먹고 있었다. 그런 삐삐를 보며 한참 깔깔거리며 웃다가 말로 설명하기 힘든 아주 묘한 기분에 사로잡혔다. 화면 속의 삐삐는 그대로인데 화면 밖의 나는 삐삐가 놀려먹던 어른이 되어 있었다. 그렇지만 놀랍게도 삐삐를 보자마자 순식간에 그 시절로 돌아가 그때의 나처럼 웃을 수 있었다. 역시 삐삐는 편견이라곤 없다. 자유롭게 어린이뿐 아니라 모든 이에게 말을 건네는 친구다. 그런 생각을 하다보면 어린 시절 삐삐의 손을 잡고 현실과 환상의 경계에서 새로운 세계를 향해 한발짝 내딛는 용기를 냈듯이 삐삐에게 손을 내밀어보고 싶어진다. 삐삐라면 내 손을 잡아줄 것이다. 그리고 나에게 이런 말을 건넬 것 같다.

"이제 나이도 먹을 만큼 먹었으니 좀 더 용감해져봐요."
"남들에게 끌려다니지 말아요. 진짜 중요한 것을 놓치고 있는 건 아니에요?"

이런 말도 해주겠지.

"어른이라고 지레 포기하는 거예요? 좀 한심하네요. 어른이 별건가요. 용기를 내봐요. 당신이 아주 많이 사랑했던 나처럼 말이에요. 솔직하고, 편견 없고, 자유롭게 말이에요."

더 늦기 전에 좀 용감해져 볼까. 내가 사랑했던 삐삐처럼. 솔직하고, 편견 없이, 자유롭게. 이런저런 생각에 그날밤 오래도록 잠을 이루지 못했다.

소녀는 엄마가 되기 위해
자라는 것이 아니다

———

『피터 팬』의 웬디

네버랜드는 아주 오래전부터 어린이들에게 모험과 환상의 세계였다.

하지만 그곳에서 환상과 모험을 즐기는 것은 소녀들에게 허락되지

않는다. 수많은 어린이가 환상의 나라 네버랜드에 열광했지만,

그곳은 온전히 남자들만의 세계, 소년들만의 꿈의 나라였던 셈이다.

『피터 팬』
Peter and Wendy
제임스 매튜 배리, 1911, 영국

우리의 『피터 팬』은 처음부터 우리가 아는 그 동화가 아니었다. 희곡작가 제임스 매튜 배리가 1902년 발표한 소설 『작은 흰 새』와 1906년 『켄싱턴 공원의 피터 팬』의 일부분으로 처음 등장한 피터 팬은 1911년에 가서야 비로소 『피터와 웬디』로 출간, 우리가 아는 그 『피터 팬』이 되었다. 1924년 무성영화로 제작된 이래 1953년 월트 디즈니 애니메이션, 1991년 스티븐 스필버그 감독의 〈후크〉, 2002년 월트 디즈니의 〈리턴 투 네버랜드〉, 2003년 P. J. 호건 감독의 〈피터 팬〉, 2004년 마크 포스터 감독의 〈네버랜드를 찾아서〉에 이르기까지 피터 팬은 끊임없이 새로운 버전으로 우리 앞에 나타났고, 이로써 세대별로 각자의 피터 팬이 존재하게 되었다. 당신의 피터 팬은 어느 피터 팬일까?

네버랜드에서 웬디는 뭘 하고 있었을까? 그녀는 신나게
놀기는커녕 아침부터 밤까지 아이들을 돌보며 엄마 노릇을
하고 있었다.

"웬디 너는 밤에 이불을 덮어주면서 우리를 재워줄 수도 있어."
"정말?"
"이제껏 아무도 밤에 우리에게 이불을 덮어준 사람이 없었어."
"그렇구나."
"그리고 우리 옷을 꿰매주고 주머니를 만들어줄 수도 있어.
우린 아무도 주머니가 없어."
더 참는 것은 무리였다. 웬디가 외쳤다.
"얼마나 좋을까. 모두 너무 멋진 일이야."*

웬디가 드디어 피터 팬을 따라 네버랜드로 가겠다고 결심하는 순간이다. '네버랜드에 가면 하늘을 날아다니고, 별들과 이야기하고, 진짜 인어를 볼 수 있다'며 네버랜드가 얼마나 재미있는 곳인지 피터 팬이 아무리 이야기해도 꼼짝도 하지 않던 웬디였다. 그런 웬디가 '아이들 재워주고 옷을 꿰매주고 주머니를 만들어줄 수 있다'는 말에 피터 팬을 따라 네버랜드로 가야겠다고 결심한 것이다. '너무 멋져서' 자기와 동생들이 없어지면 엄마가 얼마나 걱정할까조차 잊게 만든 건 '영원한 아이'도, 별도, 인어도 아닌 바로 아이들의 엄마가 되는 일이었다.

어린 시절 아이들은 누구나 엄마 아빠 역할 놀이를 하며 사회를 배워나간다. 하지만 웬디는 지금 단순히 한판의 거대한 역할 놀이를 하고 있는 게 아니다. 그렇다면 스코틀랜드의 극작가 겸 소설가 제임스 매튜 배리가 『피터 팬』을 발표한 1911년 당시의 평범한 소녀들은 웬디처럼 정말 엄마가 되는 것이 가장 큰 꿈이었을까?

어린 시절 내게 『피터 팬』은 온전히 피터 팬의 이야기였다. 영원히 나이 먹지 않는 피터 팬의 존재감이 얼마나 강렬했던지 다른 등장인물들에 대한 기억은 희미하다. 웬디도 마찬가지다. 피터 팬을 따라 네버랜드에서 신나게 놀았던 여러 아이 중 한 명으로 어렴풋이 떠오를 뿐이었다. 영원히 아이로 살아가는 장난꾸러기 피터 팬이 초록색 나뭇잎으로 된 옷을 입고 예쁜 미소를 보이며 갈고리 오른손을 휘두르는 후크 선장과 싸울 때 그 어딘가에 웬디도 있을 거라고 막연히 생각했다.

그뒤 피터 팬은 어른이 되어서도 종종 맞닥뜨렸다. 어른이 되지 않으려는 어른들을 향해 '피터 팬 콤플렉스'라는 용어를 붙이거나, 너도 나도 유행처럼 나이 먹지 않는 '철부지 어른'이 되겠다고 했을 때, 늘 피터 팬은 불려나왔다. 팝스타 마이클 잭슨은 스스로를 '네버랜드의 피터 팬'으로 부르며 놀이동산과 동물원을 갖춘 '네버랜드'라는 대저택을 만들기도 했다. 피터 팬은 아이나 어른 할 것 없이 모두의 '워너비'였다. 순수한 마음을 잃어버린 어른들, 매사에 계산기를 두드리는 어른들은 갈 수 없는 곳, 네버랜드는 환상과 꿈의 세계, 모든 아이들이 즐겁고 행복한 나라의 대명사였다. 이렇게 행복한 세계에서 웬디도 피터와 함께 행복할 거라고 생각했다.

세상에! 세상 모든 것을 꿈꿀 수 있는 소녀가
기껏 환상적인 모험의 나라에 살면서 고작 내뱉는 말이
"혼자 사는 여자가 부럽다"는 것이라니.

웬디를 제대로 보게 된 것은 2000년대 초 J. P. 호건의 영화 〈피터 팬〉 때문이었다. 그 뒤로 우리나라에 『피터 팬』 완역본이 처음 출간되고, 우리가 알고 있는 피터 팬의 앞 이야기라 할 수 있는 『캔싱턴 공원의 피터 팬』 같은 책도 나오면서 '피터 팬 붐'이 살짝 일었다. 영화는 피터 팬의 모험담만이 아니라 웬디의 성장담이기도 했다. 영화에서 피터 팬은 '영원한 아이'로 머무는 데 비해, 웬디는 네버랜드에서의 모험을 거쳐, 어린 시절에 작별을 고하고 어른으로 성장한다. 일종의 소녀 성장담을 담은 셈인데, 순진한 피터 팬과 웬디가 나누는 알 듯 모를 듯한 첫사랑 역시 소녀의 성장 과정의 하나로 그려졌다. 집으로 돌아와 어른이 되어가는 웬디와 그 모습을 창밖에서 바라보는 피터 팬의 쓸쓸한 모습이 아주 오랫동안 기억에 남았다. 하지만 영화를 보고 다시 읽은 동화 속 피터 팬은 그 전까지 내가 알던 순진한 소년이 아니었다. 여전히 후크 선장을 쩔쩔 매게 할 정도로 똑똑하고 용감했지만 꽤나 거만한 데다 무엇보다 제멋대로였다. 게다가 피터 팬은 어른에 대한 깊은 불신을 갖고 있었다. 피터 팬이 영원히 어린이로 남으려는 이유가 어린이가 좋아서라기보다 어른들이 싫기 때문일지도 모른다는 생각이 들었다. 그는 자신이 싫어하는 어른이 되는 대신 영원히 어린이로 남는 걸 선택한 셈이다.

　　네버랜드도 그저 신나는 모험의 나라가 아니었다. 그곳에서 아이들은 칼을 들고 싸웠다. 죽고 죽이는 일이 일상적으로 벌어지는 현실보다 더 살벌한 곳이었다. "언제나 작은 아이로 남아 재미있게 놀면서 살고 싶다"던 피터가 어른이 되지 않는 대신 얼마나 비싼 값을 치러야 하는지 보여주고 있었다. 어른이 되지 않는다고 즐겁기만 한 게 아니라는 것, 그 선택이 어떤 고통을 동반하는지를 말이다. 그럼에도 불구하고 피터 팬은 어른이 되지 않았다.

다시 만난 피터 팬의 실상이 놀라웠지만 웬디의 상황은 더 놀라웠다. 네버랜드에서 피터 팬과 함께 재미있게 지내고 있으려니 생각했던 웬디는 놀 틈이 없다. 아이들을 보살펴줄 엄마 역할을 할 수 있다는 피터 팬의 말에 홀리듯 네버랜드로 따라나선 웬디는 그곳에서 아침부터 밤까지 천방지축 아이들의 뒤치다꺼리를 하느라 눈코 뜰 새 없다. 피터 팬과 네버랜드 아이들, 거기에 동생 존과 마이클까지 돌봐야 했으니 거의 중노동 수준이다. 요리를 하느라 줄곧 솥단지 앞에서 떠날 줄 모르고, 바느질을 하느라 잠 잘 시간도 모자란다. 하지만 웬디는 엄마 역할을 힘들어하기는커녕 '아주 멋진 일'이라며 즐겁게 받아들인다. 아이들이 모두 잠든 뒤 바느질을 하고 수를 놓는 시간에야 비로소 한숨 돌리고 혼자만의 시간을 가질 수 있다. 웬디는 구멍 난 양말을 한바구니 앞에 두고 앉아 이렇게 탄식한다.

"세상에! 때로는 혼자 사는 여자가 부러울 정도라니까."•

　　세상에! 세상 모든 것을 꿈꿀 수 있는 소녀가 환상적인 모험의 나라에서 내뱉는 말이 "혼자 사는 여자가 부럽다"라니. 겉으로는 푸념인 듯 보이지만 푸념이 아니다. 푸념을 가장한 말에는 나는 혼자 사는 여자가 아니어서 얼마나 다행인가라는 안도감이 묻어난다. 싱글 여성을 은근히 비하하고, 자신은 아이를 돌보는 엄마라는 자부심을 여지없이 드러낸다. 결혼은 인생의 선택이 되고 비혼주의자 선언까지 나오는 요즘 세상에 비춰보면 아이들이 들을까 무서운, 위험천만하고 가당찮은 말이다.

　　신나는 모험 대신 예비 엄마 노릇을 하고 돌아와 결혼하고
　　진짜 엄마가 되는 것이 소녀의 성장담이어야만 했을까?

　　네버랜드는 오랫동안 어린이들에게 모험과 환상의 세계였다. 하지만 그곳에서 환상과 모험을 즐기는 것은 소녀들에게 허락되지 않는다. 수많은 어린이가 '오른쪽에서 두 번째 모퉁이를 돌아 아침이 올 때까지 똑바로 날아가면 도착하는' 환상의 나라 네버랜드에 열광했지만, 그곳은 온전히 남자들만의 세계, 소년들만의 꿈의 나라였다. 그곳에 인어와 인디언 추장의 딸이 살긴 하

지만 이들은 해적들만큼이나 네버랜드의 환상적 요소를 부각시켜주는 일종의 배경일 뿐이다.

피터 팬은 네버랜드가 '유모차에서 떨어진 남자아이들만 가는' 곳이라며 '여자아이들은 너무 똑똑해서 유모차에서 떨어지지 않는다'고 말한다. 얼핏 여자아이들이 남자아이들보다 똑똑하다고 말하는 듯하지만 말만 번지르할 뿐 해적과 싸우는 모험의 나라는 여자아이들에게 허락되지 않는, 남자아이들만 꿈꿀 수 있는 세계라고 말하고 있다.

여자아이들이 네버랜드에 들어갈 수 있는 거의 유일한 방법은 웬디처럼 '엄마'가 되는 것이었다. 남자아이들이 신나는 모험을 걱정 없이 즐길 수 있도록 끊임없이 재미있는 이야기를 들려주고, 이들을 재우고, 먹이고, 입히고, 돌봐주는 엄마 역할로서만 네버랜드에 입장이 가능했다. 자세히 보면 그것도 피터 팬의 사탕발림에 넘어간 웬디처럼 소녀의 욕망이 아니라 소년들이 바라는 바다. 자신들을 돌봐주는 엄마에 대한 네버랜드의 요구가 얼마나 뜨거운지 피터 팬과 네버랜드의 아이들뿐 아니라 다른 어른인 후크 선장과 다른 해적들까지도 웬디를 향해 엄마가 되어달라고 애원한다. 이 작은 소녀에게 자기를 돌봐달라고 하다니.

피터 팬이 자기중심적이고 제멋대로 구는 '철없는 어린이'

캐릭터인 반면 비슷한 또래인 웬디는 침착하고, 상대를 배려하고, 예상치 못한 문제도 해결하는 성숙한 여성이다. 다분히 작가의 의도가 반영된 설정이다. 작가는 어린 소녀 웬디에게 이미 '엄마로서의 싹', 즉 '모성의 본능'을 부여하고, 네버랜드에서의 엄마 놀이를 통해 그 싹을 틔우게 한 셈이다. 네버랜드에서 거의 중노동에 가까운 예비 엄마 놀이를 통해 성장한 뒤 결혼해 진짜 엄마가 되는 것이 100년 전 소녀의 성장담이었다.

100년 전 수많은 웬디들은 『피터 팬』을 읽으며 좋은 엄마가 되는 꿈을 꿨다. 하지만 소년들이 아빠가 되기 위해 태어나는 것이 아니듯, 소녀들도 엄마가 되기 위해 태어나는 건 아니다. 하지만 그렇다고 100년 전 웬디들을 지금의 시선으로 비판할 수만은 없다. 여성들이 제대로 된 교육을 받을 수도, 직업도 가질 수 없었던 시대에 결혼은 여성의 죽고 사는 생존권이 달린 문제였다. 제인 오스틴의 『오만과 편견』에는 이런 구절이 나온다.

> "결혼은, 좋은 교육을 받았지만 집안이 가난한 젊은 여자가 선택할 수 있는 유일하게 영예로운 앞날의 대비책이었다. 행복을 보장해줄지는 알 수 없어도 궁핍에 대한 가장 만족스러운 예방책임은 틀림없었다."*

좋은 엄마의 꿈은 지금 우리의 쉬운 짐작 이상으로 고단하고 처절한 것이었다.

그렇다 해도 웬디가 네버랜드에서 바느질을 하는 그 시절에도 피터 팬은 해적과 싸웠고, 또 다른 남자아이들은 보물섬의 보물을 찾아 나섰다. 멋진 항해에 나선 열다섯 명의 소년들은 폭풍우를 만나고, 허클베리 핀은 뗏목을 타고 드넓은 미시시피 강을 따라 내려가며 온몸으로 세상과 부딪혔다. 소년들이 더 넓은 세상으로 나가 도전하는 꿈을 꿀 때 소녀들은 '너무나 멋진' 엄마 놀이에 자신을 투영해 현명한 부인이자 좋은 엄마가 되기를 꿈꿨다. 서로 다른 이야기를 경험하고, 다른 꿈을 꾸는 소년과 소녀의 세계는 달라질 수밖에 없다.

우리를 둘러싼 이 사회는 여전히 여성들에게 '웬디'가 되길 기대한다. 우리는 여전히 웬디 컴플렉스에서 벗어나지 못했다.

웬디로부터 100년의 시간이 더 지났다. 시대가 변했고 세상이 달라졌다. 수많은 여성이 다양한 분야에서 활약하고 다양한 소녀들의 모험 이야기가 나오고 있다. 누군가 어린 웬디에게 엄마 역할을 맡기려 한다면 비판의 목소리가 하늘을 찌를 것이다.

하지만 아직도 가야 할 길은 멀기만 하다. 여전히 여성이 결혼을 하고 아이를 낳으면 그 양육의 우선 책임을 떠맡는다. 아이를 낳고 키우는 일하는 여성들은 안팎으로 전쟁을 치러야 한다. 세상이 변했다지만, 아이를 돌봐줄 사람이 없어 일을 그만두는 후배들은 여전히 여성들이고, 아이 때문에 퇴사하는 남성 동료나 선후배는 아직까지 주변에서 본 적이 없다. 우리를 둘러싼 사회는 피터 팬처럼 여전히 여성들에게 '웬디'가 되어주길 기대한다. 우리는 아직도 여전히 웬디 콤플렉스에서 벗어나지 못했다.

강력한 모성애 신화는 또 어떤가. 개인적으로 아이를 키우는 것이 우리가 인생에서 가질 수 있는 가장 큰 기쁨이라고 생각한다. 하지만 이 기쁨과, 여성이라면 누구나 모성애라는 유전자를 가지고 태어나 엄마가 되는 순간 그 유전자가 무섭게 발현한다고 여기는 것과는 전혀 다른 문제이다. 엄마가 되어본 여성들이라면 누구나 안다. 여성이라고 자동적으로 강렬한 모성애를 타고나지 않는다는 것을. 여성이라고 아이를 키우고 기르는 데 선천적인 능력을 갖고 있지 않다는 것도. 그래서 많은 여성이 자기에겐 그 당연한 모성애가 그리 없다는 사실을 확인하고, 스스로 당혹해하기도 한다.

모성애란 그저 약하고 힘없는 존재, 스스로를 책임질 수 없는, 불완전하고 미약한 존재를 보살피려는 사랑의 또 다른 이름이다. 그 존재가 태어나 성장하는 모든 과정을 함께하기에 점점 깊어지는 특별하고 애틋한 사랑이다. 그런 사랑이라면 남자와 여자의 구분이 따로 있을 수 없다. 미약한 존재가 한 인간으로 커나갈 수 있도록 모두가 함께 베풀고 책임져야 할 사랑이다. 모두가 이 본연의 사랑에 충실할 때 비로소 우리는 웬디 콤플렉스에서 벗어날 수 있을 것이다.

이제 소녀들에게 입장권을 주지 않는 네버랜드라면 더 이상 유효하지 않다. 아이들이 누구나 마음껏, 아주 멀리멀리 자유롭게 날아갈 수 있는 뉴 네버랜드를 열어줘야 한다. 우리의 소년과 소녀들이 현실 그 너머, 새로운 꿈을 꾸며 그 꿈의 힘으로 새로운 세상을 열어갈 수 있는 곳. 그곳에서 우리의 모든 아이들이 자유롭기를 바란다.

집으로 돌아온 웬디는 성장 중,
피터 팬은 여전히 어린아이

　　피터 팬, 웬디, 존과 마이클은 밤하늘을 날아 무사히 집으로 돌아
왔다.

"잘 가 피터 팬."

웬디는 창문 밖으로 날아가는 피터 팬을 보며 손을 흔들었다. 피터 팬은 하늘을 날아 다시 네버랜드로 돌아갔다.

1년이 지났다. 웬디네 가족은 이사를 했다. 새로운 동네는 도무지 적응이 되지 않았다. 종종 피터 팬이 찾아오지 않을까, 하는 마음으로 항상 방 창문을 활짝 열어 두었다. 커다란 창 앞에서 턱을 괴고 기대 있기도 했다. 웬디는 피터 팬을 다시 만나지 못할까봐 두려웠다. 눈물이 핑 돌았다.

◇

피터 팬은 여전히 네버랜드에 있었다.

◇

"아빠가 하시는 일이 다 옳아."

자기 의견이 어떻든지 간에 웬디는 항상 이렇게 말했다.

"그냥 그렇게 하기로 했어."

웬디의 아빠 달링 씨는 자주 그렇게 말했다. 그는 스스로가 자부하듯이 논리적이고 치밀한 사람이었지만 달링 부인과 아이들은 그를 이해할 수 없을 때가 있었다.

네버랜드에서 돌아온 뒤부터 웬디는 아빠의 모습이 제멋대로인 피터 팬과 같다고 생각했다. 웬디는 예전에 자신이 했던 말이 떠올랐다.

'아빠가 하시는 일이 다 옳아.'

이번에는 그렇지 않은 것 같았다. 웬디가 웅얼거렸다.

"아빠가 하신다고 다 맞는 건 아닌데."

달링 씨가 이를 듣고 웬디의 키에 맞춰 허리를 숙였다.

"뭐라고 했니 웬디?"
"아빠가 하신다고 다 맞는 건 아니라고요."

◇

한편 피터 팬은 네버랜드에 새로 온 아이들에게 말했다.

"너희는 내가 하는 말을 다 따라야 해. 왜냐면 나는 너희들의 대장이고 아빠니까."

아이들은 당연하게 "알았어!"라고 대답했다.

◇

웬디가 가장 좋아하는 시간은 소년들이 모두 잠자리에 든 뒤에 바느질하고 수놓는 시간이었다. 그제야 웬디 스스로가 표현하듯이 '숨 돌릴 시간'이 나는 것이다…… 웬디는 하나같이 뒤축에 구멍이 난 양말을 한 바구니 들고 앉아, 팔을 휘저으며 "세상에! 때로는 혼자 사는 여자가 부러울 정도라니까!" 하고 탄식할 때도 있었다.*

동생들이 잠이 들면 웬디와 달링 부인은 벽난로 옆에 앉아 동생들의 구멍 난 양말을 잔뜩 꿰매야 했다. 웬디는 네버랜드에서 소년들의 양말을 한 바구니나 꿰맸던 걸 떠올렸다. 덕분에 웬디의 손은 익숙하게 움직였지만 머리로는 이 일을 점점 받아들일 수 없었다. 마침내 싫증이 난 웬디는 바느질을 멈췄고, 웬디는 양말을 저 멀리 던져버렸다. 웬디가 엄마에게 물었다.

"이 많은 걸 왜 엄마와 내가 다 해야 하는 거죠?"

달링 부인은 순간 멈칫하더니 대답했다.

"좋은 엄마가 되기 위해서란다, 웬디."

웬디는 엄마되는 걸 그만두어야겠다고 생각했다.

◇

피터 팬의 네버랜드에서는 더 이상 엄마가 없었다. 계속해서

양말은 수북하게 쌓였다. 피터 팬이 말했다.

"언젠가 엄마가 와서 이 양말들을 꿰매줄 거야!"

◇

크리스마스였다. 달링 씨네 친척들이 모두 모여 식탁에 둘러앉았다. 웬디는 드레스를 입었다. 허리가 바짝 조이고 소매가 꽉 끼어 움직이기 불편했다. 웬디가 식탁에 앉자 주변에서 웬디에게 좋아하는 '남자'는 있는지 결혼은 언제쯤 할 생각인지 물었다.

"아직은 생각이 없어요."

하지만 친척들은 멈추지 않고 말했다. '결혼을 하게 되면 아이는 두 명 이상 낳는 게 좋을 거'라고 했다. 웬디는 아무 말도 하지 않았지만 친척들은 계속해서 이야기했다. 참지 못한 웬디가 벌떡 일어났다.

"제가 알아서 할 거라니까요! 누구를 좋아할지, 결혼을 할지 말지, 아이를 낳을지 모두 '다' '제'가 정해요!"

◇

피터 팬은 여전히 네버랜드에 있었다. 쭉 그렇게 있었다.

시간이 많이 지났다. 웬디의 몸과 마음은 점점 성장했다. 피터 팬은 여전히 네버랜드에 있었다. 어른이 되고 싶지 않다며 제멋대로 생각하고 제멋대로 행동했다.

계속해서 시간이 지났다. 웬디는 당당하고 멋진 여성이자 스스로를 책임질 줄 아는 '어른'이 '되어 갔다'. 피터 팬은 여전히 몸도 마음도 '어린아이'인 채로 네버랜드에 '머물러' 있었다.

이야기라는 땅에 꽂힌
조라는 깃발, 그 깃발 아래 선 소녀들

『작은 아씨들』의 조

그것이 어떤 길이든 그녀의 이름으로 꽂힌 깃발 아래

수많은 이야기의 주인공이 탄생했고, 그 이야기의

주인공을 통해 수많은 소녀가, 여성들이 조가 가지

못한 숱한 길 위를 오늘도 끝없이 걸어가고 있다.

『작은 아씨들』
Little Women
루이자 메이 올콧, 1868-1869, 미국

세대를 넘어 청소년 필독서에 꾸준히 오르는 책 중 하나. 여학생들은 소설 속 주인공 메그와 조, 베스와 에이미 중 누구를 좋아하느냐로 서로의 취향과 성격을 가늠해보 기도 했다. 저자의 자전적 소설로도 유명한데, 출간 후 베스트셀러가 되어 저자는 단 숨에 미국을 대표하는 여성 작가의 반열에 올랐고, 작품은 전 세계로 번역 출간되어 명실상부 세계 명작 중 하나가 되었다.

**여자 주인공이라면 당연히 예뻐야 했던 시절,
조의 등장은 "어머, 이런 주인공도?"라는
반가운 호기심을 불러일으켰다.**

『작은 아씨들』의 둘째 딸 조 마치는 오랫동안 나에게 말을 걸어온 주인공이다. 조를 참 좋아했다. 당연히 나만의 조는 아니었다. 그 시절 『작은 아씨들』을 읽은 독자들이라면, 특히 그 또래 여자아이라면 조를 좋아하지 않는 게 더 어려울 정도로 인기가 많았다. 『작은 아씨들』의 큰딸 메그는 열여섯 살의 차분하고 책임감 있는 성격이고, 셋째 딸 베스는 세상에서 제일 착한 열세 살 소녀다. 거기에 다소 이기적이지만 예쁜 열두 살 막내 에이미까지 모두 네 자매 중 열다섯 살의 당찬 소녀 조는 여러모로 단연 돋보였다.

조는 일단 예쁘지 않았다. 소설에 묘사된 바로는 호리호리한 체격에 어깨는 둥글고, 손발은 크고, 팔다리는 너무 길어 어찌해야 할지 모를 지경이었다. 회색 눈은 날카롭고, 입매는 단호했으며, 코는 우스꽝스러웠다. 그나마 길고 숱이 많은 갈색 머리카락이 아름다웠다. 전체적으로 종합해보면 날렵한 느낌의 개성적인 외모가 그려진다. 여자 주인공이라면 당연히 예뻐야 했던 시절이었다. 그럴 때 '갈색 망아지'로 비유되는 여자 주인공의 등장은 "어머, 이런 주인공도?"라는 반가운 호기심을 불러일으켰다.

벽난로에 치마를 몇 번이나 태워먹는 급하고 덜렁대는 성격도 맘에 들었고, '여성은 이래야 한다'는 사람들의 식상한 편견을 우습게 아는 조가 좋았다. 적극적이고 독립적이고 옳은 것에 대한 신념을 가진 데다 자신의 신념을 표현할 줄 아는 것도 매력적이었다. '숙녀'라면 남이 말을 걸어올 때까지 기다려야 했던 시절, 옆집 청년 로리에게 먼저 말을 걸어 친구가 된 조는 남녀 관계에서도 꽤 주도적인, 당시로서는 매우 이례적인 여성이었다. 게다가 그녀는 '긴 드레스를 걸치고 꽃처럼 단정해 보여야 하는 건 질색'이라며 남자아이들처럼 놀고, 일하고, 행동하고 싶어 했다.

지나치게 여성스러운 메그, 너무 착한 베스, 새침한 데다

얄밉기까지 한 에이미에 비해 조는 매우 친근한 캐릭터였다. 비록 그 시절 우리들이 읽고 보던 이야기에는 예쁘고 착한 공주나 예쁜 데다 똑똑한 소녀들이 넘쳐났지만, 현실에서는 예쁘고 똑똑한 데다 착하기까지 한 부잣집 딸들은 별로 없었다. 숙제나 준비물을 까먹기 일쑤인 덜렁대는 친구들, 유쾌하고 순진한 평범한 소녀들이 대부분이었다. 때문에 현실에서 만나기 힘든 예쁘고 착하고 똑똑한 여성이라는 판타지에 열광하면서도 한편으로는 주변에서 흔히 볼 수 있는 예쁘지도 않고 덜렁대는, 그러면서도 자기 삶을 적극적으로 이끌어가는 여주인공의 등장은 무척 반가운 일이었다. 그 소녀가 만들어갈 세계가 궁금했다.

올곧이 이야기라는 땅에 꽂은 조라는 펄럭이는 깃발 아래 우리가 아는 많은 소녀들이 등장했다. 빨간 머리 앤도, 헤르미온느도 모두 다 그 깃발 아래 있었다.

조가 남다른 여주인공일 수 있었던 가장 큰 이유는 흔치 않게 '꿈을 꾸고 성취하고 일하는 여성'이었기 때문이다. 그 시절 동화의 여주인공 가운데 '일'이나 직업에 대한 확고한 꿈과 의지를 갖고 있는 이는 매우 드물었다. 동화 속 많은 소년이 다양한 모험을 찾아 떠났다면, 많은 소녀는 주로 가혹한 운명 속에서 기적적으로 행복을 찾곤 했다. 하지만 그녀들 대부분이 고난 끝에 손에 쥔 결과는 그녀 자신이 아닌 불행한 주변 사람이나 집안을 웃음과 행복이 넘치게 만드는 것이었다. 때론 멋진 남자와 결혼해 '그 뒤로 오랫동안 행복했다'는 엔딩을 맞았다. 소녀들의 행복은 가정의 울타리를 넘지 못했다. 그런데 우리의 조는 과감하게 집을 떠나 세상으로 나갔고 멋진 일을 하겠다는 야망을 품었다. 소설가가 되어 자기 세계를 만들겠다는 야무진 꿈이었다.

『작은 아씨들』은 미국 작가 루이자 메리 올콧의 자전적 소설로, 작가는 자신의 모습을 둘째 딸 조에게 많이 투영했다. 노예 제도에 반대한 인권 운동가이자 여성 참정권 운동을 벌인 페미니스트였던 올콧은 자신이 이상적으로 생각하는 10대 소녀, 자신이 되고 싶었던 젊은 여성의 모습을 조라는 캐릭터 안에 새겨넣었다.

그렇게 만들어진 조는 그뒤 똑똑하고 자기주장이 강하고 자신의 삶에 적극적이고 독립적인 여성 캐릭터의 또 하나의 출발점이 되었다. 올콧이 이야기라는 땅에 꽂은 조라는 펄럭이는 깃발 아래 우리가 아는 많은 소녀들이 차례로 등장했다. 빨간 머리 앤도, 헤르미온느도 그 깃발 아래 있었다. 다만 이 같은 의미와는 별개로 1868년, 미국의 여성 운동가 올콧이 만든 조라는 캐릭터가 100여 년이나 지난 1970~80년대 한국의 소녀 독자들에게 새로운 여성 캐릭터로 박수를 받았으니, 여성을 둘러싼 우리 사회의 인식이 얼마나 뒤떨어져 있었는지 알 수 있다.

조는 책을 좋아하는 책벌레였다. 어려서부터 닥치는 대로 책을 읽었고, 부지런히 습작을 했다. 열다섯 살에 이미 지역 신문에 작품을 투고해, 비록 원고료는 받지 못했지만, 작품 두 편을 당당하게 게재하기도 한다. 훗날 조는 결국 자신을 포함한 네 자매 이야기를 담은 『작은 아씨들』을 써낸다. 어린 시절 작가의 꿈을 꾸던 소녀가 진짜 작가가 되어 자신의 가족 이야기를 쓰고, 이 작품으로 유명해진다는 이야기는 매우 달콤하면서도 극적인 인생 드라마로 다가왔다.

우리의 조를 좋은 엄마이자 평범한 행복을 누리는
귀족 부인으로 살게 할 수는 없었을 것이다.
참으로 조에게는 어울리지 않는 그림이 아닐 수 없었다.

마침 그 시절 TV에서는 자전적 소설을 쓴 작가가 주인공인 미국 드라마 〈초원의 집〉과 〈월튼네 사람들〉이 잇따라 방영되고 있었다. 속칭 '미드' 열풍이라면 2000년을 전후한 케이블 TV 시대, 〈섹스 앤드 더 시티〉, 〈프리즌 브레이크〉 같은 드라마와 함께 시작됐다고들 하지만 1970~80년대 어린 시절을 보낸 우리

또래야말로 열광적인 미드 1세대라고 할 수 있다. 국내에서 제작한 TV 프로그램이 부족했던 시절, 당시 엄청나게 많은 미국 드라마가 프로그램의 빈 곳을 채우며 앞다퉈 방영됐다.

나 역시 거의 한 회도 빠지지 않고 챙겨볼 만큼 〈초원의 집〉과 〈월튼네 사람들〉의 열혈 시청자였다. 미국 서부 개척 시대 가난하지만 화목한 잉걸스 가족 이야기인 〈초원의 집〉은 잉걸스가의 둘째 딸이자 드라마 화자인 로라 잉걸스의 자전적 소설이 원작이고, 작은 산골 통나무집에서 사는 8남매 대가족 이야기인 〈월튼네 사람들〉 역시 작가 얼 햄너의 자전적 소설을 드라마로 만든 것이었다. 햄너는 드라마에서 작가 지망생인 첫째 아들 존으로 나온다. 이렇게 조, 로라, 햄너를 보면서 나도 언젠가 나와 나의 가족 이야기를 쓰리라는 엄청난 희망 사항을 품기도 했다.

나에게 이런 불가능한 '대로망'을 품게 한 『작은 아씨들』은 올콧이 1868년에 발표한 작품이었다. 올콧은 『작은 아씨들』의 인기에 힘입어 그다음 해에 『작은 아씨들』의 2부격인 『좋은 아내들』*Good Wives*을 출간했다. 후편은 조와 에이미의 연애와 결혼 이야기가 중심이었다.

책도 책이지만 내 기억 속에는 TV 〈주말의 명화〉 시간에 본 영화 〈작은 아씨들〉이 훨씬 더 선명하다. 〈작은 아씨들〉은 여러 차례 영화화됐는데, 20세기 최고 미녀 배우 엘리자베스 테일러가 에이미로 나왔던 기억을 쫓아가보니 내가 본 영화는 MGM 사의 1949년 작품이었다. 영화를 보고 나서야 조가 옆집 친구 로리의 청혼을 거절하고, 나이 많은 독일 교수와 결혼한다는 사실을 알게 되었다. 이런 조의 결정에 얼마나 실망했는지 모른다. 곱슬머리에 크고 검은 눈, 잘생긴 코에 가지런한 손발을 가진 로리는 감성적이고 예의 바르며 쾌활한 부잣집 손자였다. 게다가 어릴 때부터 조와 죽이 착착 맞는 친구였고, 언제나 조를 배려했다. 로리의 청혼을 조가 거절할 때만 해도, 지금은 거절하지만 결국 끝에 가서는 로리와 결혼할 거라고 짐작했다. 하지만 기대와 달리 로리는 조가 아닌 조의 동생 에이미와 결혼하고, 조는 가난한 독일인 전직 교수 프리드리히 바에르와 결혼을 했다. 로리와 이어지지 않아 아쉬운 데다가 영화에서 독일 교수를 맡은 배우가 너무 나이 들고 볼품 없어 보여 더 안타까워했던 기억이 난다.

121

평생 결혼을 하지 않았던 여성 운동가 올콧은 자신을 투영한 조 역시 결혼을 시키지 않고, 독신으로 두려 했다고 한다. 집을 떠나 뉴욕에서 가정 교사로 일하며 글을 쓰던 조는 '자신은 펜을 배우자로 삼고 글을 가족으로 삼아 현명하고 유익하게 살아가겠다'고 결심하기도 한다. 올콧은 조를 통해 독신 여성에 대한 편견과 동정어린 시선에 반대하는 목소리를 드러내기도 했다. 그 당시 독신 여성들은 가난하고 까다롭다는 인상이 강했는데 조는 "그런 그들도 그들만의 사연이 있으니 다정하게 대해 달라"고 말한다.

싱글로 살겠다는 조의 바람은 단지 올콧이 품었던 생각만은 아니었다. 실제로 미국에서는 19세기 말 싱글 여성들이 유행처럼 대거 등장했다. 도시화와 산업화로 미국 사회에서 중산층 신여성들이 등장하면서 많은 여성이 대학에 진학하기 시작했고, 대학에서 교육을 받은 이들 가운데 상당수가 결혼을 하지 않거나, 다른 여성들에 비해 늦게 결혼을 했다. 『작은 아씨들』은 바로 이 같은 시대의 흐름과 궤를 같이 한다. 미국 여성 운동의 뿌리가 된 노예 해방 운동을 벌였고, 참정권 운동가였으며, 남북전쟁당시 종군 간호사로 참전했던 페미니스트 올콧은 조의 싱글 생활을 통해 새로운 여성의 모습을 보여주려 했다. 올콧은 평소 여성이 남성과 결혼하면 자신의 욕구는 한쪽으로 제쳐놓고 남편을만족시키느라 진정한 자신의 삶을 살 수 없게 된다고 말했다.

하지만 조를 독신으로 살게 하려던 올콧의 계획은 로리와 결혼시켜달라는 독자들의 성화 앞에서 좌절되고 만다. 그렇다고 독자들의 요구대로 따를 수는 없었던 올콧은 결혼을 시키긴 하되, 로리가 아닌 프리드리히 바에르 교수를 선택하는 타협안을 내놨다. 페미니스트였던 올콧으로서는 아무리 독자들이 요구하더라도 조를 돈 많은 귀족 청년과 결혼시켜, 좋은 엄마이자 안락하고 평범한 행복을 누리는 귀족 부인으로 살게 할 수는 없었던 모양이다. 올콧은 조가 백마 탄 왕자인 귀족 청년 로리의 청혼을 야박하게 거절하게 함으로써 소녀 동화의 전형적이고 오래된 판타지를 깨는 것으로 만족하는 차선을 택했다.

> **조가 결혼하지 않고 혼자 살았다면 어땠을까.**
> **다른 동화에서 쉽게 만날 수 없는 싱글 여성의 삶이라면**
> **그녀에게 제법 잘 어울리지 않았을까?**

귀족이 되고 싶다는 뜨거운 열망을 품고 사교계의 주인공이 되고 싶어 했던 동생 에이미와 달리, 조는 돈보다는 지성을, 지성보다는 선한 품성을 더 귀하게 여겼다. 또한 그녀는 귀족들의 허위의식은 물론 지식인의 이중성도 경멸했다. 소설에는 뉴욕에서 가정교사로 일하며 글을 쓰는 조가 명성 높은 시인과 유명한 작가들을 만나, 이들에게 크게 실망하는 장면이 나온다. 겉으로 윤리, 도덕을 말하는 작가들의 사생활이 얼마나 난잡한지, 이들의 인간 됨됨이가 얼마나 별 볼 일 없는지를 확인했기 때문이다. 결국 조는 자신의 삶의 철학에 따라 가진 것 없지만 현명하고, 선하며, 타인을 배려하고, 더 높은 가치를 추구하는 바에르를 선택한다. 돈이나 지위 같은 조건이 아니라 자신과 삶의 가치

를 공유한 사람을 택한 것이다. 지식인으로서 문학에도 조예가
깊었던 바에르는 조의 글에 대해서 정확하게 조언을 해준다. 돈
을 벌기 위해 대중소설을 쓰던 조에게 자신이 진짜 원하는 소설
을 쓰라는 충고를 한 사람도 바에르 교수이다. 그렇게 보면 영화
에선 볼품없어 보일지라도 조가 바에르 교수를 선택한 것은 매
우 조다운 결정이었다.

훗날 조는 남편과 함께 마치 숙모 할머니가 남긴 플럼필드
대저택을 개조해 작은 학교를 연다. 이 학교는 올콧의 아버지이
자 진보적 지식인이었던 아모스 블론슨 올콧이 만든 실제 학교
를 모델로 삼았다. 현실에서 아버지 올콧은 지나치게 시대를 앞
서가는 학교를 만들어 실패했지만 이야기 속에서 조는 학생을
억압하지 않는 진보적인 학교를 만들어 소크라테스식 교육법을
실천해나간다. 학교는 화려하지 않고, 이들의 재산은 늘어나지
않았지만 조는 원래 세웠던 목표대로 교육과 보살핌이 함께 이
루어지는 행복한 학교를 만들어간다. 이 역시 바에르와 함께였
기에 가능했다.

이 학교에서는 모든 아이가 평등하게 교육을 받았다. 부잣
집, 귀족 가문의 아이들뿐 아니라 부랑아와 고아들, 발달이 더디
거나 수줍음을 많이 타는 소년, 연약하거나 소란스러운 소년, 말
을 더듬거나 절름발이 소년 등 다른 학교에서 기피하는 학생이

라도 누구나 환영했다. 다만, 소녀들은 들어오지 못하는 소년들만의 학교였다니 내가 아는 조가 맞나, 하는 생각이 들 정도로 아쉽다.

만약 올콧이 원래 생각했던 대로 조를 결혼시키지 않고 혼자 살게 했다면 어땠을까 상상해본다. 왕자님과의 결혼으로 단숨에 고생 끝 행복 시작이라며 순식간에 막을 내리는 결말이 아닌 것에서 더 나아가 동화에서 쉽게 만날 수 없는 싱글 여성의 삶을 그렸다면 어땠을까. 물론 혼자 산다고 무조건 주체적이고 독립적인 삶은 아니다. 결혼을 하고 싶지만 혼자 사는 이들도 있고, 혼자 살기를 꿈꿨지만 결혼을 하고 아이의 엄마가 되는 이들도 있다. 결혼을 했다고 당연히 행복한 가정을 꾸리는 것이 아니듯, 혼자 산다고 더 주체적인 삶을 보장 받는 것도 아니다. 어차피 모두의 삶은 제각각이며 삶에 정답은 없다. 다만 조라면, 원래 그녀가 생각했던 것처럼 결혼을 하지 않았더라면 어땠을까 궁금하긴 하다. 아마도 1860년대 독신으로 살았다면 당대의 편견과 싸우고 씨름을 해나가느라 꽤 고단하고 어려운 삶을 살았을 것이다. 어쩌면 후회했을지도 모른다. 결혼은 해도 후회, 안 해도 후회라는 말이 아니라 인생에서 후회란 어떻게 살아도 일정 부분 겪게 되는 모두의 몫이니 조 역시 이를 비껴갈 수 없다는 것이다. 다만 조라면, 적어도 수많은 소녀들에게 독립적인 여성의 모습을 앞서서 보여주던 그녀라면 결혼의 여부와 관계없이 자신만의 길을 만들어갔을 것 같다. 『작은 아씨들』은 당연히 썼을 테고, 혼자서라도 오랫동안 꿈꿔온 학교를 만들어 민주적으로 이끌어갔을 것이다. 남편과 함께 만든 소년을 위한 이상적인 학교 대신 소녀들에게 더 많은 교육의 기회가 필요하다며 소녀를 위한 학교를 만들었을 수도 있다.

또는 '쓰레기 같은 소설은 그만 쓰고, 가치 있고 품위 있는 작품을 쓰라'고 조언하는 바에르 교수가 없었다면, 조는 공포 추리 소설계의 여왕이 되어, 여성 셜록이나 여성 루팡을 탄생시켰을지도 모른다.

조는 이 모든 길을 가지 못했다. 하지만 그녀의 이름으로 꽂힌 깃발 아래 많은 이야기의 주인공이 탄생했다. 이들 주인공은 조가 가지 못한 숱한 새로운 길을 만들어 오늘도 끝없이 걸어가고 있다.

"여자애가 조신하지 못하게!"

그렇게 노출이 심한 옷은 입으면 안 돼!

남들이 널 뭘로 생각하겠니.

그러게 왜 그런 옷을 입었니?

'네'가 그렇게 입었으니까. 그런 거잖니.

조금만 꾸미면 더 여성스러울텐데.

지금은 너무 머스마 같잖니!

워우. 지금 2000년대 맞죠?

제가 살던 150년 전하고 별로 다른 게 없어 보이네요!

이 말을 들은 조가 『작은 아씨들』의 한 페이지에서 튀어나와 말한다.

(작은아씨들은 1860년대 미국을 배경으로 한 소설이다)

"우리 ○는 좋은 신부, 좋은 아내, 좋은 며느릿감이 되겠지."

그렇게 일만 하면 남자가 생기지 않을 텐데.

남자도 좀 만나고 그러렴.

집안일은 여자가 하는 게 당연한 거란다.

똑같이 맞벌이를 해도 집안일을 돕지 않는 남편에게 화내지 마렴.

명절에 부엌일 돕는 건 당연한 거야!

아빠한테 손발이 없냐고? 그게 무슨 말버릇이니!

사는 나라와 문화가 달라서 제가 이해를 못하는 건가요?

하지만 이런 건 '문화'의 차이가 아닌 것 같은데요?

이 말을 들은 조가 『작은 아씨들』의 한 페이지에서 튀어나와 말한다.

(작은아씨들은 1860년대 미국을 배경으로 한 소설이다)

다리 대신 목소리로
사랑을 고백했다면

『인어공주』의 공주

인어공주는 밤마다 왕자의 궁전을 찾아가 먼 곳에서 그를 보며

마음 졸이는 대신, 마녀를 찾아가 왕자에게 가기 위해 목소리와

다리를 바꾸는 대신, 인어의 꼬리 그대로 자기 모습 그대로

왕자를 찾아갔어야 했다. 있는 그대로의 스스로를 내보이며

그녀의 아름다운 목소리로 왕자를 사랑한다고 말했어야 했다.

『인어공주』
The Little Mermaid, Den lille Havfrue
한스 안데르센, 1837, 덴마크

어린 시절 『인어공주』의 마지막 페이지를 넘기며 눈물 흘렸던 기억은 누구 한 사람만의 것이 아니다. 특히 그 결말은 대개의 동화들이 '행복하게 살았습니다'로 끝나는 것과는 매우 달랐다. 슬프고 안타까운 『인어공주』의 결말 덕분에 우리는 어린 시절 인생이 늘 즐겁기만 한 게 아니라는 걸 배웠는지도 모른다. 하지만 월트 디즈니는 그 결말이 마음에 들지 않았던 듯하다. 1989년 제작한 애니메이션 영화에서 인어공주는 에리얼이라는 이름을 얻고, 고생 끝에 왕자와의 결혼식장에서 활짝 웃는다. 물거품이 되어버린 안데르센의 인어공주에 대한 전 세계인들의 안타까움을 단번에 날려준 이 영화는 흥행에 대성공, 인어공주를 살리고 월트 디즈니도 살렸다.

공주님들의 일상은 왕자님과의 만남을 위한 대기의
시간이며, 삶의 목표는 결혼이고, 바라던 대로 결혼을
했으니 그 이상의 인생은 없다는 듯 서둘러 엔딩!

동화 속 공주들에게 빠져들던 시간이 있었다. 남성적 시선
으로 여성을 바라보고, 덮어놓고 왕자와 결혼해 오래오래 행복
했다는 이야기가 비판의 대상이 된 지 오래지만 어린 나는 그런
맥락을 읽어낼 수 없었다. 그런 시대도 아니었다. 그저 예쁜 공
주가 멋진 왕자와 만나 사랑을 나누고 그후로 오래오래 행복하
게 살았다는 이야기가 정말 재미있었다. 예쁜 공주가 나와서 좋
았고, 고귀한 신분으로 태어난 공주들이 비극적인 운명에 빠졌
다가 극적으로 행복해지는 이야기에 혹했다. 멋진 왕자가 세상에

서 제일 예쁜 공주를 구한다는 설정에 빠져들어 마음속으로는 나도 그런 공주가 되길 바랐는지도 모르겠다.

　　나만 그랬을까? 나와 비슷하게 어린 시절을 보낸 소녀들이라면 대개 비슷한 형편이었을 것이다. 하지만 공주와 왕자 이야기를 아름답게 여기던 시절은 곧 끝나고, 예쁘고 착하기만 하면 멋진 왕자님이 행복하게 해준다는 이야기가 거짓말이라는 사실을 아는 데 오랜 시간이 걸리지는 않았다. 사랑도, 결혼도 그리고 세상 모든 일이 '그후로 오래오래 행복했습니다'처럼 단순하지 않다는 것도 알게 됐다.

　　가끔 그 시절 공주와 왕자가 아닌 다른 이야기를 더 많이 읽고 자랐다면 '지금과 다른 곳에서 다른 삶을 살고 있을까?'라는 생각을 해본다. 아마도 그럴 것이다. 누구나 어려서부터 읽고 보고 경험하고 들은 이야기, 그렇게 얻은 세상의 정보와 감각으로 자기만의 거대한 상상의 세계를 만들고, 그 속에서 성장해나가기 때문이다. 어린 시절 재미있게 보고 좋아했던 이야기 세계를 부정하고 비판해야 하다니. 참으로 당황스러운 상황이지만 잘못됐다고 비판할 수 있다는 건 그 만큼 세상이 더 나아졌다는 뜻이니, 다행스러운 일이기도 하다.

　　어린 시절 내가 만난 숱한 공주, 백설공주, 잠자는 숲속의 공주, 공주는 아니지만 '공주급'인 신데렐라는 모두 해피 엔딩의 주인공이다. 공주님들의 일상은 왕자님과의 만남을 위한 대기의 시간이며, 삶의 목표는 결혼이고, 바라던 대로 왕자님과 결혼을 했으니 이제 그 이상의 인생은 없다는 듯 서둘러 엔딩을 맞는다.

인어공주가 다른 공주들과 결말이 달랐던 건 사랑의
상대를 정하는 선택권을 가지려 했기 때문이 아닐까?

인어공주는 달랐다. '그후로 오래오래 행복'하지 못했다. 사랑을 이루지 못하고 끝내 물거품이 되어 사라지는 비극적인 엔딩이 너무 슬펐다. 혼자 왕자를 사랑한 인어공주가 안타까웠고, 자신을 구해준 공주를 알아보지 못하는 왕자가 정말 미웠다. 왕자가 다른 공주와 결혼한 날, 얼마나 배신감을 느꼈던지 인어공주가 언니들이 건넨 칼로 왕자를 찌르고 바다로 돌아가길 바랐다. 왕자에 대한 미련도 버리고, 왕자와 함께 보낸 시간도 깨끗이 잊고 다시 행복해지길 바랐다.

인어공주의 비극적 결말에는 작가 안데르센의 개인적 상처와 종교적 철학이 반영되어 있다. 가난한 집안에서 태어난 안데르센은 동화작가로 엄청난 성공을 거두고도 출세욕과 불안감, 자기 과시욕과 자괴감 사이에서 불행했다. 그런 현실의 고통 속에서 안데르센은 세속적인 행복보다 종교적인 구원을 더욱 가치 있게 여겼다. 인어공주가 비록 현실에서는 사랑에 실패해 물거품이 되었지만 공기의 요정이 되어 영원한 영혼을 얻을 수 있게 되었으니 더 큰 구원을 받았다고 생각했을 듯하다. 안데르센의 생각이야 그렇다고 해도 인어공주의 비극은 단지 인어공주만의 이야기에 그치지 않는다. 이 슬픈 결말에는 어쩔 수 없이 당대의 의식이 그대로 투영되어 있다. 그것을 요약하면 다음과 같다.

"여성이 감히 남성을 선택해? 여성이 남성을 향한 욕망을 적극적으로 드러낸다고? 그 사랑은 시작부터 틀렸어!"

13

인어공주와 다른 공주들의 운명을 가른 결정적인 차이는 왕자의 사랑을 기다리지 않고 왕자를 선택했다는 것이다. 옛 이야기에서 이런 일을 할 수 있는 여성은 마녀밖에 없다. 여성이 먼저 사랑의 감정을, 욕망을 드러내는 건 마녀의 짓, 바로 '나쁜 짓'이었다. 공주들의 러브 스토리는 대부분 왕자가 아름다운 공주를 보고 사랑에 빠지는 것에서 시작한다. 공주들은 특별히 하는 일 없이 '매력자본'인 미모 하나로 왕자의 선택을 받아, 자신의 감정은 들여다볼 틈도 없이 세상에서 가장 행복한 표정으로 왕자 옆에 선다. 인어공주는 달랐다. 열다섯 살 인어공주는 용감했다. 첫눈에 반한 자신의 감정에 모든 것을 건다. 열다섯 살에 사랑에 목숨을 걸다니 꽤나 조숙했던 것도 같지만 성춘향도 줄리 엣도 모두 열다섯 살이었다. 동서를 막론하고 이야기 세계에서 열다섯 살은 첫 생리를 하고 소녀에서 여성이 되는, 사랑에 빠지기에 충분한 나이로 여겼다. 이제 막 열다섯 살이 된 공주는 바다 위를 구경하러 처음 올라간 날, 아름다운 왕자를 보는 순간 사랑에 빠진다. 사랑의 상대를 정하는 선택권을 과감하게 사용한 것이다. 공주는 이미 그전부터 왕자를 사랑할 준비가 되어 있었다. 공주는 300년 동안 살지만 죽는 순간 물거품으로 사라지는 인어와 다르게 인간은 죽은 뒤 영혼이 하늘로 올라간다고 알고 있었다. 그런 인간의 삶을 동경한 공주는 난파된 배에서 떨어진 하얀 왕자 조각상을 매일 어루만지며 그와의 사랑을 꿈꿨다. 하루라도 좋으니 인간으로 살았으면 좋겠다는 소망을 품었다. 그런 그녀가 처음으로 물 위로 올라간 날, 아름다운 검은 눈동자의 왕자를 봤으니 첫눈에 반하는 것은 정해진 수순이었다. 처음 보는 낯선 바다 위의 풍경에 때마침 배 위에서는 불꽃놀이가 펼쳐졌다. 폭죽이 터질 때마다 갑판 위는 환해졌고, 환해질 때마다 모든 사람 중에 왕자는 가장 아름다워 보였다. 인어공주에게 이 첫사랑은 운명이었다.

> 말을 잃는 건 모든 것을 잃는 것이다. 인어공주는
> 그걸 몰랐고, 남성의 선택을 기다리지 않고
> 여성이 남성을 선택한 대가는 이렇게나 큰 것이었다.

인어공주는 첫눈에 반한 상대에게, 자신의 분명한 감정에 모든 것을 건다. 자신의 사랑에 대한 두려움 없이, 상대의 사랑에 대한 어떤 의심도 없이 용감하게 뛰어든다. 이런 이유로 인어공주는 오랫동안 낭만적 사랑의 메타포로 여겨져 왔다.『인어공주』가 탄생한 그 즈음, 집안이 정해준 상대가 아니라, 서로 열렬히 사랑해 결혼에 이르는 '낭만적 사랑'이 시작되고 있었다. 고귀한 신분, 투명한 장미 꽃잎처럼 매끈한 피부, 깊고 푸른 눈을 지닌 바다 왕국 최고의 미모, 사려 깊은 성격, 어머니가 일찍 돌아가시긴 했지만 아버지와 언니들의 사랑을 듬뿍 받고 자라온 인어공주는 안정된 삶을 버리고 위험한 사랑을 선택한다. 정해진 삶보다는 그 이상을 꿈꿨다.

그러나 세상에 공짜는 없다. 왕자와의 사랑을 위해 인어공주는 거의 모든 것을 다 버렸는데, 이 사랑은 그 이상을 요구한다. 인어공주는 인간의 몸, 인간의 다리를 얻는 대신 목소리를 내놓아야 했다. 목소리는 '말'이다. 자신의 말을 잃는다는 건 자신의 모든 것을 잃는 것과 같다. 그러나 인어공주는 그것을 몰랐다. 남성의 선택을 기다리지 않고 여성이 남성을 선택한 대가는 이렇게 가혹했다.

　　그녀는 자신의 외모에 비교적 자신만만했는지도 모른다. 왕자를 처음 만난 날, 의도치 않게 공주는 자신의 전라를 내보인다. 몸에 아무것도 걸치지 않은 채 왕자 앞에 등장한 그녀의 모습은 태어나고 자란 안전한 세상을 버리고 인간 세상으로 온 그녀에게 아무것도 남아 있지 않다는 사실을 상징적으로 드러낸다. 남자가 여자를 선택하는 전통의 룰을 깬 인어공주가 왕자의 마음을 얻기 위해 내세울 수 있는 것이라곤 육체적인 매력밖에 없다는 사실도 보여준다. 그것이야말로 가장 통속적인 방법이 아닐 수 없다. 세상의 통념에 도전하며 과감하게 남성을 직접 선택하는 용기를 보여준 인어공주가 왕자를 유혹하기 위해 선택한 방법이 가장 세속적인 미인계라니. 참 아이러니하다. 그래서 인어공주는 순식간에 '낭만적 사랑의 메타포'가 아니라 '바보 같은 사랑의 메타포'로 전락한다.

　　하지만 선택 받은 이 왕자는 얄미울 정도로 현실적이다. 어린 내게는 왕자가 공주를 알아보지 못하는 것이 얼마나 바보처럼 보였는지 모른다. 왕자가 이웃 나라 공주를 자신을 구해준 공주로 착각하는 것이 그저 안타깝기만 했다. 그런데 볼수록 이 왕자는 안타깝고 바보 같은 사람이라기보다 계산이 매우 빠른 현실적인 인물이다.

왕자는 인어공주를 좋아하게 되었노라며, 영원히 곁에 있어달라고 하지만 공주를 사랑한 적은 없는 듯하다. 어디를 가든 데리고 다니는 공주의 발에서는 땅에 닿을 때마다 눈에 띌 만큼 피가 흐르지만 왕자는 걱정은커녕 알아차리지도 못한다. 사랑하면 모를 수 없다. 왕자는 인어공주를 '주워온 사랑스러운 아가씨'라고 부르며 이마와 입술에 수시로 키스하고, 언젠가 신부를 골라야 한다면 인어공주를 택하겠다고 하지만 신부로 삼을 생각은 전혀 없어 보인다. 자신을 구해준 그 여인만을 사랑한다면서 부모 핑계를 대고 못 이기는 척 이웃 나라 공주를 만나러 간다. 결혼은 자신과 걸맞은 신분의 여성과 해야 한다는 계급 의식이 분명해 보인다. 그런 왕자에게 신분도 정체도 알 수 없는 인어공주는 그저 '주워온 사랑스러운 아가씨'일 뿐이다.

낭만적인 사랑의 화신인 인어공주는 자신이 목소리를 잃어 비록 말을 하지 못해도 모든 것을 건 운명의 사랑인 왕자가 자신을 알아봐주고 사랑해줄 것이라고 믿었다. 하지만 자신의 말을 잃는다는 건 자신의 모든 것을 잃는 것과 같다. 인어공주는 자기 자신을 잃은 채로 사랑을 찾아나선 것이다. 자신의 말로 표현하지 않으면 마음은 전달되지 않는다. 사랑뿐이 아니다. 세상의 모든 관계에서 내가 누구인지 말해야 하고 상대가 누구인지 들어야 한다. 인어공주는 자신의 모든 것을 버릴 만큼 용감했지만 사랑의 가장 중요한 본질, 자신 스스로를 잃어버림으로써 사랑도 잃고 만다. 인어공주는 왕자에게 사랑하는 마음을 단 한 번도 제대로 전하지 못하고 왕자의 선택만 기다릴 뿐이었다. 다른 공주들과 다르게 시작은 용감했으나 왕자가 자신을 선택해주길 바라는 모습은 그동안의 공주들과 다르지 않았다.

인어공주는 자기 모습 그대로 왕자를 찾아갔어야 했다.
있는 그대로의 스스로를 내보이며 아름다운 목소리로
왕자를 사랑한다고 말했어야 했다.

"당신은 누구죠? 어디서 왔나요?"*

바닷가에서 인간이 된 공주를 처음 만났을 때 왕자가 던진 이 질문에 공주는 답하지 못했다. 그저 슬픈 눈으로 왕자를 바라만 볼 뿐. 이미 이 사랑은 여기에서 끝이 났다. 인어공주는 '당신을 위해 내가 모든 것을 버리고 왔노라'고 말해야 했지만, 말하지 못한 진심은 전달되지 않는다. 사랑은 서로가 서로를 발견하고, 확인하고, 이해해가며 누구에게도 허락하지 않았던 자기 삶 속으로 상대를 받아들이는 일인데, 공주는 그 문턱조차 넘지 못했다.

인어공주는 밤마다 왕자의 궁전을 찾아가 먼 곳에서 그를 보며 마음 졸이는 대신, 마녀를 찾아가 목소리와 다리를 바꾸는 대신, 인어의 꼬리 그대로 자기 모습 그대로 왕자를 찾아갔어야 했다. 있는 그대로의 스스로를 내보이며 아름다운 목소리로 당신을 사랑한다고 말했어야 했다. 그랬다면 그들은 기예르모 델 토로의 영화 〈셰이프 오브 워터〉의 주인공들처럼 모든 것을 뛰어 넘는 사랑을 했을지도 모른다. 왕자의 현실적인 셈법으로 볼 때 왕자가 모든 것을 버리고 인어와 사랑에 빠질 것 같지는 않지만 그랬다면 인어공주는 왕자에 대한 환상을 버리고 깨끗하게 포기 했을 것이다. 마음의 상처는 받겠지만 인어공주의 삶은 계속 되 었을 것이다. 열다섯 살 그녀에게 다른 사랑의 기회가 몇 번이고 찾아왔을 것이다.

　　『인어공주』의 사랑이 안타까운 건 한국의 작은 도시에 살 던 어린 소녀만은 아니었다. 디즈니 사는 1989년 붉은 머리 말괄 량이 인어공주 에리얼과 왕자의 사랑이 해피 엔딩으로 끝나는 뮤지컬 애니메이션 〈인어공주〉를 만들었다. 물거품이 되었던 인 어공주는 디즈니에 의해 살아났다. 살아난 것은 인어공주만이 아니었다. 1966년 월트 디즈니가 세상을 떠난 뒤 잇따른 실패로 휘청이던 디즈니는 〈인어공주〉의 대히트로 기사회생했다. 디즈니 는 〈인어공주〉를 시작으로 〈미녀와 야수〉, 〈알라딘〉, 〈라이언 킹〉,

〈뮬란〉으로 이어지는 뮤지컬 애니메이션의 전성시대를 열었다.

하지만 해피 엔딩이니 이대로 좋은 걸까. 인어공주가 물거품이 되지 않고 사랑을 이뤘다는 것에 만족하고 있기엔 이야기는 오히려 후퇴했다. 목소리를 잃은 에리얼이 가까스로 왕자의 사랑을 얻게 되려는데, 마녀 우슬라가 방해공작을 펼친다. 이에 아버지인 바다의 왕 트리톤과 친구들이 나서 공주의 사랑을 돕는다. 그리고 '공주는 왕자와 결혼해, 그 뒤로 행복했다'는 전형적인 결말로 마무리된다.

말을 되찾은 인어공주의 입에서 처음으로 나올 말은
과연 누구를 향한 것일까, 어떤 말을 했을까.

다시 시간이 지나 2017년, 미국의 그림책 작가 데이비드 위즈너의 그래픽 노블 『인어 소녀』가 나왔다. 신화와 민담 속 이야기를 재해석해온 미국 작가 도나 조 나폴리가 인어공주 이야기를 다시 쓰고, 『구름 공항』, 『이상한 화요일』로 기발한 상상력을 펼쳐온 세계적 그림책 작가 위즈너가 그림을 그린 작품이다.

그래픽 노블에서 인어공주는 해안가의 거대한 수족관에 살고 있는 인어 소녀로 등장한다. 오래전 우연히 인어를 잡은 수족관 주인은 자신을 바다의 왕 넵튠이라고 속이고 "세상에서 인어 소녀를 사랑하는 사람은 자기밖에 없다"며, 소녀를 수족관 안에 가둬둔다. '넵튠'은 인어 소녀를 관객의 호기심을 끌 정도로만 슬쩍슬쩍 보여주며 돈벌이를 한다. 그러던 어느 날 인어 소녀는 수족관에 놀러온 또래 소녀 리비아를 만나게 된다. 리비아를 통해 넵튠의 거짓말을 알게 된 인어 소녀는 수족관 밖으로 나오는데 땅에 나오면 인어의 꼬리가 사라지고 인간의 다리가 생긴다는 사실을 알게 된다. 그렇게 한걸음씩, 소녀는 스스로의 힘으로 수족관의 세계를 부수고, 존재의 자유를 얻는다. 『인어 소녀』의 세계에 왕자는 애초에 존재하지 않는다. 무엇보다 흥미로운 것은 바로 목소리다. 인어공주는 왕자의 사랑을 얻기 위해 자기 목소리를 버렸지만, 인어 소녀는 스스로 목소리를 얻어낸다. 원래 목소리가 나오지 않던 인어 소녀는 자신의 두 발로 땅 위에 서서 있는 힘껏 목소리를 낸다. 그리고 처음으로 친구의 이름을 부른다. 인어공주는 170여 년의 시간을 지나 인어 소녀를 통해 자신의 목소리를 되찾았다. 만약 인어공주가 인어 소녀처럼 목소리를 되찾는다면 그녀의 입에서 처음으로 나올 말은 과연 무엇일까.

시대가 허락하지 않은, 사랑에 용감하게 도전했던 인어공주는 허망하게 물거품으로 사라졌지만, 인어공주의 이야기는 아직 끝나지 않았다. 인어공주의 이야기는 이렇게 계속되고 있다.

〈기획 의도〉

공주 캐릭터 중 인어공주가 유난히 인기를 끄는 이유는 무엇보다 '인어'라는 독보적인 설정과 함께 비교적 '진취적인' 캐릭터이기 때문이라고 생각한다. 당시만 해도 여성이 사랑하는 상대를 직접 찾아 나선다는 설정은 매우 도전적이었을 것이다. 하지만 이미 디즈니의 〈인어공주〉를 보고 자란 세대인 나로서는 원작에서 아무 말도 못하고 죽어야만 했던 비극적인 결말도, 디즈니의 뻔한 해피 엔딩 서사도 마음에 들지 않았다.

나는 인어공주에게 매순간 '다른 선택지'를 주고 싶었다. 그래서 결말이 정해져 있지 않은, 선택지를 정할 수 있는 선택형 RPG 게임 형식으로 '인어공주'를 재구성했다.

('인어공주'가 하나의 게임이라면) 최초의 제작자는 '안데르센'이다. 이후 1989년 디즈니 사가 이 게임을 디즈니 스타일로 업데이트했다. 시간이 지난 뒤 나를 포함해 많은 사람들은, 특히 디즈니 업데이트 버전이 마음에 들지 않았던 이들은 어떻게 게임을 수정할까?

당신이라면 '인어공주'를 어떤 식으로 바꿀 건가요?

14

인어공주
~ The Little Mermaid ~

History : No name in 1837
(Hans Christian Andersen)
Ariel in 1989 (Player name: Walt Disney)

※Now Updating!
▶ 시작하려면 아무버튼이나 누르시오

Chapter1 호기심 많은 인어공주

우리가 모르는 저 푸르고 깊은 바다 한가운데 인어 자매들이 살고 있었어요. 인어 자매들 중에 막내는 그 누구보다 호기심이 많았답니다. 물 밖의 세상이 너무나 궁금했지만 이미 물 밖에 다녀와본 언니들의 이야기를 들으며 참을 수밖에 없었어요. 열다섯 살이 지나야만 물 밖으로 나갈 수 있었으니까요. 인어공주는 물 속에만 있는 것이 너무 지겨웠어요. 그래서 ······

① 바다 밖으로 나가고 싶었지만 약속된 만 15세가 될 때까지 꼭 참았어요.
② 생일이 지난 언니들의 이야기를 들으며 바다 밖 세상을 상상했어요.
③ 인간들이 탄 배 근처에서 수영을 하며 놀았어요.
④ 물고기 친구 플라운더와 함께 난파선을 탐험했어요. (update 1989 by Disney)
⑤ 바다에 빠진 인간들의 물건을 모아 자신만의 창고를 만들었어요. (update 1989 by Disney)

① 가족들 몰래 물 밖으로 나갈 계획을 치밀하게 세웠어요. (2015 new!)
② 인스타에 #물_밖_여행 태그 사진을 보며 대리만족을 했어요. (2016 new!)
③ 물 밖의 친구들과 facetime으로 소통했어요. (2017 new!)
④ (Not Yet!) [여러분이 인어공주에게 새로운 선택지를 업데이트해 주세요.]

Chapter2 바다 마녀를 찾아간 인어공주

15살이 되어 바다 밖으로 올라 간 인어공주는 왕자님이 타고 있는 커다란 배와 마주했어요. 갑자기 폭풍우가 몰려와 배와 배 위 선원들을 삼켜버렸어요. 인어공주는 왕자를 구해주고 바로 숨어버렸어요. 그래서 왕자는 인어공주가 자신을 구해줬다는 것을 몰랐죠. 바다로 돌아온 인어공주는 왕자가 걱정되었어요. 바다 위로 올라갈수록 인간들도 더 좋아졌어요. 하지만 그 누구도 인어공주에게 바다 위로 영원히 올라가는 방법을 알려주지는 않았어요. 그래서 인어공주는 바다 마녀를 찾아가기로 했어요. ·········
(본문 update 1989 by Disney) 바다 마녀는 사실 인어공주 집안의 부와 명예와 마법 능력을 노리고 있었어요.

① 너무나 고통스럽지만 다리가 생길 수 있는 물약을 받는다.
   조건 : 왕자가 인어공주를 좋아하게 되어 부부가 됨을 선언해야 한다.
   리스크 : 혀를 잘라 목소리를 낼 수 없게 된다. 왕자가 다른
   여자와 결혼하게 되면 다음날 바로 물거품이 되어버린다.

② 다리가 생길 수 있는 물약을 받는다. (update 1989 by
   Disney)
   조건 : 왕자의 진정한 사랑의 키스를 받아야 한다.
   리스크 : 목소리를 잃는다. 마녀의 소유가 된다.

③ 그 동안 모아두었던 인간들의 물건을 팔면 꽤나 돈이 될
   것 같았어요. 그 돈으로 마녀의 마법 물약을 살 수 있을 것
   같았어요. (2000 new!)
   조건 : 돈이 많아야 한다.
   리스크 : 지금까지 모아두었던 소중한 바다 위 사람들의 물건을
   잃는다.

④ 300년의 세월 동안 인간 친구들을 사귀며 바다 속에서
   오래오래 산다. (2002 new!)
   인어공주는 계속 바다 밖으로 나갈 때마다 새로운 인간과 친구가
   되었어요. 인어공주가 바닷 속 이야기를 해주면 친구들은 땅
   위에 대해 이야기를 해줬어요. 왕자님보다 잘생긴 모험가 친구도
   사귀었고 노래를 잘하는 음악가 친구도 사귀었어요.

⑤ 마녀와 협상을 한다. (2005 new!)
   조건 : Level 10 이상.
   인어공주는 뛰어난 언변술로 마녀와 성공적인 협상을 했답니다.
   두 사람 모두 만족했어요.

Chapter3 인어공주의 바다 위 생활

인어공주는 왕자와 숲과 산으로 놀러다녔어요. 왕자는 인어공주가 좋았지만 똑똑하고 사랑스러운 여인이라고 생각할 뿐 신붓감으로 생각하고 있지는 않았어요.

(본문 update 1989) 메리얼은 에릭 왕자와 행복한 하루를 보냈어요. 메리얼이 직접 마차를 끌기도 하고 사랑의 키스를 하기 직전까지 갔지만 그만 그 순간 마녀의 뱀장어들이 방해해서 그러지 못했지요.

(1999 new!) 인어공주는 바다 속에서 해보지 못한 것들을 잔뜩 해보았어요. 하지만 바다 속의 왕국과 바다 위 왕국이 크게 다르지 않았어요. 인어공주는 점차 심심해지기 시작했어요. 인어공주는 처음으로 '언어'를 배워 글을 쓸 수 있게 되었어요.

(2000 new!) 인어공주는 두 다리가 너무나 좋았어요. 그래서 걷고 달리고 뛰고 다리를 이용한 모든 것들을 즐겼어요. 인어공주는 그 나라에서 가장 빠르게 달리고 가장 높고 멀리까지 뛸 수 있는 사람이 되었어요. 소문을 듣고 인어공주와 시합을 해보고 싶은 자들이 곳곳에서 찾아왔지만 그 어떤 건장한 남자도 인어공주를 이길 수 없었답니다.

왕자는 마음 한편으로 자신을 구해준 여인을 언젠가 찾아 결혼할거라고 아직도 생각하고 있었어요.

Chapter4 왕자와 공주님

왕자는 이웃 나라 공주님을 은인으로 착각하고 결혼할 거라고 했어요.

(본문update 1989) 마녀는 에리얼의 목소리를 가지고 예쁜 여성의 모습으로 변신하여 에릭 왕자를 마법으로 홀렸어요.

 (2009 new!) 인어공주는 왕자에게 편지를 써서 자신의 사정을 이야기했어요. 왕자를 구해준 날의 날씨와 상상했던 그 현장을 글로 적어 묘사했지요. 그리고 인어공주는 왕자에게 청혼했어요. 왕자는 자신을 구해준 사람이 그라는 걸 알고 매우 놀랐어요.

(2019 new!) 말만 하지 못했을 뿐이지 인어공주는 왕자에게 자신이 당신을 구해준 사람이라는 걸 알 수 있게 모든 방법을 동원했어요. 그런데 멍청한 왕자는 그걸 하나도 알아듣지 못했어요.
"그럴 리가 없소. 그녀는 나는 구해줬지만 매우 가냘프고 여성스러웠소. 그대같이 가구를 번쩍 들고 모든 남자를 이길 만큼 기가 센 여성은 아니었소."그 말을 듣고 인어공주는 왕자에게 정이 뚝 떨어졌어요. 무엇보다 인어공주는 똑똑하지 않은 사람은 싫었어요.

(Not Yet!)
[여러분이 인어공주 이야기를 새롭게 업데이트해 주세요.]

Chapter5 Happy Ending...?

인어공주는 언니들에게 받은 칼로 왕자를 죽이지 못하고 바다 물거품이 되고 말았어요. 그러자 하늘 위 공기의 딸들에게 올라갔어요. 공기의 딸들은 300년 후 하늘나라에 올라갈 수 있다고 했어요.
(본문 update 1989) 에리얼과 바다 친구들 그리고 에릭 왕자는 힘을 모아 못된 마녀를 물리쳤어요. 에리얼의 아버지는 마법으로 에리얼에게 다리를 주고 에리얼이 그토록 원하던 바다 위에서 살 수 있게 딸을 보내주었어요. 에리얼과 에릭은 커다란 배 위에서 에리얼의 결혼식을 올렸어요.

"(2009 new!) 인어공주는 뛰어난 글솜씨로 자신이 살고 있었던 바다 이야기를 들려주었어요. 그리고 차차 그림도 배워 자신의 이야기를 만들어 동화책으로 남겼어요. 그것이 우리가 알고 있는 『인어공주』 이야기랍니다.
(2019 new!) 인어공주는 궁궐에서 공부하는 학자들과 친해졌어요. 특히 인어공주는 자신이 잘 알고 있는 바다 생물을 연구하는 데 큰 도움을 주었어요. 인어공주는 보통 사람들이 갈 수 없는 깊이까지 잠수를 해서 한 번도 본 적이 없는 바다 생물체를 가지고 올라왔어요. 인어공주는 동료들과 함께 바다 아래와 위를 모두 탐험하여 위대한 과학자가 되었답니다.

(Not Yet!)
[여러분이 인어공주 이야기를 새롭게 업데이트해 주세요.]

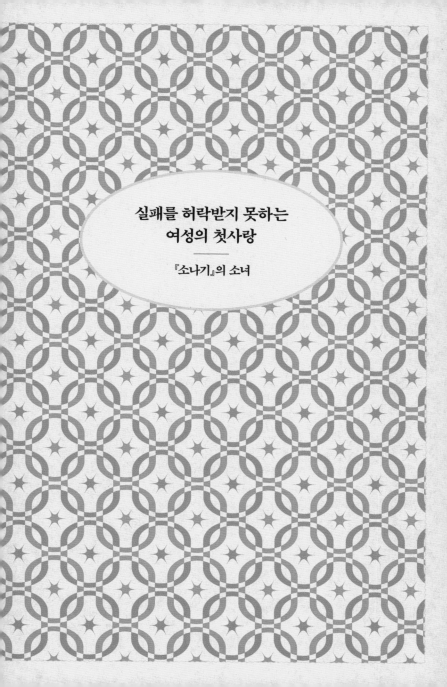

실패를 허락받지 못하는 여성의 첫사랑

『소나기』의 소녀

첫사랑이라면 누구에게나 다 똑같은 첫사랑인데 소년의 사랑은

순수하고 소녀의 마음은 왜 잔망스러운가. 우리는 살아가면서

매일매일 크고 작은 실패를 거듭하며 앞으로 나아간다. 삶이란

원래 그런 것이다. 사랑이라고 예외일 수는 없다. 누구나 최선을

다해 자기 삶을 살아가듯, 최선을 다해 자기 사랑을 해나갈 뿐이다.

『소나기』
황순원, 1953, 대한민국

1950년대 등장한 이래 대한민국 첫사랑의 상징이 되어온 소설이자, 온 국민에게 소
설가 황순원의 이름을 각인시킨 작품이기도 하다. 1978년 고영남 감독의 동명의 영
화로 만들어졌고, 영화 〈엽기적인 그녀〉에서도 소설의 상징이 활용되었으며, KBS
〈TV문학관〉 등에서도 드라마로 제작, 방영했다. 2017년에는 극장판 애니메이션으
로도 나왔고, 중학교 교과서는 물론 초등학교 교과서에도 수록되어, 문장과 단어가
의미하는 바에 대해 무조건 암기해야 했던 작품이기도 하다.

그 소년의 첫사랑이 그랬듯 우리들 대부분의 첫사랑은
현실에서 영원히 사라져 그것의 구체적인 모습을
잃어버렸을 때에야 비로소 더 선명해진다.

첫사랑은 많은 이들이 공유하는 낭만적 신화와 같다. 각
자의 첫사랑은 그 누구의 첫사랑과도 같을 수 없는 혼자만의 이
야기지만 '첫사랑'이라는 단어를 들으면 저절로 떠오르는 일종
의 환상 같은 공통된 이미지가 있다. 각자의 엄마는 모두 다 다
르지만 '엄마'라는 단어를 들었을 때 저절로 떠오르는 일정한 이
미지, 말하자면 따뜻한 품, 아낌없이 사랑을 주는 존재 같은 공
통된 느낌이 있는 것처럼 말이다. 물론 요즘에 와서는 이런 엄마
에 대한 이미지도 바뀌고 모성이라는 신화도 점점 깨지고 있긴

하지만 말이다.

첫사랑이 품고 있는 낭만의 정체는 대개 이루어지지 못했다는 것에서 비롯된다. 첫사랑은 태어나 처음 느끼는 규정하기 어려운 감정에 대한 아름답고 그리운 기억으로 존재한다. 처음이었기에 서툴 수밖에 없고, 서툴렀기에 실패가 예고된 사랑. 그래서 첫사랑을 떠올리면 그 상대만큼이나 어리숙하고 순진했던 그 시절의 내가 저절로 생각나고, 이제는 되돌릴 수 없는 시간이 그리워진다. 어쩌면 첫사랑은 사랑했던 '그 사람'이 아니라 그 사랑에 빠졌던 어리숙한 나를 돌아볼 수 있어 애틋한 것인지도 모른다. 오래전에 이미 사라졌으나 수십억 광년의 시간을 지나 여전히 밤하늘에 빛나는 별 같은 존재. 그러니 첫사랑, 하면 떠오르는 알퐁스 도데의 단편 『별』에서 어린 목동이 자신의 첫사랑을 별에 비유한 것은 더할 나위 없이 적절하다. 프로방스 산골의 가난한 목동은 어느 날 짝사랑하는 주인집 아가씨 스테파네트와 깊은 밤을 함께 보내게 된다. 식량을 가지고 온 아가씨가 폭우를 만나 내려가지 못한 덕분이었다. 그날 밤, 목동이 들려주는 밤하늘의 별 이야기를 듣던 스테파네트 아가씨는 졸음을 이기지 못하고 목동의 어깨에 머리를 기대고 잠이 든다. 목동은 저 별들 중에 가장 아름답고 반짝이는 별 하나가 길을 잃고 자신의 어깨에 기대 잠들었다고 생각한다. 저 높은 하늘에서 아름답게 빛나던 별, 손에 닿을 수 없어 바라보기만 했던 그 별이 어깨에 내려 앉았다고.

프로방스 산골 어린 목동의 첫사랑이 '별'이라면 한국인에게 첫사랑은 '소나기'다. 1953년 5월 황순원 선생이 『신문학』지에 단편 「소나기」를 발표한 뒤 오랜 시간이 흘렀지만, 우리에게 '소나기'는 여전히 애틋한 첫사랑의 대명사이다. 『소나기』에서 유난히 맑고 투명한 햇살 아래 단발머리 나풀거리며 가을 꽃밭을 뛰어가는 윤 초시네 증손녀 딸은 어느 여름 한낮 시원스레 한바탕 쏟아진 뒤 순식간에 그치고 마는 소나기처럼 한 소년의 인생에 예고 없이 찾아왔다 순식간에 사라져버린다. 이 소년의 첫사랑이 그랬듯 첫사랑은 현실에서 사라져 구체적인 모습을 잃어버렸을 때 더 선명해진다. 지금 그 사람의 모습은 어떻게 변했을지, 어떤 어른이 되어 있을지, 그의 중년은 어떨지, 나이 든 그의 얼굴은 어떤 표정일지 상상할 수 없어야 첫사랑은 영원히 가을 꽃밭 속을 달려가는 단발머리 나풀거리는 소녀로 남을 수 있다.

내가 그 『소나기』를 보며 설레지 않았던 것은
당연한 일일지도 모른다. 게다가 그 사랑을 돌아보는 주체
역시 '어른 남성'이니 더더욱 그럴 수밖에.

『소나기』를 처음 읽을 때, 나는 주인공 소녀와 비슷한 또래
였다. 그 무렵 우리 집에는 한국문학전집이 책꽂이를 장식하고
있었다. 당시는 방문 판매 사원들이 동네를 돌아다니며 전집을
팔던 시대였고, 세계문학전집이나 한국문학전집은 많은 이들이
바라는 중산층 가정의 교양의 상징처럼 여겨졌다. 우리 집도 예
외는 아니었다. 어느 날 엄마가 언니와 내게 방문 판매 사원들이
두고 간 여러 장의 전단지를 내밀며 그중에 두 개를 고르라고 했
던 기억이 어렴풋하게 난다. 세계문학전집에는 의견이 일치했는
데 나머지 하나에서 뜻이 맞지 않았다. 언니는 한국문학전집을,
나는 소년소녀 세계명작전집을 골라들었다. 하지만 돌아서면 쑥
쑥 자라는 아이들에게 넉넉하게 큰 옷을 사주듯 세 자매가 성년
이 된 뒤에도 읽도록 하겠다는 장기적인 안목과 경제적인 효과
계산에 따라 엄마는 세계문학전집과 한국문학전집을 선택했다.
그 덕분에 우리 집 책장에는 채만식, 이광수, 김동인 등 근대 문
학 작가들의 작품을 총망라하고 현대 작품 몇 편을 함께 수록한
한국문학전집과 제1권은 그리스 로마 신화, 제2권은 셰익스피어
희비극으로 시작하는 세계문학전집이 꽂혀 있게 되었다. 그뒤 지

방에서 서울로, 서울에서도 몇 번이나 이사를 다니면서도 이 두 전집은 꽤 오랫동안 우리를 따라다녔다. 덕분에 기본적인 한국 근·현대문학 작품들을 섭렵했는데 『소나기』도 그중 한 편이었다. 황순원 작가 편에는 『소나기』 이외에 『독 짓는 늙은이』가 함께 실려 있었다.

『소나기』에 대한 첫인상은 그리 강렬하지 않았다. 서툰 소년의 알 듯 말 듯한 사랑에 그리 마음이 쏠리지 않았다. 내 또래였던 소녀의 마음에 몰입할 수 있었다면 좀 달랐겠지만, 소년의 입장에서 쓰여진 데다 소녀의 마음은 제대로 표현되지 않아 감정 이입이 쉽지 않았다.

더구나 당시 나에게 가슴 설레는 첫사랑 이야기라면 만화대여점을 뻔질나게 드나들며 빌려 읽던 순정만화가 맡고 있었다. 어린 소년의 서툰 사랑, 알 듯 말 듯한 첫사랑보다는 소녀가 주인공으로 나와 멋진 남자와 사랑에 빠지는 이야기가 훨씬 흥미진진했다. 역사물에서 현대물까지 순정만화의 세계가 얼마나 넓던지, 그 광대한 세계에 정신없이 빠져들었다. 한국문학이라도 이광수의 『유정』이나 심훈의 『상록수』가 보여주는 어른의 사랑이 더 흥미로웠다. 『소나기』에 등장하는 소년의 풋사랑에는 눈길도 가지 않았다.

중학생이 되고부터는 돈 많고 잘생긴 나쁜 남자와 도도하

157

고 예쁜 여자가 사랑을 나누는 것이 기본 구도인 이른바 '하이 틴 로맨스'를 열독하기 시작했다. 이어 하이틴 로맨스의 폭발적인 인기에 힘입어 '에메랄드 로맨스', '실루엣 로맨스'가 나오고 급기 야 사춘기 소녀가 보기에는 꽤나 수위가 높은 19금 버전의 '할 리퀸 로맨스'까지 나오면서 한동안 로맨스물에 목숨을 걸었다. 학교에서는 교과서 사이에 끼워 읽다 선생님에게 '나쁜 책'이라 며 압수당했고, 집에서는 숨겨놓고 읽다 엄마에게 혼나곤 했지 만, 온갖 '방해' 속에서도 가열차게 읽으며 사랑에 대한 온갖 쓸 데 없는 환상을 키웠다. 하지만 그 열기도 한순간일 뿐이었다. 어 느 순간 매번 같은 공식이 되풀이되는 로맨스가 시시해졌고, 이 야기는 이야기일 뿐 현실과는 다르다는 것도 저절로 깨닫게 됐 다. 환상은 그렇게 깨지고, 현실에 부딪혀 수정되기 마련이었다. 내버려두면 알아서 시들해지고 마는 것을, 그때의 선생님이나 엄 마는 참 기를 쓰고 못 읽게 했다. 하긴 어른이 된 나도 머리로는 아이들이 조금 돌아갈지라도 내버려두면 결국 제 길을 잘 찾아 갈 거라고 생각하면서도 자주 조급해지는 걸 보면 어른이 될수 록 걱정도 두려움도 더 많아지는 모양이다.

　　하지만 어린 시절 『소나기』를 읽으며 설레지 않았던 것은 그 시절 내가 순정만화에 몰입했거나 하이틴, 할리퀸 같은 로맨 스 소설에 심취했기 때문만은 아니다. 『소나기』는 내 또래 아이들의 첫사랑을 다루고 있긴 하지만 이제 막 첫사랑을 앓고 있는 소년과 소녀의 감정을 들여다보기보다는 어른이 된 이후 어린 시절의 첫사랑을 돌아보고 그 시절을 그리워하는 감정에 더 가깝기 때문이었다. 그 사랑을 돌아보는 주체라면 '어른 남성'이니, 그 시절 내가 『소나기』를 보며 설레지 않았던 것은 당연했는지도 모른다.

> 첫사랑이라면 누구에게나 다 똑같은 첫사랑인데
> 왜 소년의 사랑은 순수하고, 소녀의 마음은 왜
> 잔망스러운가.

집 책장에 꽂혀 있던 『소나기』를 다시 만난 것은 국어 교과서에서였다. 교과서에 수록된 문학 작품을 읽는 것은 공인된 해설과 분석을 외우는 과정이다. 소녀가 소년에게 돌멩이를 던진 이유, 소년이 그 돌멩이를 주워 주머니에 넣고 만지작거렸던 이유, 돌멩이가 상징하는 의미, 소년이 소녀에게 주려고 대추를 딸 때 사납게 대추나무를 내리친 이유 같은 걸 단답형으로 줄줄줄 외워야 했다. 그러면서도 내심 불만은 있었다. "도대체 소녀는 무슨 생각인 거야?", "소녀는 소년을 좋아하는 거야? 아니야?" 소녀의 마음은 무엇 하나 분명한 게 없어 보였다. 아무리 소년의 첫

사랑 이야기라지만, 어쩌면 이렇게 소녀의 마음에는 무심할까 이
해하기 어려웠다. 그래도 '그 옛날 순진한 소년이라면 소녀가 무
슨 생각을 하는지 짐작조차 못할 거'라고 넘어가려는데, 소설의
마지막 문장은 도저히 납득할 수 없었다.

> "그런데 참, 이번 계집애는 어린 것이 여간 잔망스럽지가 않
> 어. 글쎄 죽기 전에 이런 말을 했다지 않아? 자기가 죽거든
> 자기 입던 옷을 꼭 그대로 입혀서 묻어달라구……." *

16

내일 이사 가는 소녀를 한 번 더 만날 수 있을까 걱정하며
소년이 까무룩 잠든 사이 잠결에 들려온 아버지의 말이자 소설
의 마지막 문장이다. 윤 초시 댁이 그 많던 재산을 다 날리고 마
지막 남은 손녀까지 세상을 떠나게 됐다는, 소년에겐 하늘이 무
너지는 것 같은 소식이다. 그런데 이 마지막 문장이 내 마음에 덜
컥, 하고 걸려버렸다. '잔망스럽다'니. 평소에 잘 쓰지 않는 낯선
단어이긴 했지만 그 어감과 뉘앙스가 저절로 느껴졌다. 얄밉도록
맹랑한 데가 있다는 뜻이다.

그 옷이라면 소나기가 온 그날, 소녀가 소년의 등에 업혀
도랑을 건넜을 때 소년의 등에서 옮은 검붉은 진흙물 얼룩이 남
은 스웨터다. 소녀에게도 소나기 내린 그날이 특별했다는, 소년

에 대한 소녀의 마음이 드러나는 일종의 반전이다. 그런데 소녀의 마음은 드러나자마자 '잔망스러운' 일이 되어버렸다. 그 순간 소녀가 비켜달라는 말을 못하고 개울가에 앉아 있던 소년에게 '이 바보'라며 돌을 던진 일, 저 산 너머 함께 가보자고 부탁한 일, 비를 피하기 위해 수숫단 속으로 같이 들어와 앉자고 했던 그 모든 말과 행동이 잔망스러운 짓이 되어버렸다.

첫사랑이라면 누구에게나 다 똑같은 첫사랑인데 왜 소년의 사랑은 순수하고 오랫동안 기억할 아름다운 순간이고, 소녀의 마음은 잔망스러운 짓인가. 소녀가 어른들로부터 맹랑하다고 험담을 당하는 것 같아 억울했다.

> 그 많고 많은 공주들은 처음 만난 왕자의 청혼을 받아들여
> 결혼하고, 인어공주는 첫사랑에 실패한 뒤 목숨까지
> 잃는다. 여성은 사랑의 실패를 허락받지 못한다.

한동안 잊고 있던 이 불편함의 정체는 시간이 흐른 뒤 분명해졌다. 계기가 된 것은 2012년 개봉한 영화 〈건축학 개론〉이었다. 영화에서 서툰 스무 살의 건축학과 남학생 승민은 '건축학 개론' 수업에서 음대생 서연을 만나 첫눈에 반한다. 어렵게 말을 건네며 조금씩 서로의 마음을 열어가던 중에 승민은 서연이 돈 많고 잘생

긴 선배를 좋아한다고 의심하고 오해한다. 그리고 제멋대로 한 오해 때문에 첫사랑은 어긋나고 만다. 그리고 이들은 15년 후에 다시 만난다.

〈건축학 개론〉은 당시 '현재 나이' 서른다섯 전후의 '승민 세대'를 포함해 여러 연령 대의 '남성'들로 하여금 자신의 첫사랑에 대한 기억을 떠올리며 한마디씩 하게 만들었다. 그렇게 모두의 첫사랑을 단숨에 소환해낸 영화에서 승민은 자신의 미숙함 때문에 실패한 첫사랑 서연을 돈 많고 잘생긴 선배에게 혹한 나쁜 '쌍년'이라고 부른다. 영화를 보면서 순식간에 『소나기』의 잔망스럽다는 단어가 기억 저 아래에서 올라왔다. 어리숙하고 순진한 소년과 맹랑하고 잔망스러운 소녀의 구도가 반세기가 지난 뒤에도 하나도 변하지 않았다는 사실이 놀라웠다. 소설에서 소년의 사랑을 받은 소녀에게 자기들 마음대로 잔망스러운 아이로 딱지 붙였듯 영화에서는 자기 혼자 좋아하다 끝내버린 첫사랑을 요망스러운 여자라고 말해버린다.

이렇듯 잔망스럽거나 요망한 여자가 되지 않으려면 처음 사랑한 사람과 맺어져야 한다. 남성들의 첫사랑 서사가 지닌 낭만성의 핵심은 '이루어지지 않아서 아름다운 기억'이지만 곰곰 생각해보면 수많은 동화 속 소녀들은 대부분 놀랍게도 첫사랑에 '성공'한다. 캔디는 첫사랑인 동산 위 왕자님 알버트 씨에게 환하게 웃으며 달려가고, 『키다리 아저씨』 주디도 첫사랑으로 짐작되는 키다리 아저씨 저비스 씨와 맺어진다. 빨간 머리 앤도 첫사랑 길버트와 결혼한다. 독립적이고 개성 강한 『작은 아씨들』의 조마저도 나이 많은 프리드리히 바에르 교수와 결혼하는데 알고 보니 그가 첫사랑이었단다. 어린 시절 친구 로리의 청혼을 친구일 뿐이라며 그렇게 거절하더니, 결국 첫사랑과의 결혼을 성사시킨다. 이야기 세계에서 이렇듯 여성의 첫사랑 성공률은 거의 강박 수준이다. 그 많고 많은 공주들은 처음 만난 왕자의 청혼을 기쁘게 받아들여 결혼하고, 인어공주는 첫사랑에 실패했다는 이유로 목숨까지 잃는다. 여성은 사랑의 실패를 허락받지 못한다.

우리는 매일매일 크고 작은 실패를 거듭하며 살아간다. 삶이란 원래 그런 것이다. 사랑도 마찬가지다. 누구나 최선을 다해 자기 삶을 살아가듯, 최선을 다해 자기 사랑을 해나갈 뿐이다. 인생이 탄탄대로가 아니듯 사랑에서도 크고 작은 실패를 경험할 수밖에 없다. 남녀의 사랑이 변하고, 이혼과 동거가 자기 선택이 된 시대지만 아직도 남자의 첫사랑은 낭만의 성취로 미화되고 여자의 첫사랑은 과거의 실패로 취급된다. 바람둥이 남자는 매력적인 주인공이 될 수 있지만 바람둥이 여자에게는 주인공 자격이 주어지지 않는다.

『소나기』의 소녀가 만약 자신이 잔망스러운 소녀가 됐다는 사실을 알게 된다면 어떤 마음일까 생각해본다. 한 번도 관심 갖지 않고, 제대로 들여다보지도 않다가 자기들 멋대로 재단해버린 소녀의 마음. 소녀는 맹랑하지 않았고, 요망하지도 않았다. 이젠 그 소녀의 목소리로 맹랑한 짓거리로 딱지 붙여져 사라져버린 그녀의 첫사랑 이야기를 듣고 싶다. 어쩌면 세상 모두의 짐작과 달리 소녀는 소년을 사랑하지 않았는지도 모른다. 남성들의 첫사랑 그녀의 이야기 대신 수많은 여성들의 목소리로, 자신의 한 시절을 함께 한, 지금의 그녀를 있게 한, 실패했기에 아름다운 그녀들의 첫사랑 이야기를 들어보고 싶다.

"이 날은 소녀가 징검다리 한가운데 앉아 세수를 하고 있었다.
분홍 스웨터 소매를 걷어올린 목덜미가 마냥 희었다."
"소녀의 맑고 검은 눈과 마주쳤다."
"소녀의 흰 얼굴이, 분홍 스웨터가, 남색 스커트가,
안고 있는 꽃과 함께 범벅이 된다. 모두가 하나의 큰 꽃묶음 같다."

소설에서 소녀의 몸과 외모에 관한 묘사는 자주 등장한다. 『소나기』에서도 그렇다. 소녀는 너무나 전형적으로 맑고 희고 깨끗하며 연약한 모습으로, 게다가 아주 구체적으로 묘사된다. 반면 정작 이 소설의 주인공인 소년은 무슨 옷을 입고 있는지 어떤 머리색인지 어느 정도의 체구인지 알 수 없다. 소년의 외모보다는 그의 감정이 주로 묘사되기 때문이다.

"다 건너가더니만 홱 이리로 돌아서며, "이 바보."
조약돌이 날아왔다."

"소녀의 그림자가 뵈지 않는 날이 계속될수록
소년의 가슴 한구석에는 어딘가 허전함이 자리 잡는 것이었다.
주머니 속 조약돌을 주무르는 버릇이 생겼다."•

_황순원, 『소나기』, 1953 중에서

"승민 : 저기 내가 아는 애가 있는데, 걔가 어떤 여자애랑 친해졌어.
둘이 금방 친해졌거든. 숙제도 같이 하고 자기 집 이야기도 막 하고 그
러면서. 그렇다면 그 여자애랑 남자애랑 왜 친해진 걸까?"

_영화 〈건축학 개론〉, 2012 중에서

'소녀'는 첫사랑의
'대상'이 된다.

우리는 대부분 국어 교과서에 실린 『소나기』를 두고 '소극적인' 소년이 마음을 잘 표현하지 못하자 '적극적인' 소녀가 답답해서 먼저 마음을 표현한 것으로 배웠다. 소설 『소나기』는 전지적작가 시점이지만 결국 '소년'이 이끌어간다. 소년이 소녀에게 자신의 감정을 제대로 표현해보지도 못하고 관계가 종결됨으로써 결국 소녀는 그와 이루어질 수 없었던 아련한 첫사랑으로 남는다. 어쩐지 익숙한 구조다. 2012년 한국 영화 〈건축 개론〉은 흥행에 성공하며 '첫사랑' 열풍을 불러일으켰다. 홍보 문구 역시 '우리 모두는 누군가의 첫사랑이었다'였다. '우리 모두'가 누군가의 첫사랑의 대상이 될 수 있다는 이 문구와는 다르게 당시 온 국민의 첫사랑 아이콘은 '수지'였다.

"글쎄 말이지. 이번 앤 꽤 여러 날 앓는 걸 약도
변변히 못 써봤다더군.
지금 같아서 윤 초시네도 대가 끊긴 셈이지.……
그런데 참, 이번 계집애는 어린 것이 여간 잔망스럽지가 않어.
글쎄, 죽기 전에 이런 말을 했다지 않어?
자기가 죽거든 자기 입던 옷을 꼭 그대로 입혀서 묻어달라구……" ●

_황순원, 『소나기』, 1953 중에서

국경과 시대를 초월해
죽음을 맞이하는 소녀들

왜 그렇게 작품 속 소녀들은 병약한지. 〈태양의 노래〉 (영화, 2007), 〈그날 본 꽃의 이름을 우리는 아직 모른다〉 (TV애니메이션 기준, 2011), 〈4월은 너의 거짓말〉 (TV애니메이션 기준, 2014), 『너의 췌장을 먹고 싶어』 (소설 기준 2016) 등 장르를 불문하고 위 일본 작품들의 공통점은 '첫사랑'과 '소녀'의 죽음이다.

존 그린의 소설 『잘못은 우리 별에 있어』를 원작으로 한 영화 〈안녕 헤이즐〉(2014)은 초반까지 암에 걸린 소녀 헤이즐이 죽을 것처럼 묘사되지만 소년 어거스터스가 죽으면서 끝이 난다. 시한부 소녀보다 오히려 소년이 먼저 죽으면서 약간의 반전을 노린 것이다. 이것은 아마 우리가 무의식적으로 '소녀가 먼저 떠날 것'이라는 것을 관습처럼 받아들이고 있기 때문이 아닐까?

국적과 시대를 넘어 소년과 소녀의 사랑 이야기는 많은 인기를 얻곤 한다. '이루어질 수 없는' 그들의 사랑에서 자주 활용되는 장치가 '죽음'이다. 어린 나이에 죽어야 하는 인물들은 감정을 극대화시킨다. 그런데 왜 매번 소년보다 소녀들이 더 일찍 더 많이 죽는 걸까?

서로에게 꾸밈없이 마음을 표현하고,
그 마음을 소중하게 간직할 줄 아는 것이야말로
우리가 꿈꾸는 사랑의 가치가 아닐까요?
여러분도 어느 날 불현듯 찾아오는
설레는 마음을 소중하게 대해 보세요.
가슴에 오래도록 아름다운 추억으로 남을 『소나기』 같은
첫사랑일지도 모르니까요.

_천재학습백과, 『미리 보는 중학 문학』 중에서

일방적인 해석을
답습하기를 바라는
한국 문학 교육

『소나기』를 떠올리면 '소년과 소녀의 첫사랑'이 떠오른다. 또한 소녀가 좋아하는 보라색이 곧 죽음을 암시한다는 내용이 자동으로 연상된다. 학교에서 배울 때 밑줄 긋고 외우기 바빴기 때문이다. 교과서에 실리는 여성 작가의 작품은 남성 작가의 작품 수에 비해 매우 적고 한국 소설에서 여성은 '아녀자'나 '계집' 정도로 부수적인 인물이나 '어머니' 또는 '누이' 같이 희생의 상징으로 등장하는 경우가 더 많다. 『소나기』의 소녀 역시 다양한 해석의 여지없이 그저 '소녀다운' 전형성만 남았다.

남장 갑옷이 필요 없는
세상을 향해 함께 나아갈 것

『리본의 기사』의 사파이어

이제 우리의 할 일은 여전히 남장이라는 갑옷을 입어야

하는 사람과 더 이상 갑옷이 필요 없는 사람이 함께

힘을 모아 길을 만드는 것이다. 남장 여자의 끝은 달달한

로맨스가 아닌 자신이 선 땅을 견고하게 만드는 것으로, 그

땅을 딛고 새로운 세계로 들어가는 것으로 끝나야 한다.

『리본의 기사』
リボンの騎士
데즈카 오사무, 1953-1956, 일본

일본에서 '만화의 신'이라 불리는 데즈카 오사무의 작품이다. 고단샤의 『소녀 클럽』
에 약 3년여 동안 연재되었고, 이후 세 권의 단행본으로 출간했다. 우리에게는 만화
책도 만화책이지만 1967년 일본에서 제작한 TV 만화 영화로 더 익숙하다. 우리나
라에서도 방영했는데 1971년 MBC에서는 〈사파이어 왕자〉로, 1979년 TBC에서
는 〈꼬마 기사〉로 방영하다 방송 통폐합 이후 KBS에서도 방영했다. 1983년 MBC
에서는 다시 〈사파이어 왕자〉라는 제목으로 방영, 같은 작품을 세대에 따라 서로 다
른 이름으로 기억하기도 한다. 1978년 『소년중앙』에 '리본 기사'라는 제목으로 실린
해적판으로 익숙한 독자들도 있다. 오늘날에는 종이책 대신 2001년 학산문화사에
서 나온 『리본의 기사』를 전자책으로 볼 수 있다.

좋은 기억들을 하나씩 꺼내 나의 과거를 다시 만들다보면
그 과거에 기댄 나의 현재도 바뀔 테니, 그것이 우리가
쓸 수 있는 일상의 소소한 타임머신이다.

마음이 시들시들해지는 날이 있다. 지치고, 힘들고, 피곤
하고, 스트레스는 쌓이고, 되는 일은 없는 그런 날이면 몸도 마음
도 축 늘어진 식물처럼 시들시들해진다. 이런 날 스스로에게 물
을 주는 몇 가지 방법을 갖고 있어야 한다. 좋아하는 음악을 들
으며 고즈넉한 길을 걷기도 하고, 늦은 밤 한강 가에서 고층 건물
의 불빛을 보며 심호흡을 하기도 한다. 대학교 캠퍼스에 앉아 에
너지 넘치게 오가는 후배들을 보며 기운을 얻기도 한다. 때론 그
냥 조용히 앉아 내가 좋아하는 것들, 좋아했던 것들과 거기에 빠

져들었던 나를 떠올려보기도 한다. 그러면 그때의 즐거움과 기쁨이 전해지는 것 같다. 칼 구스타프 융은 자신의 정서적 뿌리가 열한 살에 있다고 여겨 정신적 치유가 필요할 때면 그 시절의 장난감을 갖고 놀았다고 한다.

기억은 마법 상자와 같다. 아무것도 기억나지 않다가도 떠올릴수록 더 많은 이야기를 돌려준다. 기억은 우리가 현실에서 경험하는 타임머신이기도 하다. 좋은 기억들을 하나씩 꺼내 나의 과거를 다시 만들다보면 그 과거에 기댄 나의 현재도 바뀔 테니, 기억은 우리가 쓸 수 있는 일상의 소소한 타임머신이다.

그렇게 마음이 시들한 날. 내가 좋아하고 빠져들었던 것들을 천천히 떠올려본다. 그리운 이들, 좋아했던 사람들, 함께 했던 순간들, 풍경과 노래와 책들. 그 기억의 타래에는 나와 한 시절을 함께 한 만화도 있다. 그 안에 어린 시절 진짜 좋아했던 『리본의 기사』도 있다. 왕자만이 왕이 될 수 있는 왕국에서 왕위를 지키기 위해 왕자 행세를 해야 했던 공주 이야기이다. 너무 오래전 만화이기에 이야기가 어떻게 끝났는지조차 기억이 가물가물하지만 많은 것을 흐릿하게 만드는 시간을 건너 몇몇 장면은 선명하게 떠오른다. 사파이어 왕자가 짧게 자른 까만색 커트 머리에 화려한 모자를 쓰고, 망토를 휘날리며 말을 타고 달려간다.

『리본의 기사』를 떠올리면 어느 작은 소도시에서 TV 앞에 넋을 놓고 앉아 만화 영화를 보던 어린 나의 뒷모습이 보인다. 어려서부터 눈이 나빠 TV를 볼 때마다 자꾸 앞으로 앞으로 나가던 나에게 '뒤로, 뒤로, 여기까지 뒤로'하던 엄마의 목소리가 들린다. 그때의 엄마는 지금의 나보다 젊었다. 바쁘게 살다보니 잊고 지낸 그 시절, 나와 함께했던 사람들에 대한 마음이 문득 애틋해진다. 'TV에 코를 박고 있는 저 작은 꼬마가 시간을 지나 이렇게 나이 들었구나'라고 생각하면 대단하진 않아도 별 탈 없이 잘 지내고 있으니 그것만으로도 나 자신에게 참 수고했다고 말을 건네게 된다. 어느 날 문득 훌쩍 커버린 딸을 보며, 태어났을 때 내 손 안에 들어올 정도로 작았던 아이가 언제 저렇게 컸나 하는 생각에 저절로 감사하는 마음이 드는 것과 같다. 그러고 나면 숨도 한번 크게 내쉬게 되고, 시들시들하던 내 마음에도 물기가 좀 차오른다.

> 왕국과 왕국의 여성들이 일으키는 반란은 여왕 즉위보다 더 놀랍다. 이들은 "왜 공주가 왕이 되면 안 된단 말인가!"라는 질문을 세상을 향해 던졌다.

마음에 물을 주고 싶은 날, 『리본의 기사』를 다시 본다. 만화책은 이미 절판이라, 전자책으로 몇 개의 에피소드를 본다. 배경은 중세 유럽 실버랜드 왕국. 꼬마 천사의 실수로 남자 마음과 여자 마음을 모두 갖고 태어난 사파이어 공주는 왕위를 이어받기 위해 왕자 행세를 해야 한다. 긴 가발에 드레스를 입으면 모두를 반하게 하는 빼어난 미모지만 이를 감추고 왕자로 살아가야 한다. 인간성 좋고, 똑똑하고, 용감하고 무술 실력은 또 얼마나 뛰어난지 왕국 안에서 사파이어를 당해낼 자가 없다. 왕위를 지켜야 한다는 의무감과 여자로 살고 싶은 마음 사이에서 혼란을 느끼지만 사파이어가 공주라며 증거 잡기에 혈안이 된 왕위 계승 순위 2인자 듀랄민 대공 때문에 마음 놓고 제대로 갈등을 느껴볼 시간도 없다. 그러던 어느 날 사파이어에게 사랑이 찾아온다. 이웃 골드랜드의 왕자 프란츠를 우연히 구하면서 사랑에 빠지게 된 것이다. 프란츠 왕자 역시 당시 드레스 차림의 사파이어를 보고 첫눈에 반하는데, 많은 이야기가 그렇듯 사파이어를 코앞에 두고도 알아보지 못하고 그녀를 찾아 사방을 헤맨다.

『리본의 기사』는『우주 소년 아톰』을 만든 일본 만화의 신 데즈카 오사무가 1953년에 연재를 시작한 작품이다. 데즈카는 1950~60년대에 걸쳐『리본의 기사』를 조금씩 다른 네 가지 버전으로 만들었고 1967년에는 TV 장편 애니메이션으로 제작해 방영했다. 우리나라에서는 이 애니메이션이 1970~80년대 TV 방송사를 옮겨가며 〈사파이어 왕자〉나 〈꼬마 기사〉라는 제목으로 방송됐다. 정체가 들킬 것 같은 아슬아슬한 위기, 이어질 듯 말 듯 어긋나는 사랑 속에서 자신의 운명을 헤쳐나가는 사파이어 왕자는 어린 내 눈에도 굉장히 멋졌다.

지금 다시 보니 『리본의 기사』는 의외로 시대를 앞선 작품이었다. 사파이어가 공주인 것이 발각돼 위기를 겪긴 하지만 결국 지지자들의 힘을 모아 왕자만이 왕이 될 수 있는 왕국에서 룰을 깨고 여왕이 되니 말이다. 지하 감옥에 갇힌 사파이어가 탈출해 반격을 모색하는 과정에서 왕국의 여성들이 일으키는 반란은 여왕의 즉위보다 더 놀랍다. 이들은 "왜 공주가 왕이 되면 안 된단 말인가!"라는 질문을 세상을 향해 던진다. 여성들이 치렁치렁한 드레스를 입고 주방 도구까지 들고 나와 사파이어를 잡으려는 남편들에 맞서는 장면은 그리스 희극 『리시스트라테』를 떠올리게 한다. 아리스토파네스의 희극 『리시스트라테』에서는 모든 여성들이 일치단결하여 성 파업(Sex Strike)을 감행해 남자들이 벌이던 전쟁을 종결시킨다. 『리본의 기사』에서 여성들의 반란은 아주 짧게 나오긴 하지만 꽤 상징적이다.

남장 여자는 여성이 시대가 막아놓은 벽을 뚫고 자신의
운명을 바꾸려는 의지로 만든 기회의 문이었다.

어렸을 때만 해도 이 멋진 남장 공주 이야기가 매우 특별
하고 신기한 설정으로, 하늘 아래 새로운 이야기인 줄 알았다.
하지만 이미 조선 시대에 남장 여자가 주인공인 『홍계월전』이나
『여장군전』 같은 고전 소설이 있었다. 이들 고전 소설들은 대부
분 집안이 망하거나 정혼자가 아닌 다른 남자에게 시집을 가게
된 여주인공이 남장을 하고 무술을 연마해 나라에 큰 공을 세운
다는 이야기였다. 남장 여자는 소설 속 이야기만이 아니다. 여성
은 집 밖 출입도 자유롭지 않았던 1800년대 초 열네 살의 소녀
김금원은 남장을 하고 약 한 달여 동안 조선을 여행했다고 한다.
남장 여자는 사회적 제약 때문에 할 수 있는 것보다 할 수 없는
것이 더 많았던 시대, 여성들이 선택한 탈출구였다.

남장 여자 캐릭터가 이렇게 긴 역사를 갖고 있지만 『리본
의 기사』는 남장 여자 스토리의 매우 현대적인 출발점이라고 할
수 있다. 그뒤 이어진 남장 여자 드라마의 매우 전형적인 구도를
만들었기 때문이다. 먼저 가문을 세우기 위해서, 또는 나라를 구
하기 위해서, 그것도 아니면 자신의 꿈을 위해서 남장을 선택한
여성이 주인공이다. 이런 남장 여성을 두고 두 남자가 대결을 벌

인다. 여장한 여주인공에게 진작 반했지만, 정작 남장한 여주인공을 못 알아보는 남자 주인공, 그리고 일찌감치 남장 여자가 여자인 줄 알지만 비밀을 지켜주는 서브 남자 주인공이 나온다. 여기에 남장 여자에 반한 여성까지 가세해 얽히고설킨 인물 관계도를 만든다. 『리본의 기사』에서는 사파이어가 여자인 줄 진작 알고, 그녀를 옆에서 돌봐주는 잘생기고 젠틀한 해적 선장 블라드가 알고 보니 태어나자마자 버려진 프란츠 왕자의 형으로 밝혀지니, 남장 여자 스토리에 막장 드라마의 필수 요소인 '출생의 비밀'까지 더하고 있다.

　　『리본의 기사』에서 시작된 남장 여자 이야기의 인기는 1980년대 해적판으로 한국 땅에 상륙, 수많은 여학생들 마음을 설레게 한 일본 만화 『베르사이유의 장미』의 오스칼로 이어졌다. 아버지에 의해 아들로 키워진 프랑스 귀족 딸 오스칼. 금발의 아름다운 외모에 날카로운 카리스마를 동시에 지닌 근위대원 오스칼이 프랑스 혁명을 배경으로 드라마틱한 역사와 사랑 이야기를 펼쳐내는데, 그때 나는 역사책이 아니라 만화를 통해 프랑스 혁명을 배웠다. 어디 『베르사이유의 장미』뿐이랴. 만화 『롯데롯데』로 승마를, 『사랑의 아랑훼스』로 피겨스케이팅을 알게 됐고, 『유리가면』을 열독하며 한 번도 직접 본 적 없는 연극의 세계에 입문했다. 『베르사이유의 장미』의 작가 이케다 리요코 역시 남장 여자 오스칼이 『리본의 기사』에서 영향을 많이 받았다고 밝혔으니 오스칼은 사파이어의 계승자라고 할 수 있다.

남장 여자 캐릭터의 변주는 그 뒤로도 계속됐다. 독립적인 여성 캐릭터에 몰두한 디즈니는 남장 여자 애니메이션 〈뮬란〉을 만들었고, 한국에서는 어쩌다보니 남자 행세를 하게 된 여주인공이 나오는 〈커피 프린스 1호점〉, 조선 풍속화가 신윤복이 사실은 남장 여자였다는 〈바람의 화원〉, 아픈 남동생 대신 남장을 하고 과거를 봤다가 얼떨결에 성균관에 입성하게 된 주인공의 좌충우돌을 그린 〈성균관 스캔들〉까지, 남장 여자 이야기는 잊힐 만하면 나오고 또 나왔다. 털어놓을 수 없는 운명, 비밀과 오해라는 드라마틱한 요소들이 관심을 끌었지만, 동시에 여성이 아무것도 할 수 없었던 시대에 진짜 있을 법한 이야기라는 개연성이 흥미를 단단하게 뒷받침했다. 남장 여자는 여성이 시대가 막아놓은 벽을 뚫고 자신의 운명을 바꾸려는 의지로 만든 기회의 문이었다. 이들 여성들에게 남장이란 '전쟁터의 위장 갑옷'과 같은 것이다. 맨몸으로 섰다가는 쏟아지는 화살에 만신창이가 되기에 입어야 하는 그런 갑옷. 살아남기 위해 입어야 하지만 다른 사람 눈에 드러나면 안 되는 갑옷이다. 드라마나 만화 속 이야기만이 아니다. 현실에서도 여성들은 수도 없이 남장을 해야 한다. 남성 중심의 사회에서 살아남기 위해 술도 더 잘 마시고, 험한 말을 거리낌 없이 쓰고, 음담패설을 강하게 받아치며 함께 웃어야 했다. 성공은 고사하고 살아남기 위해 택한 남성의 언어와 제스처 역시 여성들이 입은 남장 갑옷이었다.

> 남장을 선택한 비장함이 무색하게 왜 모든 갈등과 고민은 서둘러 봉합되는가. 사랑한다고 우리의 삶이 끝나는 것도 아닌데!

하지만 아쉽게도 많은 남장 여자 이야기들이 처음에 야심차게 여성의 성장담을 들려주는 듯하다가 결국 로맨스물로 마무리 되어버린다. 처음에는 자신의 운명을 바꾸기 위해 비장하게 남장을 선택하지만, 러브라인으로 들어가기만 하면 남장은 여주인공과 여주인공이 남자인 줄 알고 혼란에 빠지는 남자 주인공 사이의 흥미로운 연애 도구로 쓰일 뿐이다. 그러다 보면 어느새 이야기는 여주인공의 정체가 밝혀지고 오해가 풀리면서 사랑이 이루어지는 것으로 끝나버린다. 사랑한다고 삶이 끝나는 것이 아닌데, 애초에 남장을 선택한 비장함이 무색하게 모든 갈등과 고민은 서둘러 봉합된다. 이 때문에 수많은 '남장 여자' 이야기는 여성의 한계를 넘으려는 담대한 시도로 시작됐다가 로맨스물로 마무리되는 아쉬움을 남긴다.

하지만 그 아쉬움은 남장 여자만의 탓이 아니다. 이런 전개는 그녀의 상대인 남성 캐릭터에게도 책임이 있다. 『신데렐라』나 『백설공주』 속 공주들은 타고난 외모로 백마 탄 왕자를 만나 결혼했다는 이유로 엄청나게 비판을 받고 있다. 하지만 공주의 상대역인 왕자들 역시 비판에서 자유로울 수 없다. 대개 이야기 속 왕자들은 하나같이 공주들의 외모에 반해 첫눈에 사랑에 빠진다. 그런 왕자들 중 상당수는 사랑하는 여인의 모습을 하고 나타난 마녀나 악마에게 속아 넘어가 연인을 배신해 그녀의 운명을 비탄에 몰아넣기도 한다. 『리본의 기사』만 해도 오래전 작품 치고는 꽤 여성주의적 시선을 담았지만 남자 주인공들은 너무나 전형적이다. 『리본의 기사』 속 프란츠 왕자 역시 아름다운 사파이어 공주를 보자마자 첫눈에 반하는데, 그렇게 사랑하는 공주가 왕자 옷을 입고 나타나면 전혀 알아보지 못한다. 나중엔 사파이어 공주로 변장하고 나타난 악마의 딸로 인해 혼란에 빠진다. 디즈니 애니메이션의 〈인어공주〉의 왕자 역시 공주 모습을 하고 나타난 마녀에게 속아 넘어간다. 왕자들에게는 여성의 외모가 가장 중요하고, 겉모습 이외에 사랑하는 상대에 대해 전혀 아는 것이 없다는 것을 보여준다. 하지만 옛이야기에서 여성들은 남성들이 아무리 다른 모습으로 변해도 어김없이 알아본다. 『백조왕자』에서 여동생은 백조로 변한 오빠들을 위해 가시풀로 옷을 만든다. 오트프리트 프로이슬러의 동화 『크라바트』에서 소녀는 까마귀로 변해 똑같은 자세를 취하고 있는 열두 명의 직공 중에서 사랑하는 소년을 정확하게 찾아내 마법을 풀어준다. 〈센과 치히로의 행방불명〉에서도 치히로는 돼지로 변한 엄마 아빠를 돼지 무리에서 구분해낸다.

그런데도 지금까지 공주 캐릭터에 대해서는 비판과 반성을 거침없이 쏟아냈지만 왕자들에 대해서는 별다른 말이 없었다. 물론 대개 공주들이 천신만고 끝에 고난을 이기고 사랑을 이루어내는 이야기가 중심이기에, 상대적으로 왕자들의 비중 자체가 크지 않아서일 수도 있다. 하지만 그렇다고 그냥 넘어가기에는 어딘가 꺼림직하다. 어쩌면 공주들에게만 비판 일변도였던 데는 다른 속사정이 있었는지도 모른다. 정치적으로나 물질적으로 권력을 장악한 남자 주인공이 마음에 드는 여성을 선택해 신부로 삼는다는 설정이 크게 문제가 되지 않는다고 생각하기 때문일 수 있다. 권력의 속성은 원래 그런 거라며 그런 주인공들을 비판하기는커녕 부러워했는지도 모른다. 요즘 드라마에서 이러한 왕자들은 잘생긴 CEO나 모든 것을 가진 재벌 2세로 바뀌었을 뿐이다.

비판과 반성이 없으면 발전도 없다. 이야기의 세계라고 다르지 않다. 그동안 끊임없이 비판 받아온 여성 캐릭터는 꾸준히 변화를 모색하고 있다. 오로지 남성의 선택을 받기 위해 노력하던 여성은 이제 더이상 이야기의 세계에서 환영 받지 못한다. 하지만 빠르게 변하는 여성 캐릭터 옆에 나란히 선 남성 캐릭터들은 별다른 진화를 보여주지 못하고 있다. 드라마 속 남자 주인공들은 여전히 돈과 권력을 지녔지만 어딘가 결핍된 미성숙한 인물들로 그려지는 경우가 많다. 여성 캐릭터와 남성 캐릭터 사이의 거리는 점점 더 멀어져 간다. 모두 함께 변해야 한다. 아무리 개성 있는 여성들이 등장해도 함께 살아가는 남성들이 바뀌지 않으면 우리는 완전히 새로운 이야기를 만들어낼 수 없다.

> 끊임없이 벽을 넘고, 그 벽을 뚫고 문을 만들어야 한다.
> 그 문을 넘어 남자와 여자 모두 자신의 있는 모습 그대로,
> 스스로 선택한 세계에 참여할 수 있어야 한다.

『리본의 기사』처럼 남장을 해야 벽을 넘을 수 있던 시대가 있었다. 여성이기에 많은 것을 할 수 없던 시대는 아주 길었다. 살아남기 위해, 소중한 걸 지키기 위해 남장이라는 갑옷을 입어야 했다.

어느덧 〈레지던트 이블〉, 〈툼 레이더〉에 이어 〈캡틴 마블〉까지 남장이 더 이상 필요 없는 여전사들이 세상을 누비는 시대

가 되었다. 여성들이 사회에 많이 진출하면서 남성 중심적인 문화도 많이 바뀌고 있다. 여성들도 더 큰 목소리로 '노'라고 말하기 시작했다. 영화 〈알리타〉에서는 천하무적인 여주인공 알리타가 사랑하는 남자 휴고를 구하기 위해 종횡무진 누비고 다니기도 한다. 남성은 영웅으로, 여성은 그런 영웅의 앞길을 막는 민폐 캐릭터로 등장하던 이야기 속 전통적인 성 역할도 빠르게 바뀌고 있다. 그것이 낯설지 않은 세상이 되었다. 만약 이 시대에 새로운 남장 여자 이야기가 나온다면 이제는 여주인공이 로맨스와는 별개로 자신이 원하는 것을 얻고 새로운 세계로 나아갈 것이다. 하지만 아직 세상엔 이 갑옷이 필요한 사람들이 여전히 많다. 남장의 갑옷뿐 아니라 약자이기에 입을 수밖에 없는 여러 종류의 갑옷들. 이제는 여전히 갑옷을 입어야 하는 사람과 더는 갑옷이 필요 없는 사람이 함께 벽을 넘고 벽을 뚫고 문을 만들어가야 한다. 사람들은 누구나 자신의 있는 모습 그대로, 스스로 선택한 세계에 참여할 수 있어야 한다. 그 어떤 갑옷도 필요 없는 그런 세상을 꿈꿔본다.

남자옷?
남자답게
입는다는 건?

옷으로 성별을 감출 수
있다는 건 이제 옛말

R MEN

남자

검정과
파랑은 남자

여자옷?
여자답게
입는다는 건?

Girl's

분홍은
여자색? 여자는
예쁜 존재?

오래된 신화의 완성,
그 순간 차오르는 연민

〈바람계곡의 나우시카〉의 나우시카

이제 더 이상 한 사람의 영웅적 스토리를 보고 싶지는 않다.

대신 모두가 조금씩 짐과 책임을 나누는 이야기를 보고

싶다. 영웅의 희생을 기대하는 대신 사람들이 서로 힘을

모아 같은 방향을 향해 함께 나아가고, 고통도 나누며 좀

더 좋은 세상, 좀 더 나은 삶을 만드는 모습을 보고 싶다.

〈바람계곡의 나우시카〉
風の谷のナウシカ
미야자키 하야오, 1984, 일본

우리에게는 영화로 더 먼저 알려졌지만 그 출발은 만화였다. 1982년부터 약 12년
동안 연재되었고, 전 7권으로 완결된 것으로 우리가 아는 애니메이션은 주로 1권의
내용을 중심으로 하고 있다. 바람계곡의 공주 나우시카가 환경 오염으로 황폐해진 지
구를 구한다는 내용으로, 미야자키 하야오는 1984년 이 작품을 통해 본격적으로 애
니메이션 감독이자 제작자로 나섰고, 이후 스튜디오 지브리를 설립, 수많은 일본 애
니메이션 영화를 만들어 성공시켰다. 이후 스튜디오 지브리는 일본 애니메이션을 대
표하는 산실로 성장했다.

**그는 모험이라면 소년들의 무대라는 오랜 관습을 깨고
소녀들에게 모험과 탐험, 평화, 생명, 환경과 세상을 구하는
영웅의 역할을 부여했다. 그는 이야기의 세계에서 오랫동안
익숙한 시대를 지나 새로운 시대를 열었다.**

나의 한 시절, 사랑했던 소녀를 이야기할 때 빼놓을 수 없
는 이들이 있다. 미야자키 하야오 감독이 차례로 보내준 지브리
의 여주인공들이다. 그 시절 많은 이들에게 그랬듯, 이 주인공들
은 나에게 선물 같은 존재였다.

1984년 1인용 비행기 '매베'를 타고 정말 바람처럼 자유
롭게 날아온 〈바람계곡의 나우시카〉를 시작으로 시타(《천공의성 라
퓨타》, 1986), 메이(《이웃집 토토로》, 1988), 키키(《마녀 배달부 키키》, 1989), 원

령공주 산(〈모노노케 히메〉, 1997) 그리고 센과 치히로(〈센과 치히로의 행방불명〉, 2002)까지. 미야자키 감독의 주인공들은 대부분 여성, 소녀였다. 그는 소녀를 주인공으로 선택한 이유에 대해 이렇게 말한 적이 있다.

> "여성은 남성보다 유연하다. 이 점이 이 시대에 여성의 관점으로 세상을 바라봐야 하는 충분한 이유인 것이다."*

그는 모험이라면 소년들의 무대라는 오랜 관습을 깨고 소녀들에게 모험과 탐험, 평화, 생명, 환경과 세상을 구하는 영웅의 역할을 맡겼다. 그는 이야기의 세계에서 오랫동안 익숙한 시대를 지나 새로운 시대를 열었다.

이들 소녀와의 첫 만남은 1990년대 말, 선배가 빌려준 〈이웃집 토토로〉 불법 해적판 비디오테이프였다. 당시는 일본 대중문화 개방 이전으로 일본 극장 애니메이션의 공식 상영은 금지됐던 시절이었다. 그래도 미야자키 감독의 작품들은 대학 축제의 단골 상영 목록이었고, 불법 해적판으로 돌고 돌아 꽤 많은 사람이 그의 작품을 보고 있었다. 영화광으로 집에 수만 장의 비디오테이프가 있던 선배는 내가 그때까지 〈이웃집 토토로〉를 못 봤다는 말에 어떻게 그럴 수 있느냐는 표정을 짓더니 며칠 뒤 테

이프를 들고 왔다. 불법 복제판이었지만 비디오테이프 겉면에 하늘색 바탕에 흰색으로 작은 토토로부터 큰 토토로까지 여러 마리가 그려져 있고 일본어로 'となりのトトロ'라고 적힌 딱지까지 붙어 있던 기억이 난다. 복제본이라면 흔히 색연필이나 사인펜으로 제목을 쓰는 정도였는데, 천차만별인 불법 해적판 중에서도 꽤 성의를 다한 복제본이었다.

돌아보니 그때 '넉 아웃' 상태였다. 직장에 들어가 적응하느라 바쁜 시기를 보내고, 이제 좀 회사 돌아가는 사정을 알 만하다 싶을 때 결혼을 해 아이를 키우고 있었다. 직장에 오면 아이 걱정을 하고 집에 와서 아이를 보고 있으면 직장 생활에 뒤지는 것 아닌가 하는 괜한 불안함 때문에 직장과 육아 어느 것 하나 제대로 하지 못했다. 일어나지도 않은 일을 걱정하고, 하지 못하는 일에 대한 스트레스로 너무 많은 에너지를 쓰고 있었다. 만약 같은 고민을 하는 후배가 있다면 직장에서는 일에만 집중하고, 아이와 함께 있을 땐 온전히 아이에게 신경을 써서 일과 아이가 주는 각각의 즐거움을 모두 누리라고 조언해주고 싶다. 하지만 그때로부터 20년 가까이 지난 지금도 그건 그렇게 쉬운 일은 아니다. 개인의 결심만으로 되는 일이 아니기 때문이다.

그 소녀들과 만나면 따뜻한 햇살을 쐬듯
온몸이 따스해지고 기운이 났고, 그 세계에 한두 시간 잠깐
머물렀다 오는 것만으로도 나는 큰 위로를 받았다.

그렇게 우왕좌왕하던 시절, 토토로에서 시작된 미야자키
의 소녀들은 나에게 큰 위로를 줬다. 그 뒤로 선배에게 빌려보고
비디오 가게를 돌며 그때까지 나온 거의 모든 작품을 섭렵했다.
그러다 2002년 국내 정식 개봉한 〈센과 치히로의 행방불명〉을
극장에서 보면서 미야자키 작품 관람은 자연스런 리얼타임 사이
클로 들어섰다.

이들 소녀들은 제각각 자기만의 개성을 갖고 있었지만 분
명한 공통점을 지니고 있었다. 일종의 순수함의 결정체 같았다.
순수하다고 하면 흔히 성품이 착하다거나 순진하다는 뜻과 비
슷하게 쓰이지만 이들의 순수함은 모든 면에서 전혀 다른 것들,
불순물이 섞여 있지 않은 투명함에 더 가깝다. 이들은 대부분
따뜻하면서도 강인했는데 이 따뜻함과 강인함에는 어떠한 욕
심, 욕망, 질투, 미움 같은 것들이 전혀 섞여 있지 않은 따뜻함과
강인함 그 자체였다. 이들은 그런 마음으로 상대를 배려하고 문
제를 돌파하며 자기 길을 묵묵하게 걸어갔다. 때론 인간을 넘어
모든 자연과 생명을 감싸 안았다. 결점이라곤 없이 완벽하게 순
수하고, 모든 것을 끌어안는 '선한 세계' 그 자체였다. 그래서 이

들과 만나면 따뜻한 햇살을 쐬듯 온몸이 따스해지고 기운이 났
다. 그 세계에 한두 시간 잠깐 머물렀다 오는 것만으로도 위로를
받았다.

그때 나는 어른이라는 존재가 된 후 거의 처음으로 겉모
습은 나이 들어 어른이 됐지만 속마음은 여전히 어제의 어린 나
와 다르지 않음을 느꼈다. 순식간에 메이가 되어 토토로를 만나
신기해했고 시타가 되어 라퓨타를 찾아갔고, 키키가 되어 빗자
루를 타고 하늘을 날았다. 나우시카가 1인용 비행선을 타고 하
늘을 날 땐 나우시카와 함께 날았다. 그들과 함께 있는 시간 동
안 얼마나 마음이 편안했는지 모른다.

꽤 어른처럼 행동할 수 있게 됐고, 굉장히 덤덤해진 척했
지만 사실은 두려움도 떨림도 미숙함도 그대로였다. 나를 다정하
게 품어주는 세계에 한없이 마음을 열고 기대고 싶은, 어린 마음
은 예나 지금이나 그대로였다. 그 사실이 나에게 큰 위안을 줬다.
내 안의 어린아이를 받아들이면서 지나치게 어른인 척하지 않아
도 된다고 다독거리니 마음이 편안해졌다. 오히려 두렵고 어렵고
떨리는 일 앞에서 담담해질 수 있었다. 어른이 된다는 건 완벽하
게 성숙해지는 것이 아니라 자신의 미숙함을 있는 그대로 인정
하는 것임을 어렴풋하게나마 알았던 것도 그 무렵이었다. 여전히
미숙한 건, 인생의 중반을 넘은 지금도 마찬가지다.

**연약하지만 강인한 여전사, 다가오는 운명을 피하지 않고
감당하며 정면 대결하는 새로운 시대의 영웅이 등장했다.
바로 나우시카, 그녀였다.**

토토로를 시작으로 순정한 소녀의 세계에 들어섰지만, 이
들 중에서 가장 마음이 가는 한 명을 꼽는다면 나우시카, 바람
계곡의 나우시카다. 나우시카는 호메로스의 대서사시 『오디세이
아』에서 유래된 이름이다. 영웅 오디세우스를 구한 여인으로 서
양의 그리스 문화에서 가장 이상적인 여성상 중 하나로 꼽는다.
이름의 전통을 이어받은 나우시카는 '불의 7일' 전쟁으로 인류
문명이 붕괴되고 1000년이 지나 유독가스를 뿜는 균류가 장악
한 세계에서 바람계곡 부족을 구하고, 거대한 곤충 오무와 인간
의 화해를 이끌어내는 영웅이자 구원자가 된다. 인류 문명의 대
몰락 이후 이야기인 '포스트 아포칼립스' 서사에서 세계를 구한
현대적 여성 영웅의 등장이다. 나우시카 뒤로 여성 전사가 꽤 나
왔으나 세계를 구하는 여성 영웅, 여성 구원자는 〈매드 맥스〉의
퓨리오사 정도가 떠오를 뿐, 지금도 흔치 않다.

그렇기에 1984년 나우시카가 애니메이션으로 처음 세상
에 나왔을 당시에 이 작품을 봤다면 더 좋았을 거라는 생각을
하곤 한다. 그랬다면 소녀가 인류는 물론 세상을 구하는 이야기
에 더 큰 충격을 받았을 것 같다. 어린 시절 이야기 속에서 모험

을 떠나는 것은 소년이고, 세상을 구하는 것은 남성, 그것도 성인 남성이었다. 소년이 모험을 통해 성장한 뒤, 어른이 되어 세상을 구한다는 것이 전형화된 서사였다. 좀 더 빨리, 좀 더 어려서 나우시카를 봤다면, 내가 그때까지 알고 있던 이야기 세계가 실은 세계의 매우 불완전한 일부분이라는 사실과 모든 생명을 포용하는 여성의 유연하고 부드러운 힘이 폭력적인 힘을 이길 수 있다는 것, 그리고 이제 그 힘이 필요한 새로운 시대에 들어섰다는 것을 알 수 있었을 것이다.

10여 년이라는 강산도 족히 변할 시간이 흐른 뒤, 내가 나우시카를 처음 봤던 1990년대 말엔 이미 문화 전반에서 아버지로 상징되는 부권이 무너지고 그 빈 자리에 여성과 모성의 서사가 쏟아지던 시대였다. 좀 더 빨리 만나지 못한 아쉬움은 있지만 그때에도 연약하지만 강인한 영웅, 자신에게 다가오는 운명을 피하지 않고 감당하며 정면 대결하는 나우시카는 인상적이었다.

남자가 주인공인 포스트 아포칼립스 이야기는 인류 멸망 이후 대다수 인류를 하층민으로 지배하고 억압하는 악의 세력과 반군의 대결을 축으로 진행되곤 한다. 남자 주인공은 흔히 반군 지도자이다. 이에 비해 나우시카는 적까지 끌어안고 싸움을 중재하고, 인간과 자연을 서로 이해시키며 모든 것을 포용하려 한다. 남성 영웅과는 완전히 다르다. 순수한 소녀지만 어른보다 더 성숙하고, 뛰어난 전사지만 싸움에서 이기는 영웅을 넘어 세상의 구원자, 모든 희생을 감수한 여신의 모습을 보여준다. 그런 나우시카가 참 멋있었다.

> **나는 지금도 오무 떼의 공격을 막은 나우시카가 오무의 피로 파랗게 물든 채 오무의 황금빛 촉수 위를 걸어나올 때 울컥한다.**

시간이 지나 일곱 권짜리 나우시카 원작 만화를 보고, 다시 애니메이션을 찾아보게 되면서 나우시카에 대해 전혀 다른 느낌을 받게 됐다. 미야자키 감독은 1982년 만화잡지 『아니메주』에 이 작품을 연재하기 시작해, 약 12년 뒤에야 완간했다. 우리가 알고 있는 애니메이션은 원작 만화 1권 이야기만을 토대로 만든 작품이다. 그렇게 다시 만난 나우시카는 애처롭고 안타깝게 다가왔다. 여성성과 모성애에 대한 지나친 신화화에 숨이 막히는 것 같았달까. 영웅이나 구원자에게 고난과 희생은 당연하지만, 엄마에게 모성애라는 이름으로 너무 많은 짐을 당연하게 지우듯, 이 작은 소녀에게 생명과 세상을 구하는 모든 책임을 지우고 너무 많은 희생을 요구했다.

나우시카는 현대 문명과 환경 오염이 몰고온 파국과 재앙을 막을 수 있는 유일한 존재다. 바람계곡을 지키고, 1000년 전 거신병을 되살려내려는 음모를 저지하는 일, 생명에 대한 사랑, 자연과 인간의 대화는 물론 유독가스를 빨아들인 나무가 모래 가루가 되어 지구를 정화시킨다는 미래의 비밀을 알아내는 역할 까지 모두 나우시카의 몫이다. 착하고, 따뜻하고, 용감하고, 모든 고통과 아픔, 희생과 책임을 온몸으로 끌어안는 무결점의 완벽 한 영웅이다.

　　이런 나우시카를 향한 연민 때문인지 지금도 오무 떼의 공격을 막아낸 나우시카가 온통 오무의 파란 피로 물든 채 오무 의 황금빛 촉수 위를 걸어나오는 장면에서 울컥한다. '황금 들판 을 걸어오는 파란 옷을 입은 자가 우리를 구원할 것'이라는 바람 계곡의 오랜 신화가 이루어지는 이 순간이 감동스러운 것이 아 니라 이 작은 소녀가 혼자 감당해야 할 무게에 마음이 아프다.

　　신화적 영웅담이야 인류의 오랜 이야기의 원형이며, 영웅 의 고난은 깊고, 스펙터클할수록 더 위대해진다. 그런 영웅만이 나라도 구하고 세상도 구할 수 있다. 또 나우시카가 처음 나왔던 그 시절, 여성성을 남성성에 대한 대안으로 제시하고 포용적인 여성성, 생태적 모성애가 얼마나 위대한지를 보여주기 위해 나우 시카의 책임과 희생을 무한대로 부풀렸을 수도 있다.

　　하지만 이젠 한 사람의 영웅에게 모든 짐을 지우고, 기대하고, 매달리는 시대는 저물어가고 있다. 한 사람이 독점적 권력을 누리는 시대에서 모두가 자기 역할을 하며 연결되는 네트워크의 시대로 옮아가고 있다. 위대한 한 사람의 독주가 아니라 모든 사람들이 힘을 모아 함께 나아가는 것이 우리 시대의 '시대정신'이 아닐까. 눈이 오면 누구나 자기 집 앞 골목을 치우듯 제 몫의 일을 하고 책임을 나누며, 그렇게 좀 더 좋은 세상, 좀 더 나은 삶으로 나아갔으면 좋겠다. 그런 세계에서라면 나우시카도 어깨를 짓누르는 엄청난 책임을 다른 사람과 나눌 수 있을 것이다. 모든 생명을 책임지는 영웅이나 완벽한 구원자, 모든 희생을 감당해야 하는 모성애의 살아 있는 신화에서 벗어나 자유로운 한 개인의 자리를 가질 수 있을 것이다.

　　나우시카가 매베를 타고 하늘로 날아오른다. 〈바람계곡의 나우시카〉에서 가장 좋아하는 장면이고, 나우시카에게 선물하고 싶은 순간이다. 히사이시 조의 바람 같은 음악이 들려온다. 나우시카가 모든 책임의 중력을 넘어 푸른 하늘로 날아오른다. 사람들을 살리기 위해, 오무 떼를 구하기 위해 바람계곡으로 진군해오는 군대를 막기 위해서가 아니라, 자유로운 한 개인 나우시카가 바람을 타고 유유히 하늘을 날아간다.

지브리의 소녀들이 유독 마음에 드는 이유는 명확히 주인공으로서 모험을 떠난다는 점이다. 많은 동화 속 세계에서 뛰고 날아다니며 싸우며 역경을 헤쳐나가는 것은 소년의 몫이었다. 소년의 경쟁과 모험, 소녀의 사랑과 순정이라는 이분법적 특징은 지겨울 정도로 분명했다. 게다가 그 소녀들의 활동 범위는 학교나 집 안 같은 실내, 조금 확장한다 해도 겨우 마을 정도로 제한되었다. 어릴 때 〈바람계곡의 나우시카〉를 보고 내가 만약 공주가 된다면 저런 공주가 되고 싶다고 생각했다.

하늘을 비행하는
자유로운 영혼

나우시카는 1인용 비행기를 타고 드넓은 하늘을 날아다닌다. 그가 바람을 타고 거대한 숲과 언덕을 가로지르는 장면을 보면 기분이 좋아진다. 특히 '파아란' 하늘과 푸른 나우시카 의상의 조화도 좋았다.

지키고 싸울 수 있는
강인한 몸

어릴 때부터 줄곧 '강한 소
녀 캐릭터'가 좋았다. 지혜롭고 정
신력이 강한 것도 좋았지만 '강인
한 신체에 강인한 정신이 깃든다'
는 말처럼 뛰어난 신체 능력을 가
진 소녀들이 좋았다. 다시 보면 소
녀 한 명으로 하여금 거대한 힘에
맞서게 함으로써 나우시카를 지나
치게 희생적인 캐릭터로 묘사하는
한계를 지니고 있다. 그러나 많은
이들을 이끌고 책임지는 공주로서
마을 사람들은 물론 주변 자연과
곤충들을 보호하기 위해 맞서 싸
우는 나우시카는 여전히 멋있다.

자연 속의
너그러움과 여유

나우시카는 하늘과 땅을 오가며 경계선 없는 넓은 세상을 누빈다. 바람계곡의 주민들에게 꼭 필요한 것들을 구하기 위해 숲으로 갈 때면 그곳에 누워 휴식을 취하거나 곤충들의 움직임을 가만히 지켜보기도 한다. 여유 있는 시간을 즐기는 나우시카를 보며 나 역시 아무도 없는 드넓은 자연에서 나 홀로 시간을 보내는 장면을 꿈꾸곤 했다.

그녀에게 필요한 건
당신과의 로맨스가 아니에요

『키다리 아저씨』의 주디

키다리 아저씨는 재능 많고 똑똑하지만 가진 것 없는 고아 소녀를 후원하는 데서 멈췄어야 했다. 그 소녀가 자신의 길을 알아서 찾아갈 수 있도록 도와주는 진짜 키다리 아저씨였으면 좋았을 것이다. 우리의 주디라면 아저씨와의 사랑 없이도 자신의 삶을 멋지게 이루어나갔을 것이다.

『키다리 아저씨』
Daddy-Long-Legs
진 웹스터, 1912, 미국

고아원 출신 소녀가 자신의 후원자에게 보내는 편지글로 이루어진 『키다리 아저씨』는 학교 다닐 때 누군가를 좋아했던 그 기억을 떠올리게 하는 로맨스 소설의 대표작이다. 뛰어난 글짓기 솜씨를 지닌 고아 소녀가 그 재능을 알아봐준 후원자의 도움으로 대학 생활을 하는 설정 자체가 꿈만 같았고, 그 소녀의 시선으로 바라보는 세상은 온통 아름답기만 했다. 일기장이나 편지글처럼 내밀한 기록을 들여다보는 듯한 그 긴장감과 소녀의 풋풋한 감정을 공유하는 즐거움으로 수많은 소녀들을 잠 못 들게 했던 작품이기도 하다.

어린 내 눈에 주디는 동화 속 소녀들,
특히 고아 소녀들이라면 기본으로 갖고 있는
'착한 소녀 콤플렉스'와는 거리가 먼 소녀였다.
나는 그래서 그녀가 좋았다.

10대의 한 시절, 밤을 새워 진 웹스터의 소설 『키다리 아
저씨』를 읽으며 주디 애벗 이야기에 빠져들던 적이 있었다. 사랑
스런 고아 소녀 주디 애벗. 우리가 어릴 때 만난 이야기 속 주인
공들 중에는 왜 그렇게 고아 소녀가 많았던 걸까. 『하이디』의 하
이디도, 『오즈의 마법사』의 도로시도, 『소공녀』의 사라도, 『빨간
머리 앤』의 앤도, 『비밀의 화원』의 메리도, 캔디도 모두 고아였
다. 여성 성장소설 『제인 에어』의 제인도 역시 고아였다. 이들 고

아 소녀들은 부모 형제도 없이 고아원을 전전하거나 먼 친척 집에 맡겨졌다. 어린 나이에 탐탁지 않아 하는 어른들의 눈치를 보며 아이를 돌보고, 남의 집 살림살이를 거들며 온갖 허드렛일의 노동 현장으로 끌려나왔다.

　　동화란 기본적으로 광범위한 성장담이고, 성장담은 대개 주인공이 어려움을 이기고 험한 세상에서 자기만의 자리를 마련해가는 이야기이다. 그러니 아무것도 가진 것 없고, 누구의 보호도 받지 못하는 고아는 성장담의 주인공으로 매우 적합한 설정이긴 하다. 모든 것이 충족되고 넘치도록 행복한 아이가 성장담을 이끌고 가는 건 여러모로 설득력이 없어 보인다. 부족한 것이 많을수록, 상처가 아플수록, 결핍이 깊을수록 이야기는 더 절실해지기 마련이다. 실제로 고전 동화들이 나오기 시작한 19세기에서 20세기 초반 어린 여자아이는 노동력 면에서 도움이 되지 못했기에 상대적으로 남자아이들보다 더 많이 버려지기도 했다. 고아가 아니라고 해도 당시 여자아이들은 어떤 권리도 행사하지 못하는, 존재 자체가 보호받지 못하는 고아나 다름없었다. 이야기 속에서 가진 것 없는 고아 소녀들이 동원할 수 있는 것이라곤 밝고 순수한 에너지, 비참한 현실을 넘어서는 상상력, 비할 데 없는 선함 같은 개인적인 성정뿐이었다. 이들은 이 같은 동심이나 순수함으로 고난을 이기고 주변의 사랑을 얻어 자기만의 길을 열어갔다.

『키다리 아저씨』의 주인공 주디는 어린 시절 내가 만난 고아 소녀들 중에서 가장 구김살 없고 유쾌하고 발랄한 버전의 소녀였다. 주디는 열여섯 살이 되면 고아원을 떠나야 했던 다른 원생들과 달리 뛰어난 성적 덕분에 고아원에 머물며 고등학교까지 다닐 수 있었다. 물론 공짜는 아니었다. 그 대신 고아들을 씻기고, 입히고, 잠자리를 봐주며 온갖 자질구레한 일을 도맡아 해야 했다. 그러나 주디에게는 슬픔이나 우울은커녕 마음의 상처로 인한 감정의 주름 같은 것도 없다. 오히려 고아원 생활을 독특한 모험으로 여겼고, 부족함 없이 자란 사람들이 결코 가질 수 없는 세상에 대한 안목을 기를 수 있다고 생각했다. 여기에 더해 그녀는 그 시절 우리에게 부족했던 유머와 위트까지 가지고 있었다.

> 말 잘 듣는 순한 소녀보다는 옳고 그름을 판단해
> 적극적으로 옳은 것을 선택해 나가는 소녀야말로
> 착한 소녀가 아닐까?

주디가 좋았던 건 그녀에게 동화 속 소녀들, 특히 고아 소녀들이라면 기본으로 가지고 있는 '착한 소녀 콤플렉스'가 없다는 점이다. 동화 속 소녀들은 착한 소녀 콤플렉스 때문에 대부분 주변과의 관계에서 언제나 자신을 낮춘다. 자기 마음은 상처로 썩어들어가면서도 끝없이 다른 사람의 요구를 당연하다는 듯 받아들인다. 그것도 활짝 웃는 얼굴로. 주디만큼 유쾌하고 독립적인 고아 소녀라면 흔히 캔디를 떠올리지만 자세히 들여다보면 캔디야말로 외로워도 슬퍼도 웃어야 한다는 강박에 사로잡혀 스스로를 힘들게 한 가슴 아픈 캐릭터다.

동화 속 세계만이 아니라 현실에서도 흔히 이런 성품의 소녀들을 착하다고 여긴다. 그런데 이 소녀들이 진짜 착한 것인가. 이제 우리가 쉽게 쓰는 '착하다'는 의미를 다시 생각해볼 필요가 있다. 착하다는 것은 과연 무엇을 뜻하는 것일까. 선하고 착하다는 것이 그저 심성이 곱다는 것뿐 아니라 도덕적으로 옳게 살아가는 것도 포함한다면 동화 속 소녀들은 착하다기보다 순종적이라고 표현하는 것이 더 맞을 듯하다. 오랫동안 이야기의 세계는 많은 여자아이들에게 '착한 소녀 콤플렉스'를 주입해왔다. 이제는 착하다는 것의 본래 의미를 회복해야 한다. 그렇다고 착한 소녀 콤플렉스에서 벗어나는 것이 반대로 '나쁜 소녀'가 되는 것을 의미하지 않는다. 옳고 그름을 판단해 적극적으로 옳은 것을 선택해나가는 것 그것이 진짜 선하고 착한 것이 아닐까?

우리의 주디는 일찌감치 '착한 소녀 강박'에서 자유로웠다. 심성이 순하고, 주변 사람들을 돌보고, 배려하고, 자신을 희생함으로써 주변의 사랑과 인정을 받는 캐릭터가 아니었다. 착한 소녀 콤플렉스라고는 찾아보기 힘든 그녀는 다른 고아 주인공들처럼 친구들에게 왕따를 당하거나 주변의 남다른 시선이나 오해로 곤란한 처지에 휩말리지 않는다. 구김살 없이 친구를 사귀며 안정적인 관계를 만들어갔고 누구의 눈치도 보지 않고 자기 감정에 충실해 하루하루 자기 앞의 생에 놀라고, 즐거워하며 진심으로 삶을 즐길 줄 알았다.

이런 주디의 캐릭터는 그녀가 후원자인 키다리 아저씨에게 쓰는 편지에서 200퍼센트 드러난다. 글만큼 그 사람을 온전히 드러내는 것도 없다. 『키다리 아저씨』는 이름도 정체도 모르는 채, 그저 얼핏 본 그림자의 키가 크다는 이유로 주디가 '키다리 아저씨'라고 별명을 붙인 후원자에게 보내는 편지로 이루어져 있다. 편지글 소설이라는 형식이 얼마나 흥미롭던지. 톡톡 튀는 문장도 유쾌했고 대상의 특징을 기가 막히게 잘 잡아내는 주디의 스케치를 보는 즐거움도 컸다.

마음 같아서는 책장을 휘리릭 넘겨 냉큼 맨 뒷장의 결말을
읽고 싶지만 그렇게 결론을 알아버리면 두근거림도
순식간에 끝이 날 터이니 그건 또 싫은 일이었다.

10대의 그 시절, 나에게 『키다리 아저씨』의 편지글은 처음 만난 매우 낯선 형식이었다. 주디가 쓰는 편지만으로 사건 전개는 물론 등장인물의 심리까지 전해지는 것이 신기하고 놀라웠다. 작가인 진 웹스터의 톡톡 튀는 문장이 돋보이는 글 덕분에 이런 편지글을 써내려가는 주디를 더 사랑하게 됐고, 주디의 편지 한 장 한 장을 따라가다보면 어느새 밤이 깊어졌다. 책을 따라 밤을 새울 수밖에 없던 또다른 이유는, 두말할 것도 없이 키다리 아저씨의 정체에 대한 궁금증 때문이었다. 중반쯤 접어들면서 비밀에 싸인 후원자 키다리 아저씨가 주디에게 엄청난 관심을 보이는 명문가 귀족 저비스 펜들턴 씨라고 확신하긴 했지만 끝까지 읽지 않고서는 백 퍼센트 장담할 수 없었다. 끝날 때까지 끝난 게 아닌 이야기를 따라가면서 가슴은 온통 결말에 대한 궁금증으로 가득 찼다. 키다리 아저씨가 예상한 대로 저비스 씨라면 주디는 그 사실을 언제 어떻게 알게 될까, 두 사람은 맺어질 수 있을까 없을까 궁금한 점이 한둘이 아니다. 그러니 어떤 인내심과 자제력으로도 "오늘은 이만"하고 책을 덮을 수 없었다. 마음 같아서는 책장을 휘리릭 넘겨 냉큼 맨 뒷장의 결말을 읽고 싶

었지만 그렇게 결론을 알아버리면 두근거림도 순식간에 끝이 날 터이니 그건 또 싫은 일이었다. 다글다글 끓어오르는 호기심을 누르는 한편으로 두 눈이 뱅글뱅글 돌아갈 것처럼 속도를 내 뒷장을 향해 내달렸다. 드디어 마지막 페이지. 주디가 키다리 아저씨를 만나러 간 날, 저비스 씨가 "귀여운 주디, 내가 키다리 아저씨인 줄 짐작하지도 못했어요?"라고 말할 때까지, 그 순간을 직접 확인할 때까지 얼마나 가슴을 졸였던지. 몇 페이지만 넘기면 마지막 엔딩을 알 수 있지만 그 최고조의 긴장감을 누리며 결론을 향해 가는 그 즐거움이야말로 책 읽기의 가장 큰 기쁨이다.

> 배울 기회를 얻지 못한 소녀에게 지원을 해주는 것이야
> 고마운 일이지만 그렇다고 해서 한 사람의 장래를 결정할
> 권리가 과연 그에게 있는 걸까?

나의 어린 한 시절 두근거리며 밤을 지새우게 한 사랑스러운 소녀 주디. 하지만 언제부터인가 그냥 재미있게만 볼 수 없는 이야기가 되고 말았다. 돈 많고 잘생긴, 모든 것을 다 가진 남자가 가난하지만 예쁘고 어린 여자아이를 교육시켜 사랑에 빠지는 이야기이니, 어찌할 수 없이 전형적인 신데렐라 스토리인 데다가 이거야말로 최근 들어 더더욱 비판 받고 있는 '아저씨와 소

녀' 이야기이기 때문이다. 그 옛날에는 두 사람의 러브 스토리에 정신없이 빠져들었지만 이제는 예전에 보이지 않던 부분이 눈에 들어와 자꾸 마음이 불편해진다.

『키다리 아저씨』와 비슷한 설정은 영화와 드라마에서 어렵지 않게 볼 수 있다. 돈 많은 남자가 신분 낮은 여자와 사랑에 빠지는 이야기로는 영화 〈귀여운 여인〉이, 지적으로 우월한 남자가 못 배운 여자를 교육시켜 자신에게 어울리는 멋진 여성으로 만드는 이야기로는 뮤지컬 영화 〈마이 페어 레이디〉가 떠오른다. 1964년 오드리 헵번이 주연을 맡은 이 영화는 영국의 극작가 조지 버나드 쇼의 『피그말리온』이 원작이다. 음성학 교수 헨리 히긴스는 어느 날 친구와 내기를 한다. 노동자 계급의 여자를 교육시켜 상류 사회에 완벽하게 어울리는 사람으로 만들 수 있느냐는 내기였다. 가능하다는 쪽을 선택한 히긴스는 거리에서 꽃을 파는 여인 엘리자를 낙점, 혹독하게 교육시켜 완벽한 귀부인처럼 만드는 데 성공하고 그녀와 사랑에 빠진다. 고아 소녀를 교육시켜 멋진 여성 작가로 키워낸 뒤 그녀를 사랑하게 되는 키다리 아저씨는 히긴스 교수와 닮았다.

여자를 교육시켜 자신에게 어울리는 여성으로 만드는 스토리는 비단 영화나 소설 속 이야기만은 아니다. 18세기 영국의 시인이자 인권 운동가였던 토마스 데이(1748~1789)는 잇따라 연

21

애에 실패하자 고아를 데려와 혹독하게 교육시켜 자신이 원하는 완벽한 여인으로 만들겠다는, 말도 안 되는 실험을 했다. 그의 인간 실험은 당연히 실패로 끝났다. 토마스 데이는 여성이 제대로 교육만 받는다면 자기 같은 남성에게 어울리는 훌륭한 인간이 될 수 있다고 여겼다. 얼핏 들으면 여성을 높게 평가한 듯하지만 이는 여성을 자신이 원하는 대로 만들 수 있다는 심각한 착각이다. 그는 잘못된 계몽주의자였다. 키다리 아저씨에게도 토마스 데이의 흔적이 살짝 보인다. 글쓰기에 재능이 있는 주디를 후원하게 된 키다리 아저씨는 4년 동안 대학 학비와 용돈을 주는 대신 조건을 내건다. 주디를 작가로 키우겠다는 것, 매달 감사의 편지를 써야 한다는 조건이었다. 표현력을 기르는 데 편지가 최고라는 이유를 내걸긴 했지만 그래도 불편하다. 가난한 소녀를 지원해주는 것이야 고마운 일이지만 그렇다고 한 사람의 장래를 결정할 권리가 과연 그에게 있는 걸까?

개성 강한 여성 캐릭터 주디는 졸지에 새로운 신데렐라가 되어버렸다. 이로써 그녀는 시대를 앞서가는 새로운 캐릭터가 될 수 없었다.

주디는 아저씨의 계획대로 소설가가 된다. 주디는 재능이 넘쳐난다. 대학에 들어가자마자 학교 소식지 1면에 시가 게재되고, 2학년 때에는 교내 단편 소설 공모전에 당선된다. 뒤이어 잡지사에 글이 채택되고 졸업을 하자마자 단편 연작 일곱 편이 팔려 1,000달러라는 큰돈을 벌기도 한다. 글쓰기 이외에도 학교 달리기 선수로 뽑히고, 농구 선수로도 뛴다. 연극반에서도 주디를 환영하고, 교내 잡지의 편집자로 활약한다. 주디는 후원도 당연하게 받아들이지는 않는다. 장학금을 받기 위해 노력하고, 가정교사로 일해 번 돈과 소설 공모전 상금으로 어떻게든 후원금을 갚고, 키다리 아저씨로부터 독립하려 한다.

　　하지만 키다리 아저씨는 주디의 독립을 바라지 않는다. 장학금을 받게 됐을 때 누군지 모르는 사람의 돈은 받아선 안 된다며 장학금을 포기하라고 하고, 후원자라는 지위를 내세워 자기 마음대로 주디의 일정을 결정해버린다. 모든 게 제멋대로다. 그러면서 한편으로 주디에게 넘치는 용돈과 새 드레스, 초콜릿, 꽃 같은 선물 공세를 아끼지 않는다. '고아에게 필요 이상의 자선을 베풀지 말라'는 주디의 정중한 거절은 받아들여지지 않는다. 우리의 다재다능한 주디의 대학 생활과 그녀의 성장은 오직 키다리 아저씨의 후원과 사랑이라는 큰 틀 안에서만 이루어진다. 고아 소녀 주디가 구김살 없는 부잣집 외동딸처럼 지낼 수 있었던 것도 '예비 남편'인 키다리 아저씨의 지원이 있기에 가능했다. 독립을 향한 주디의 노력은 저비스 씨의 마음을 애태우는 연애의 밀당일 뿐이다. 어린 내게 무척 흥미로웠던 주디의 편지도 지금보면 꽤 곤혹스럽다. 저비스 씨는 도대체 무슨 권리로 주디의 속마음을 이렇게까지 들여다본단 말인가. 주디의 머릿속에 키다리 아저씨는 평생 만날 일 없는, 나이 지긋한 호호 할아버지일 뿐이었다. 주디로선 그런 할아버지에게 꽤 안심하고 자신의 일상을 시시콜콜 털어놓았는데, 실제로는 연애 상대에게 자신의 감정을 낱낱이 보여준 꼴이니 참으로 난감하다.

진 웹스터는 대학에서 영문학과 경제학을 전공했고, 사회 불평등에 대한 문제의식을 가진 작가였다. 그녀는 주디라는 개성 넘치는 여성 캐릭터를 만들었지만 주디에게 '아저씨와 소녀' 로맨스의 주인공 역을 맡겨버림으로써 새로운 시대의 새로운 여성 캐릭터로 성장시키지 못했다. 결국 『키다리 아저씨』는 톡톡 튀는 감칠맛 나는 대사가 돋보이는 통속적인 로맨스에 그치고 말았다.

사실 로맨스는 거대한 판타지의 세계다. 모름지기 판타지의 세계는 자유로운 상상을 전제로 한다. 판타지의 세계에 불가능이란 없다. 현실을 넘어 모든 것이 가능한 세계다. 하지만 이 광활한 세계에도 시대의 물길은 엄연히 흐른다. 많은 사람이 바라고, 원하고, 기대하며 공유하는 거대한 환상. 설령 개개인들이

미처 자각하지 못하더라도 무의식 저 밑에 흐르는 시대의 흐름
이 판타지에 반영된다. 실제로 현실 세계에선 모든 사랑이 가능
하다. 나이가 아주 많은 사람과 사랑에 빠질 수도, 나이가 한참
어린 사람을 사랑할 수도 있다. 잘생기고 젠틀하고 자신을 전폭
으로 지원하는 사람이라면 사랑에 빠지지 않기가 더 어렵다. 하
지만 여성을 주체적으로 그리지 않고, 남성의 도움이 필요한 존
재로 인식하고, 성적인 대상으로 소비하거나 지나치게 순수함의
화신으로 대상화하는 것은 이제 이 판타지의 세계에 입장할 수
없다. 판타지의 세계라면 흔히 현실에서 불가능한 모든 일이 벌
어지는 곳이지만, 반대로 현실에서 가능한 일들이 불가능해지
는, 그릇된 일들이 더 이상 용납되지 않는 현실의 세계이기도 하
다. 판타지에도 정치적 올바름과 시대의 철학이 요구된다.

키다리 아저씨는 재능 많고 똑똑하지만 가진 것 없는 고
아 소녀를 후원하는 데서 멈춰야 했다. 그 소녀가 자신의 길을
찾아갈 수 있도록 도와주는 후원자이자 멘토로 남아야 했다. 주
디라면 저비스 씨의 연인이 되지 않아도 자신의 삶을 멋지게 살
았을 것이다. 언젠가 좋은 작가가 되었을 테고, 새로운 사랑도
만났을 것이다. 주디가 이 시대로 온다면 뻔한 로맨틱 코미디의
공식을 깨고 좀 더 새로운 사랑의 관계를 보여줄 수 있을 것이다.
주디라면 가능할 테다.

밝고, 유쾌하고 자기 삶을 생생하게 만들 줄 아는 우리의 주디. 자신의 처지가 어떻든 주눅 들지 않고, 하루하루 삶에 일어나는 변화에 놀라고 기뻐하며 그것을 100퍼센트 만끽할 줄 하는 주디는 변함없이 매력적이다. 일어나지도 않은 일을 지레 걱정하며 스스로를 피곤하게 만들지도, 불평하지도 않고 스스로의 삶을 가꾸며 앞으로 나아가는 주디를 여전히 사랑한다. 주디는 시간과 함께, 이제는 낡고 쇠락해버린 '키다리 아저씨'의 세계에서 특유의 건강함으로 살아남았다. '키다리 아저씨'의 세계에서 뚜벅뚜벅 걸어나온 주디는 갑자기 후원자가 없어진 그녀를 걱정하는 우리에게 이렇게 말한다.

"지나친 근심을 거둬. 어떤 어려움 속에서도 우리 삶은 정말 놀랍지 않니?"

키다리 아저씨를 바라보는
속마음의 변화

[이 그림일기는 어린 시절 그린 그림일기를 떠올리며 다시 그린 것임._저자 주]

( )

주디를　언제나　도와준다.
나는　씩씩한　주디가　좋
다.　왜냐하면　주디는　공
부도　잘하고　운동도　잘
하고　글도　잘쓰기　때문이
다.　착하고　똑똑한　주디
에게　키다리　아저씨가
있어서　다행이다.

규칙적인 생활속에 희망찬 내일!

키다리 아저씨 그럴 거였다

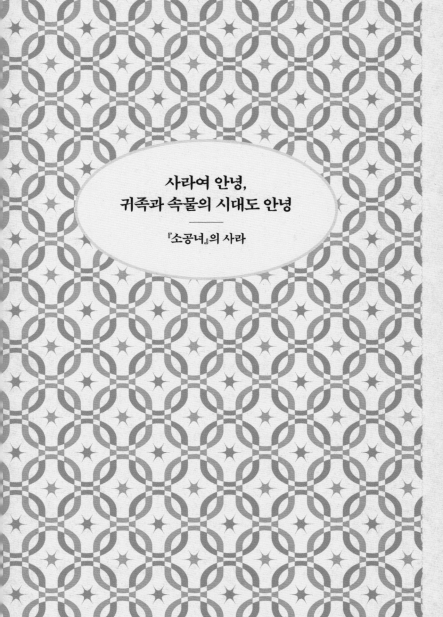

사라여 안녕,
귀족과 속물의 시대도 안녕

『소공녀』의 사라

어린 나를 설레게 했던, 기억 속에서 영원히 빛날 것 같았던 사라에게 작별의 인사를 건넬 때가 되었다. 하지만 사라에겐 작별을 고해도 『소공녀』와 함께 상상놀이를 하며 울고 웃으며 끝없는 이야기 세계를 만들어가던 그 시절의 어린 나는 오래오래 내 안에 머물 것이다. 그러니 어린 나의 기억 속에서 사라는 변함없이 반짝이는 별로 남아 있을 것이다.

『소공녀』
A Little Princess
프랜시스 호지슨 버넷, 1905, 미국

1888년 잡지에 처음 연재할 때의 제목은 'Sara Crewe or What Happened at Miss Minchin's'였고, 1903년 연극으로 각색하면서 'A Little Princess'로 바꾼 제목을 1905년 책으로 출판할 때 그대로 썼다. 우리에게 알려진 '소공녀'(小公女)는 일본에서 만든 제목을 그대로 쓴 것이다. 어린 시절 공주님에서 하녀로 전락했다가 다시 공주님이 되는 주인공 사라의 인생 역전이 수많은 독자의 심금을 울렸으며 사라가 어느 날 모르는 사람으로부터 엄청난 선물을 받는 장면은 독자들에게 꿈 같은 기억으로 남기도 했다. 1917년, 1939년, 1986년, 1995년까지 여러 편의 영화로 만들어졌고 일본의 TV 만화 영화 역시 비껴가지 않았다.

지금보다 세상도 이야기도 훨씬 순진하고 단순했던 시절,
어린 내가 만난 가장 드라마틱한 운명의 주인공, 사라.

호리호리한 몸매, 나이에 비해 큰 키, 작은 얼굴, 숱이 많고
칠흑같이 검은 머리, 초록빛과 회색빛 눈동자, 긴 속눈썹을 가진
아름다운 소녀. 무엇 하나 부족할 것 없는 고귀한 신분을 타고
났으나 운명의 추락과 고난을 겪고 마지막에 롤러코스터 같은
반전으로 어린 나에게 아주 깊은 인상을 남긴 극적인 운명의 주
인공. 『소공녀』A Little Princess의 주인공 사라에 대한 기억은 강렬하
다. 『소공녀』는 영국 출신의 미국 작가 프랜시스 호지슨 버넷이
1905년에 발표해 크게 인기를 끈 동화로 작가의 또 다른 작품인
『소공자』, 『비밀의 화원』과 함께 그 시절 어린이들, 특히 소녀 독

자들의 필독서였다. 어머니와 단둘이 살던 소공자 세드릭은 완고하고 인색한 할아버지 세드릭 백작 집에 살게 되면서 할아버지를 변하게 하고, 영국 고아 소녀 메리는 요크셔 귀족인 고모부 집에 들어가 화원을 가꾸고 사촌 콜린의 병을 낫게 해 집안에 다시 행복을 가져온다. 버넷의 이야기들은 귀족 출신의 소년 소녀가 순수한 마음으로 절망에 빠진 어른들을 변하게 하고 결국 모두를 행복하게 만든다는 비슷한 얼개를 갖고 있다. 이들 주인공의 인생은 참으로 극적인데 그중에서도 사라는 가장 드라마틱한 운명의 주인공이다.

태어나자마자 엄마가 세상을 떠났지만 젊고 잘생기고 다정다감한 부자 아버지의 보살핌을 받으며 부족함 없이 살던 사라는 영국의 민친 기숙 학교에서 특급 대우를 받으며 지낸다. 하지만 열한 살 생일을 앞두고 아버지 크루 대위가 세상을 떠나자 상황은 급변한다. 순식간에 빈털터리 고아가 된 사라는 특별 학생에서 학교의 하녀로 전락한다. 크루 대위는 인도인 친구 톰 캐리스포드의 다이아몬드 광산에 전 재산을 투자했다가 파산, 그 충격으로 세상을 떠났지만 다이아몬드 광산은 망한 게 아니었다. 죄책감에 사로잡힌 캐리스포드는 죽은 친구의 딸 사라를 백방으로 찾는데, 사라는 정작 그의 집과 벽을 맞댄 민친 학교 다락방에 살고 있었다. 결국 사라는 엄청나게 부자인 아버지의 친구 캐리스포드를 만나 행복을 되찾고 병색이 완연했던 캐리스포드도 건강을 회복한다. 요즘에야 온갖 드라마틱한 이야기들이 쏟아져 웬만한 스토리는 다 낡아 보이지만, 지금보다 세상도 이야기도 훨씬 순진하고 단순했던 시절, 사라 이야기는 어린 나에겐 반전에 반전을 거듭하는 놀라운 이야기였다.

비운의 나락에 빠진 사라에게 완전히 감정을 이입해 사라가 못된 민친 교장에게 구박을 받고, 나쁜 친구들에게 따돌림을 당할 때면 같이 슬퍼하고, 캐리스포드가 다락방 소녀가 그토록 찾던 친구의 딸이라는 사실을 알게 됐을 때는 같이 기뻐했다. 빈털터리 사라를 홀대한 민친 교장이 다시 부자가 된 사라 앞에서 후회하는 모습을 볼 때의 그 통쾌함이란! 이렇게 기막힌 결말이라니!

『소공녀』는 버넷이 1888년『세인트 니콜라스 매거진』에 중편 소설「사라 크루, 또는 민친 기숙 학교에서 생긴 일」을 게재한 것에서 시작했다. 버넷은 이를 개작해 연극으로 올린 뒤 소설과 연극의 내용을 종합해서 1905년 책으로 출간했다. 아름답고 착한 소녀가 운명의 장난으로 추락한 뒤 모진 고난 끝에 행복해진다는 드라마틱한 이야기에 당대 많은 이들이 열광했다.

고귀한 이의 뜻밖의 추락, 고난을 이기고 얻어내는 극적인 해피 엔딩, 주인공을 괴롭히는 못된 사람에 대한 통쾌한 복수는 시대를 넘어 사람의 근원적인 감정에 호소하는 원형적 이야기라 할 수 있다. 여기에는 부유한 아버지가 세상을 떠난 뒤 집안이 몰락한 작가의 자전적 이야기가 고스란히 투영되어 있다. 버넷은 『소공녀』의 인기에 힘입어 몰락한 집안을 다시 일으켜 세웠으니 해피엔딩은 사라에게만 일어난 게 아니었다.

> 어린 시절 누구나 자신을 주인공 삼아 수십 편의 이야기를 써낸다. 이야기를 통해 위로 받고, 두려움을 이기고, 가보지 않은 길을 가보며 아이들은 그렇게 자란다.

22

사라는 나에게도 작은 해피 엔딩을 선사했다. 엄마에게 심한 꾸중이라도 들은 날이면 온갖 구박을 받는 고귀한 신분의 사라를 떠올렸다. 나를 야단친 엄마 아빠는 진짜 부모가 아니라고, 사실 나는 다리 밑에서 주워다 기른 딸이고, 실제 나는 먼 나라의 공주라는 말도 안 되는 상상을 했다. 이불을 뒤집어쓰고 훌쩍이며 혼자 그런 상상을 하다보면 감정이 고조되어 점점 더 서러워졌다. 상상은 곧 먼 왕국에서 나를 찾는 진짜 부모님이 보낸, 금은보화로 장식한 으리으리한 마차가 우리 집 앞에 도착하는 장면으로 이어지곤 했다. 마차에서 내린 신하들은 내 앞에 고개를 숙인 뒤에 엄마 아빠에게 오래전 잃어버린 공주님을 이제

모시고 가겠노라 정중히 이야기한다. 엄마 아빠는 그제야 내가 얼마나 소중한 존재인지 깨닫고 후회의 눈물을 쏟고 나도 엄마 아빠와 함께 엉엉 울며 먼 나라에서 온 마차를 돌려보내는 것으로 대략 상상 속 이야기는 대단원의 막을 내리곤 했다. 그런 상상놀이를 통해 나 스스로 엄마 아빠의 사랑을 확인하며 그렇게 커나갔다.

어린 시절 누구나 자신을 주인공 삼아 수십 편의 이야기를 쓴다. 상상놀이로 만들어가는 이야기를 통해 때로는 위로 받고, 때로는 두려움을 이기고, 때로는 해보지 않은 일을 경험하고, 가보지 않은 길을 가며 그렇게 자랐다. 친구보다 책을 좋아하고, 이야기 지어내기를 좋아했던 사라도 모든 것을 잃고 모두로부터 버려진 고난과 역경 속에서 오로지 상상놀이로 어려움을 이겨나간다. 얼마 전까지 특별 학생으로 온갖 혜택을 누리던 민친 학교에서 하루아침에 온갖 잡일을 해야 하고, 때론 제대로 밥도 못 먹는 지독한 현실을 상상으로 버텨나갔다. 사라는 자신을 감옥에 갇힌 고귀한 공주라고 여겼다. 공주답게 어떤 어려움 속에서도 품위를 잃지 말고 다른 사람에게 베풀어야 한다고 생각했다. 그래서 『소공녀』는 오랫동안 어린 소녀가 착한 심성과 상상력으로 고난을 극복하고 위선에 가득 찬 어른의 세계를 이기고 치유하는 이야기로 알려져 왔다.

**결핍이 있는 이들을 배풀고 돌봐주었던 사라,
하지만 사라와 이들은 진정한 친구였을까?**

하지만 시간은 많은 것을 바꿔놓는다. 넓게만 보였던 초등
학교 운동장이 기억과 다르게 아주 좁아 실망하고, 진실이라고
믿었던 것이 거짓으로 드러나고, 아름다웠던 것이 추해지기도
한다. 어린 시절, 나의 드라마틱한 상상놀이의 원천이었던 소공
녀 사라와 그녀가 머물렀던 세계도, 어린 내가 생각했던 것처럼,
순진하고 착한 동심과 상상력이 현실을 넘어 힘을 발휘하는 아
름다운 곳이 아니었다. 어른이 되어 다시 만난 사라의 세계는 편
견이 가득한 속물들의 세계였다. 그 세계를 움직이는 건 오로지
돈이었다. 민친 학교의 교장은 사라의 아버지가 살아 있을 때는
사라에게 온갖 특별 대우를 아끼지 않는다. 이유는 단 하나, 그
녀의 아버지로부터 많은 돈을 받아내기 위해서였다. 민친 교장
에게 사라는 그저 돈 덩어리였다. 그러니 사라의 아버지가 돈 한
푼 남기지 않고 세상을 떠났다는 소식을 듣자마자 사라를 곧바
로 다락방으로 쫓아내는 것은 당연한 수순이다. 학교의 요리사
나 하인들도 똑같다. 어제까지 허리를 굽히던 사라를 구박하고
무시할 뿐만 아니라 딱딱한 빵 한조각 주지 않는다. 사라를 공주
처럼 대하던 친구들도 다를 바 없다. 아버지를 잃은 친구에 대한

동정은커녕 '그렇게 부자라고 으스대다 꼴좋다'는 것이 이들의 정서다. 변호사 역시 사라가 거지가 되었다는 소식만 전한 뒤 사라에 대한 모든 책임을 학교에 떠넘기고 뒤도 돌아보지 않고 떠나버린다.

비정하긴 하지만 이런 속물들의 세계라면 사라뿐아니라 이야기 속 많은 주인공들이 흔히 처하는 상황이다. 정작 나를 실망시킨 것은 따로 있었다. 민친 교장, 변호사, 친구들, 학교의 다른 등장인물의 속물근성이야 그렇다 해도 우리의 주인공, 사라가 이들과 별반 다를 게 없다는 사실이었다. 사라는 드러내놓고 속물인 다른 인물들과 달리 착하고 선하긴 하지만 그들에게 없는 것을 가지고 있었다. 귀족주의. 사라는 뼛속까지 귀족주의에 흠뻑 빠진, 세상물정 모르는 공주님이었고, 끝까지 공주님의 자리에서 내려올 줄 몰랐다. 태어나면서부터 부자였던 사라는 넘치는 풍요로움을 당연하다고 여겼다. 민친 학교에서 다른 친구들은 갖지 못하는 예쁜 침실과 전용 거실, 조랑말과 자가용 마차, 게다가 몸종까지 부리면서 자신이 단지 부자를 넘어 도덕적으로 우위에 있다고까지 여겼다. 그녀가 그런 특혜를 누리고 도덕적 우월감을 가질 수 있는 근거는 결국 귀족이라는 신분과 돈이었다. 사라는 학교에서 하녀 베키, 뚱뚱하고 공부를 못하는, 흐리명텅한 눈빛으로 묘사되는 아멩가드, 울보에 응석받이인 로티와

가깝게 지냈다. 사라와 이들은 진짜 친구였을까? 글쎄, 아닌 것
같다. 사라는 여러 면에서 부족한 이들을 불쌍히 여기며 베풀고
돌봐주려 했다. 그것은 시혜이지 우정이 아니다. 이런 사라를 베
키는 공주님으로 모셨고 아멩가드는 못하는 것이 없다며 숭배했
고, 로티는 엄마라고 불렀다.

　　사라는 스스로 평범한 사람들과 다르다는 귀족적 선민의
식으로 가득했다. 아버지의 죽음으로 삶이 밑바닥으로 떨어진
뒤에도 그녀는 여전히 '공주님'이었다. 많은 이야기에서 주인공
은 고난을 통해 성장하고 단련된다. 실제로 우리의 삶도 그렇다.
우리는 크고 작은 어려움을 통해 세상을 배우고 커나간다. 하지
만 사라는 뿌리 깊은 선민의식 때문에 자기 생의 가장 큰 고난
속에서도 전혀 변하지 못한다. 사라는 허드렛일을 하고, 다락방
에서 지내면서도 자신을 감옥에 갇힌 마리 앙투아네트라고 상
상했다. 앙투아네트는 왕궁에서 화려하게 지낼 때보다 감옥에서
초라하게 지내며 사람들로부터 손가락질을 받을 때 훨씬 더 왕
비다웠다고 스스로를 위로한다. 급기야 성난 군중에 의해 단두
대에 올랐지만 그들이 아우성을 칠 때 눈도 꿈쩍하지 않았던 앙
투아네트야말로 군중보다 더 강하다고 말할 정도로 시대착오적
이었다. 옆집에 사는 인도계 하인 람 다스를 보는 순간에도, 예전
에 자신이 지나가면 공손하게 절을 하고, 말이라도 건네면 이마

가 땅에 닿도록 엎드렸던 하인과 노예들을 떠올리며 그를 보자마자 하인 취급한다. 태어날 때부터 귀족 집안의 아가씨였던 사라는 고난 속에서 상상의 공주놀이로 버티다 아버지의 친구로 인해 다시 현실 속 귀족 아가씨로 완벽하게 복권된다. 사라의 후견인은 아버지에서 아버지의 친구로 바뀌었을 뿐이다. 더구나 그녀가 고난에 빠져 있는 사이 아버지의 재산은 열 배나 더 불어나 있었으니 돈이 지배하는 '소공녀'의 세상에서 사라는 그 이전보다 더 막강한 힘을 갖게 된 셈이다. 또 한 편의 '신데렐라 스토리'다. 다만 신데렐라에게는 왕자가 한쪽 구두를 들고 찾아오지만 사라에게는 백만장자인 아버지의 친구가 엄청난 재산을 가지고 찾아온 것이 다를 뿐이다. 고난에 빠진, 가진 것 없는 소녀가 부자 남성을 통해 자신의 자리를 찾아가는 이 해묵은 이야기가 사라의 세계에서도 여지없이 반복된다.

사라는 자신의 운명을 스스로의 힘으로 극복했어야 한다.
하지만 태어날 때부터 '공주'였던 그녀에게
그것은 처음부터 불가능한 일이었는지도 모른다.

오랫동안 내 기억 속 『소공녀』는 상상력의 힘으로 고난과 역경을 이겨낸 소녀의 아름다운 성장담이었다. 하지만 그렇지 않

았다. 사라가 진정한 성장담의 주인공이 되려면 나락에 떨어진
뒤 자신의 운명을 스스로의 힘으로 극복했어야 했다. 요즘 주인
공이라면 아버지를 파산에 이르게 한 캐리스포드를 직접 찾아
내 스스로 아버지의 재산을 되찾는 모험에 나섰을 것이다. 아무
것도 모르는 귀족 집안의 고귀한 공주님이 밑바닥으로 떨어져
전혀 몰랐던 세상을 겪어야 했다면 적어도 돈이나 신분으로 사
람을 나누고 다르게 대접하는 것이 얼마나 잘못된 일인지 깨달
았어야 한다. 귀족과 하인, 부자와 가난한 사람으로 사람을 나누
며 언제나 위에서 아래로 다른 사람을 내려다본 스스로를 부끄
러워 하며 새롭게 눈을 떴어야 했다. 그랬다면 사라는 고난과 함
께 성장했을 테고, 다시 부자가 된 뒤에는 그 전과 다른 삶을 살
았을 것이다. 최소한 민친 학교에서 하녀로 일하는 베키를 데려
와 맛있는 빵을 맘껏 먹을 수 있는 자신의 하녀로 삼지는 말았어
야 했다. 베키를 진짜 친구로 여겼다면 학교에 보내 교육을 받게
했어야 했다.

　　120여 년 전 세상에 등장한 뒤 수많은 사람들에게 열렬
한 환호를 받았던 사라 크루. 다시 수십 년의 시간이 지난 뒤, 사
라는 자신이 다니던 영국 런던의 민친 학교에서 아주 멀리 떨어
진 한국의 어느 소도시 어린 소녀의 사랑을 받으며, 그 소녀가 엄
마에게 혼날 때마다 드라마틱한 이야기를 상상하게 했다. 그러나

이제 사라는 우리 어린 독자들의 필독서 목록, 공인된 '상상의 세계'에서 내려올 때가 됐다. 어린 나를 설레게 했던, 기억 속에서 영원히 빛날 것 같았던 사라에게 작별의 인사를 건넬 때가 된 것이다. 굿바이, 사라.

하지만 사라에겐 작별을 고해도 『소공녀』와 함께 상상놀이를 하며 그 속에서 울고 웃으며 끝없는 이야기 세계를 만들어가던 그 시절의 어린 나는 영원히 내 안에 머물 것이다. 어린 나의 기억 속에서 사라는 나의 한 시절을 밝혀준 반짝이는 별로 남아 있을 것이다.

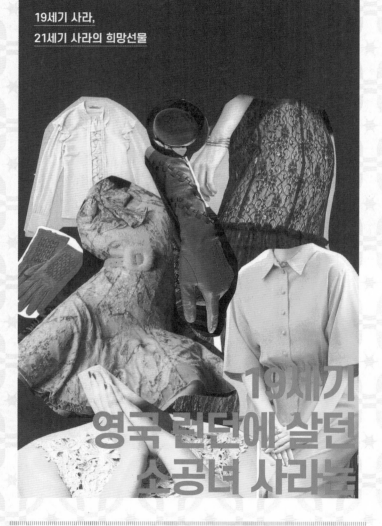

19세기 사라,
21세기 사라의 희망선물

19세기
영국 런던에 살던
소공녀 사라는

이런 사람을
받고 싶어 있을까?

21세기,
대한민국에
사라가 솟고 있다면

어린 시절 우리가
캔디를 사랑한 까닭은

『캔디 캔디』의 캔디

어른이 되어 만난 세상은 그렇게 순정하지 않다. 캔디 같은 사람을 선뜻 받아들이기보다는 문제아로 낙인찍는 것이 더 쉽고 간편하고 익숙하다. 하지만 캔디가 그것을 몰랐을 리 없다. 그런 자신을 받아들이지 않는 시대와 사회에 무모할 정도로 도전을 거듭하며 상처투성이가 되지만 자신의 타고난 성정을 굽히려 들지 않는다. 많은 사람들이 어린 시절 캔디를 사랑했던 이유가 여기에 있는 건 아닐까.

『캔디 캔디』
キャンディ♥キャンディ
미즈키 교코 원작, 이가라시 유미코 원화, 1975-1979, 일본

현재 40~50대가 어린 시절 만난 순정만화의 대명사이자 TV 만화 영화의 대표작. 일본 고단샤의 소녀 만화 잡지 『나카요시』에 약 4년여에 걸쳐 연재되었고, 1976년 TV 만화 영화로 제작, 방영되었다. 극장판으로도 만들어진 이 만화 영화는 주제가를 담은 레코드가 100만 장 이상 팔리는 대성공을 거뒀고, 단행본은 약 1200만 부가 팔린 이래 애장판, 신장판, 문고판 등의 여러 버전으로 수차례 발행되었다. 우리나라에서는 1977년 MBC에서 〈캔디〉라는 제목으로 방영했고, 1983년 〈들장미 소녀 캔디〉라는 제목으로 다시 방영했다.

『캔디 캔디』는 여러 편의 만화 중 하나가 아니었다. 말 그대로 열광의 대상이었다. 그때 그 소녀들은 왜 그렇게 '캔디'에 열광했을까.

　납작코에 주근깨, 양 갈래로 묶은 풍성한 금발의 곱슬머리. '우리가 사랑한 소녀'를 떠올리면 누구에게나 선명하게 떠오를 이름. 1900년대 초, 태어나자마자 부모에게 버림받아 미국 미시간 주 호숫가 근처 고아원에서 자란 아이. 무한 긍정의 에너지로 당차게 자기 길을 열어가는 강인한 주인공. 나무 타기와 밧줄 던지기에 능해 때로 여자 타잔에 비유되기도 하는 말괄량이. 유난히 하얀 얼굴 때문에 화이트라는 성이 붙은 캔디스 화이트.

　미즈키 교코가 쓰고, 이가라시 유미코가 그림을 그려

1975년부터 1979년까지 일본 소녀 만화 잡지 『나카요시』에 연재된 『캔디 캔디』(원제 캔디♥캔디)는 연재되는 동안 애니메이션으로도 제작되어 일본과 한국은 물론, 중국과 이탈리아 등에서 대히트를 기록했다. 제1차 세계대전 전후를 시대적 배경으로 삼아 미국과 영국을 공간적 배경으로 스코틀랜드와 영국의 귀족들을 대거 등장시키는 이 만화는 서양에 대한 일본의 무한 애정과 부러워하는 속내를 여과없이 드러낸 작품이다. 〈캔디〉는 우리나라에서는 1977년 9월부터 1980년 1월 사이에 처음으로 방영됐고, 1983년 4월부터 1984년 5월까지 〈들장미 소녀 캔디〉라는 제목으로 다시 한 번 방영됐다. 이즈음 어린 시절이나 청소년기를 보낸 이들에게 〈캔디〉는 여러 편의 만화 중 하나가 아니었다. 말 그대로 열광의 대상이었다. 그때 그 소녀들은 왜 그렇게 '캔디'에 열광했을까.

　　〈캔디〉는 애니메이션이긴 했으나 당시 보기 힘든 엄청난 스케일의 대하 드라마였다. 세계대전을 전후해 미국과 유럽을 오가며 기존의 권위와 룰에 도전하는 개성 강한 여주인공의 성장담을 중심으로 다양한 캐릭터를 대거 등장시켜 신분을 초월한 사랑, 엇갈린 운명, 출생의 비밀, 뜨거운 인간애 등을 종횡으로 교직한 대하 서사극이었다. 여기에 어린이 애니메이션으로는 매우 이례적으로 10대 남녀의 사랑을 정면으로 다룬 로맨스 만화였으니 그때까지 이런 이야기를 접하기 어려웠던 어린 시청자들에게 열화와 같은 성원을 받을 이유가 충분했다. 주말 드라마에서도 성인 남녀의 키스 장면이 드문 시절이었다. 그런 시절에 10대의 사랑 고백과 백허그는 물론 키스신까지 등장하는 10대 로맨스물이 어떻게 지상파 TV의 어린이 애니메이션으로 방영될 수 있었는지 지금 생각해봐도 놀랍긴 하다.

〈캔디〉 방영 시간이 되면 시끌벅적하던 동네는 놀랍도록 빠르게 조용해졌다. '학원돌이'를 하는 요즘 아이들과 달리, 학교에서 돌아오면 책가방 던져놓고 놀기 바빴던 참 좋았던 시절이었다. 정신없이 놀다가도 〈캔디〉 시간이 되면 누가 먼저랄 것도 없이, 너나없이 집으로 뛰어갔다. 〈캔디〉는 여학생들만의 세계가 아니었다. 만화『캔디 캔디』전집을 사 모으는, '캔디'에 빠진 남학생들도 한둘이 아니었다.

'캔디'를 향한 열광은 캔디로 끝나지 않았다. 캔디의 탄생국 일본뿐 아니라 우리나라에서도 〈캔디〉 속 주요 캐릭터, 인물관계, 이야기 구조를 거의 그대로 가져온 '캔디형 로맨스' 시대가 활짝 열렸다. 그 중심에는 늘 가난하지만 당당하고, 사랑스러운 여주인공이 있고, 그 옆으로 여주인공을 사랑하는 남성들이 포진해 있다. 겉으로는 거칠지만 알고 보면 속 깊고 따뜻한 테리우스 유형의 '나쁜 남자'가 주인공을 차지하는 경우가 대부분이고,

한없이 부드럽고 다정다감한 안소니 유형은 서브 남자 주인공을 맡았다. 간혹 자상하고 너그러운 알버트 아저씨 유형이 주인공을 맡게 되면 자동적으로 아저씨와 소녀의 로맨스가 되곤 한다.

새로운 유형의 여성상을 보여주고 있는 캔디,
캔디는 늘 자기 인생은 자기가 선택하는 것이라고 했다.

우리의 캔디는 당시로서는 굉장히 새로운 캐릭터였다. 그 이전까지 대부분의 만화나 동화, 소설 속 여주인공은 예쁘고 순종적인 여성들이었다. 하지만 캔디는 이런 여자 주인공의 전형을 깨버렸다. 가난하지만 부자에게 주눅 들지 않고, 귀족이라고 해도 옳지 않은 행동을 하면 소리 높여 비판했다. 세상의 권위와 사회의 룰에 아랑곳하지 않고 도전을 멈추지 않았다. 어려움 속에서도 절대 포기를 모르고, 꿈을 향해 꿋꿋하게 나아가며 자신의 운명을 스스로 만들어가는 강인하고 독립적인 인물이었다. 게다가 종군 간호사를 꿈꾼 것에서 미루어 짐작할 수 있듯 당대 여주인공으로는 흔치 않게 보편적인 인간애까지 품은 꽤 독보적인 캐릭터였다.

하지만 그녀의 일상은 평탄치 않았다. 독보적인 만큼 세상과 끝없이 충돌했고, 이 불화의 과정에서 많은 오해와 상처를 받았다. 이 때문에 캔디의 눈에는 눈물이 마를 날이 없다. 태어나자마자 버려진 것이야 다른 고아들도 마찬가지이니 어쩔 수 없다 해도, 예쁘지 않은 데다 여자아이 치고 너무 말괄량이였기에 또래 원생 중에서 유일하게 입양되지 못했다. 어쩌다 동갑내기 이라이자의 말동무로 리건 집안에 들어가지만 성격 못된 닐과 이라이자 남매에게 끝없이 괴롭힘을 당한다. 그게 끝이 아니다. 하인 신분을 망각하고 아드레이 가 집안의 귀한 아들 안소니, 스텔라, 아치와 허물없이 어울리다 대고모에게 엄청난 미움을 받고, 엄격하고 위선적인 성 바오로 학교 원장에게 대들다 학교를 나온다. 아드레이 가 양녀가 되어 편한 삶을 누릴 수 있었지만 그 길을 버리고 간호 학교를 선택한다. 캔디는 "자기 인생은 자기가 선택하는 것"이라고 생각했고, 거기에 충실했다.

어린 시절 이후 오랫동안 나는 줄곧 캔디가 주변 친구와 동료들에게 사랑을 받았다고 기억했다. 하지만 다시 보니 그렇지도 않았다. 성 바오로 학교 친구들에게 평판이 좋지 않았고, 메리 제인 간호 학교에서도 의사와 간호사들에게 미움을 받았다. 이유가 없지는 않았다. 할 말을 해야 하고, 옳다고 생각하면 앞뒤 재지 않고 직진행인 캔디가 좀 부담스럽기도 하다. 자신의 후원자를 비난했다는 이유로 중병에 걸린 노환자와 싸워 혼절을 하게 하지 않나, 의사의 처방을 무시하고 자기 마음대로 환자들을 대하곤 했으니 아무래도 좋은 평가를 받기는 어렵기도 했겠다. 의사와 선배 간호사들로선 자신들이 시키는 대로 하지 않으니 권위에 도전한 사람으로 단단히 낙인 찍고 그녀의 말은 들으려고도 하지 않는다. 기억을 상실한 알버트 씨를 간호할 땐 불온한 관계로 오해 받아 집주인에게 쫓겨나기도 했으니 주변과의 불화가 끝이 없다. 하지만 결국 성질 괴팍한 노환자를 진정으로 이해하고, 그의 입장에서 그가 가장 원하는 것을 할 수 있게 도와준 사람은 다름 아닌 캔디였다는 것을 생각하면 캔디는 많은 사람들로부터 너무 많은 오해를 받았다.

옳은 이야기를 했다는 이유로 어려움을 겪는 캔디를 보며 비록 캔디처럼은 될 수 없지만 캔디의 편에 서는 캔디의 친구가 되고 싶다.

그렇다고 기가 죽는다면 캔디가 아니다. 그녀는 일관되게 스스로 옳다고 생각하면 누가 뭐라고 해도, 상대가 누구든 하고 싶은 말은 하고, 하고 싶은 일은 기어코 하고야 만다. 자기에게 돌아올 손해는 아랑곳하지 않고, 잘못되었다고 생각하면 어떤 권위에도 도전한다. 주변의 눈치를 살피지도 않고, 오지랖의 범위는 참으로 넓기도 하다.

주위에 캔디 같은 사람이 있으면 어떨까. 나 역시도 성 바오로 학교의 친구들처럼 캔디를 부담스러워하거나 미워하게 될까? 생각해보면 불편할 수는 있겠다. 하지만 모두가 고개 숙이는 권위 앞에 용기 있게 잘못을 지적하고, 옳은 이야기를 할 수 있는 캔디라면, 나는 그의 편에 서는 캔디의 친구가 되고 싶다.

물론 세상은 그렇게 순정하지 않기에 캔디 같은 사람을 선뜻 받아들이기보다는 문제아로 낙인을 찍어버리기도 한다. 차마 나는 못하는 일을 누군가 나서서 할 때 그를 향해 박수를 쳐주는 대신 깎아내리거나, 돌아올 피해가 두려워 그 사람과 거리를 두는 장면도 낯설지만은 않다. 하지만 캔디는 그런 자신을 받아들이지 않는 시대와 사회에 무모할 정도로 도전하며 상처투성이가 되더라도 언제나 자신이 옳다고 생각하는 바를 굽히지 않는다. 많은 사람들이 캔디를 사랑한 이유가 여기에 있는 건 아닐까.

"외로워도 슬퍼도 나는 안 울어. 참고 참고 또 참지 울긴 왜 울어……"

지금도 기억에 선명한 캔디의 주제가다. 외롭고 슬프면 그냥 울어버리면 될 텐데 캔디는 왜 참고 또 참았던 건지. 나도 노래 가사 속 캔디처럼 아무리 슬퍼도 웃어야 한다고 생각한 적이 있었다. 슬퍼도 슬프지 않은 척, 아파도 아프지 않은 척, 약해도 약하지 않은 척해야 한다고 여겼다. 하지만 경험과 시간을 통해 알게 됐다. 슬픈 건 슬프다고, 아픈 건 아프다고, 힘든 건 힘들다고 말해야 한다는 걸. 쉽지 않지만 있는 그대로의 자기 마음을 온전히 인정하고 보듬어야 그 슬픔도 그 아픔도 넘어설 수 있다. 강한 척한다고 강해지지 않는다. 캔디는 외로워도 슬퍼도 웃으면서 달렸지만, 우리는 외롭고 슬플 때는 울어야 한다. 그래야 내일을 버틸 힘이 생긴다.

당차고 독립적인 우리의 캔디는 유난히 남자 앞에만 서면 종종 작아져버린다. 자신을 끝없이 사랑하는 남성들 속에서 그녀는 행복했을까?

오랫동안 캔디를 사랑했지만 캔디에게도 피해갈 수 없는 시대적 한계가 있다. 우리가 기억하는 수많은 장면을 떠올려 보자. 캔디가 흘리는 그 많은 눈물을 닦아준 이는 과연 누구였을까. 아이러니하게도 모두 다 남성들이다. 캔디를 이해하고 사랑하고 인생의 중요한 방향을 안내하고 이끌어주는 이들은 한결같이 남성들이다. 첫사랑 안소니, 훗날 최고의 배우로 성장하는 미남 배우 테리우스, 안소니의 친척이자 발명가 스테아와 스테아의 동생이자 실크 셔츠가 잘 어울리는 멋쟁이 패셔니스트 아치까지 캔디 주변의 모든 남자들은 캔디를 사랑한다. 그뿐 아니다. 지체 높은 귀족부터 길 가다 우연히 만난 농부, 고아원을 쫓아내려는 땅 주인, 성격 고약한 노환자, 인신매매범 같은 선장, 알코올 중독 자인 동물 병원 의사까지 캔디 주변의 수많은 남성은 어떤 순간 에 이르면 캔디를 이해하고 도와준다. 첫 만남이 어떻든 알고 보 면 나쁜 남자는 하나도 없다. 물론 닐은 예외다. 어려움에 맞닥뜨 린 캔디에게 힘을 주는 것은 늘 남성의 사랑과 인정이고, 캔디는 이를 통해 스스로의 존재를 증명하며 앞으로 나아간다.

반면 캔디는 같은 여성들 사이에서 이해받지 못할 때가 많다. 그러고 보면 캔디 곁에는 고아원 원장님 정도를 제외하고 괜찮은 여성 캐릭터가 거의 등장하지 않는다. 캔디의 주변에는 대부분 너무 연약해서 혼자서는 아무것도 할 수 없는 수동적인 캐릭터 아니면 편견에 가득 차서 어떤 말도 통하지 않는 권위적 인 여성들뿐이다. 고아원 시절 절친했던 친구 애니는 자신이 고 아원 출신이라는 걸 들키지 않으려고 캔디를 모른 척하더니 자 신이 좋아하는 아치가 캔디를 좋아하자 캔디를 멀리한다. 성 바 오로 학교에서 만난 친구 패티도 처음에는 심술쟁이 이라이자의 말만 듣고 캔디를 곤경에 빠뜨린다. 아름다운 여배우 스잔나는 테리우스를 만나러 온 캔디에게 거짓말해 두 사람의 사랑을 가 로막는 민폐 캐릭터가 되고 만다. 못된 이라이자는 처음부터 끝

까지 캔디를 괴롭힌다. 어른들이라고 다를 바 없다. 테리우스의
엄마는 자신의 경력을 위해 아들을 버린 비정한 모정의 소유자
이고, 이라이자의 엄마, 성 바오로 학교의 원장, 아드레이 가의 할
머니까지 여성 어른들은 모두 권위적이고 위선적이다. 고아에 대
한 편견으로부터 한발짝도 움직이지 않고 진실에는 관심도 없다.
캔디는 전형적인 여성 캐릭터에서 벗어나 새로운 여성상을 보
여주려 했지만 다른 여성 캐릭터들은 전혀 변하지 않는 모습으
로 나와 번번이 캔디를 괴롭히고, 캔디가 상대해야 할 벽으로 등
장한다.

어려움에 빠진 캔디를 구원한 남성의 사랑은 알버트 씨에
서 절정을 이룬다. 이라이자의 오빠이자 시종일관 얄미운 캐릭
터를 도맡았던 닐이 느닷없이 캔디와 결혼하지 못하면 전쟁터에
나가겠다고 떼를 쓰는 통에 캔디는 졸지에 그와 약혼을 해야 하
는 어이없는 상황에 처한다. 캔디는 이 문제를 해결하기 위해 자
신을 양녀로 삼아준 대부호이자 집안의 최고 어른인 윌리엄 할
아버지를 찾아간다. 그런데 웬걸. 윌리엄 할아버지는 할아버지가
아니라 캔디가 어려움에 처할 때마다 위로하며 곁을 지켜준 알
버트 씨가 아닌가. 알고 보니 알버트 씨는 캔디가 여섯 살 때 고
아원 뒤편 포니 동산에서 처음 만난 캔디의 첫사랑, 동산 위의
왕자님이었다. 고생 고생한 캔디가 알버트 씨를 향해 환하게 웃으

며 달려가는 마지막 장면은 캔디가 우여곡절 끝에 첫사랑 왕자님과 행복한 로맨스를 이룬다는 결론을 암시하는 엔딩이다.

결과적으로 캔디를 둘러싼 등장인물들은 선과 악으로 정확히 나뉘는데 선한 쪽은 남성들 몫이고 악한 쪽은 여성들 차지다. 남성은 하나같이 이해심 넓은 신사이고, 여성은 약속이라도 한 것처럼 자신의 이익과 편견에 사로잡힌 속 좁고 고약한 성격이다. 이로써 매우 오래되고 익숙한, 그러나 결코 진실이 아닌 상습적 통념이 도돌이표처럼 무한 반복 된다. '여성의 적은 여성'이라는 잘못된 명제의 무한 반복이다.

게다가 당차고 독립적인 캔디는 유난히 남자 앞에선 종종 달라진다. 착하고 온화한 미소년 안소니는 캔디와 한나절 연락이 되지 않았다는 이유로 그녀의 뺨을 때린다. 우리가 알고 있는 캔디라면 화를 냈어야 마땅한데 그녀는 안소니가 자신을 걱정했기 때문에 그런 거라며 오히려 미안해 한다. 테리우스는 나쁜 남자답게 안소니를 잊지 못하는 캔디에게 강제로 키스를 한다. 이는 최근에도 TV 드라마에서 사랑을 표현하는 매우 저돌적이고 남성적인 방식으로 등장해 비판을 받기도 한다. 처음부터 마무리까지 줄곧 펼쳐지는 알버트 씨와의 관계는 여성은 젊음을, 남성은 부와 인생의 경험을 등가로 교환하며 아저씨는 소녀를 보호하고 소녀는 아저씨를 치유하는 '아저씨와 소녀 서사'로 마무리 된다. 자신을 둘러싼 숱한 권위에 도전하고 기존의 룰에 굴하지 않고 저항하던 캔디는 사랑 앞에만 서면 캔디다움을 잃어버린다.

캔디의 친구로서 변명을 하자면 캔디뿐이 아니다. 아무리 독립적인 여성도 연애와 결혼의 자장 안으로 들어가는 순간 전통적인 남녀 관계 속으로 떨어지곤 한다. 남녀가 만나 사랑하고 결혼하는, 그 남녀를 둘러싼 세상은 오래전부터 '기울어진 운동장'이었다. 그나마 조금 나아진 오늘날에도 기울기의 차이가 덜할 뿐 운동장은 여전히 한쪽으로 치우쳐 있다. 그래도 그 시절 캔디는 그 기울어진 운동장, 당대의 한계에 발목이 잡힌 사랑에서도 꽤 독립적이려 애썼다. 귀족과의 결혼을 통해 신분의 상승을 꿈꾸지 않았고, 부자와 결혼해 부자가 되려는 욕심을 내지도 않았다. 사랑과 결혼을 해피 엔딩 삼아 자신의 삶을 규정하려 하지도 않았다. 그녀는 사랑 때문에 아파하면서도 자신의 길 위에서 전진하기를 멈추지 않았다. 늘 자기 삶은 자기가 선택하는 것이라고 했다.

만화는 캔디가 알버트 씨를 향해 환하게 웃으며 달려가는 것으로 마무리되지만 그 뒤에도 캔디는 여전히 자기다움을 잃지 않는 선택을 했을 것이다. 눈물을 흘리면서도 멈추지 않고 그 누구도 아닌 자신의 힘으로 앞으로 전진해온 캔디답게 그녀만의 삶을 살았을 것이다. 캔디가 어떤 선택을 했든, 그건 가장 캔디다운 결정이었을 거라고 믿는다. 어린 시절 내가 아주 많이 사랑한 소녀, 캔디. 말괄량이 그녀가 그렇게 스스로의 힘으로 오래오래 행복했기를 바란다. 굿 럭 캔디.

초등학생이었던 나,
10년 후의 나!
등장인물을 바라보는
시선의 변화

기승전 '포니 컵'

아, 답답해!

존재감이 확실안 더듬자

연말식 드레스 너무 입었어요

'또'
신데렐라
서사

트라우마
집합체

욕물살 졌네

멜로 칸

인생역전
순정만화
전형적 주인공

다시 보니
괜찮은
성장서사!

동산 위 왕자님을 그리워하는 순정파

미국부터   금발과 푸른 눈

유럽 전역

투어

왜 이렇게

찮는 거야?

부모님은 누구?
외로워도
슬퍼도
참지 마!

졸지에 간호사

모든 남자의 사랑을

받는 게 가능?

얄밉하잖아,

이곳지 말라고

소녀 생장물

25

〈캔디〉

외로워도 슬퍼도 울지 않는 소녀

머릿결 부럽

(구)쯔위

누가 뭐래도 꽃미남

요즘의 대세

예쁜 얼굴

말이 앞서는

캐릭터 비중 애걔~

캔디의
트라우마를
위한 역할

미소년

2%의
아련함

언제나
후회만

왜
죽여!ㅠㅠ

여전히 백마 탄 왕자님

수선

첫사랑의 심벌

안소니는 벚꽃 같아
너무 빨리 지거든...
Feat. 냐지는 '꽃'이지

심지어 즉사

백파이프
프린스

왜 엄마를
모르는 거니?

최애캐 박탈.
박탈 사유 :
캔디 뺨 때림

〈안소니〉

신기루 같은 왕자님

진정한
제 남주인가?

할 말 다함, 함정 : 저렇게
살려면 돈 많아야 됨

장발은
취향이
아니라 **인생은 테리처럼**

왕재수

구해줘놓고 널 위한 게
아니야 (사라진다)
어쩌라고!

셰익스피어 러버

머리를 쥐어뜯으며 절규

잘난척쟁이

안소니 질투쟁이

테리를 좋아하는 캔디
이해불가

캔디와의
마지막
장면은 좀
감동

K
드라마
남주

책임전가

의리

특유의 웃음

아하하 하

부자부자부자 부럽

또우지망생

〈테리우스〉

장발을 날리며 '나는 잘난'남주

25

애니와 이어질 더요

캔디를 빼고서 안 건 언지무 꺼림직

아치를 언제까지고 왜 기다려?

순종적이고 소극적인 소녀 지켜위

세상에 남자는 많지만 울어요

캔디보다 더 소녀 같은

애니가 다시 등장할 줄은 몰랐지

남자 말고도 쓸 수 있는 건 많아

캔디에게 편지를 쓰지 않은 건 아직도 꺼림직 안절부절

평면적인 캐릭터

애니는 왜 아치를 좋아하는?

갈색 긴 생머리

귀족 부인 말고도 할 수 있는 거 많아!

편지를 쓰지 않겠어...
않겠어... 않겠어...
(메리)

왜 귀족이 되었는데도 여전히 '순종적인'이미지여야 하지?

박완서 모르는 굳이 말하면 공주님? 바보 아치랑 결국 이어졌을까!?

수동적인 소녀

〈애니〉

여전히 '소녀스러워'야 하는 소녀

못된 아이

그 좋은 머리를
왜 이런 데 쓰니

저렇게까지 캔디를 왜 괴롭혀?

아이들

캔디랑
남자 취향
비슷해서
생기는 비극

괴롭히는 방법
오조오억 가지

여전히 꼬였어

캔디의 라이벌 말고
다른 면도 보여줬으면

나쁘다 약한 웃이
괴롭히는 그 심장

귀이이조오옥
아아가아씨이

오빠 여자친구
만들어주기 위해 애씀

괴롭히기 천재

심술쟁이 대명사

악역

괴롭히기론 일삼옹체,
오빠랑 사이좋음

하여튼 모름이먼기

날카로워
이빨을 드러냄

의외로 약주 중
가장 쫄탄하게 절살 것 같음

캔디에게 읽으나는
모든 사건의
원인제공자

극 초반에 극을
이끌어나가는
주인공 격

〈이라이자〉

악역을 위해 태어난 캐릭터

주인공만이
삶의 주인공은 아니야

『피너츠』의 루시와 샐리

우리는 모두 자기 삶의 주인공이지만 살아가면서 숱하게 조연이나 엑스트라가 되기도 한다. 반대로 숱하게 조연과 엑스트라 역할을 하지만 자기 삶에선 언제나 주인공이다. 오늘 아무리 낙담해도 그 다음 날 다시 문을 열고 나가는 찰리처럼 각자의 소명을 위해 살아갈 뿐이다. 주인공이 아닌 세계에서 그 세계를 완성하기 위해 불려나온 수많은 루시와 샐리에게 경의를 보낸다.

『피너츠』
Peanuts
찰스 먼로 슐츠, 1950-2000, 미국

신문 연재 만화의 대명사로 여겨지는 『피너츠』는 찰리 브라운, 스누피, 우드스톡, 샐리 브라운, 루시 반 펠트, 슈뢰더, 라이너스 등 등장인물의 캐릭터로 약 50여 년 동안 꾸준한 사랑과 인기를 끌어왔다. 스누피나 찰리 브라운을 비롯한 인물들의 이름이 원작의 제목보다 더 유명할 정도이고, '피너츠'는 몰라도 '스누피'는 모르는 사람이 없을 정도로 캐릭터 산업 면에서도 대성공을 거뒀다. 단행본 출판, 뮤지컬, 영화, 애니메이션, 캐릭터 사업 등 하나의 콘텐츠가 문화와 산업 분야에 걸쳐 얼마나 큰 파급력을 가질 수 있는지를 보여준 유의미한 사례이기도 하다.

**일상에서 절대 마주치고 싶지는 않지만, 시간이 갈수록
그녀들이 사랑스럽고 애틋해지는 건 왜일까?**

　　루시 반 펠트와 샐리 브라운을 사랑하게 되기까지 긴 시
간이 걸렸다. 루시와 샐리는 미국 만화가 찰스 슐츠가 1950년부
터 2000년까지, 50년에 걸쳐 연재한 『피너츠』의 주요 등장인물
이다. 1952년에 처음 나온 루시는 주인공 찰리 브라운의 친구이
고 샐리 브라운은 1956년, 찰리의 여동생으로 태어났다. 루시는
꼬질꼬질한 담요에 집착하는 라이너스의 누나이고 샐리는 그런
라이너스를 짝사랑한다.

　　루시는 상황을 냉정하게 보고, 남들이 뭐라든, 상대가 상
처를 받든 개의치 않고 생각나는 대로 직설적으로 말하는 심술

궂은 캐릭터다. 냉정하고 지독하고 때론 고약하다. 샐리도 상황을 제멋대로 해석한다는 점에선 루시와 비슷하지만 루시와 다르게 상대를 잘 설득해 결국 자기가 원하는 결과를 만들어낸다. 알고 보면 좀 얄미운 캐릭터이다. 객관적인 성격만 보자면 나의 하루하루 일상 안에서 그리 마주치고 싶지 않은 인물인 게 분명하다. 하지만 시간이 갈수록 이들이 사랑스럽고 애틋해진다.

　　루시와 샐리를 사랑하게 되는 긴 과정은 스누피, 세상에서 가장 유명한 비글 개 스누피에서 시작한다. 많은 이들이 그렇듯 나도 『피너츠』와는 상관없이, 『피너츠』라는 만화가 있는지도 모른 채 스누피를 알았다. 스누피를 언제부터 알았냐고 물으면 글쎄, 정확하게 답하기 어렵다.

　　『피너츠』는 1950년 10월 2일부터 작가가 세상을 떠난 다음 날인 2000년 2월 13일까지 연재된 코믹 스트립인데, 우리나라엔 1970년대 중반 스누피 봉제 인형 같은 캐릭터 상품으로 먼저 들어왔다. 당시 모 은행에서 스누피 저금통장을 만들었다지만 어린 시절 스누피 인형이나 스누피 노트를 가져본 적이 없다. 인형도 완구도 귀하던 시절이었다. 1980년대에 들어 스누피 어린이 그림책, 뮤지컬이 나오고, TV에선 스누피 만화가 방영됐지만 아쉽게도 보지 못했다. 이렇게 한 번도 제대로 본 적 없었지만 오래전부터 스누피를 좋아했다. 귀엽고 유쾌해 보이는 스누피 캐릭터가 가진 경쟁력 덕분이었다.

　　그뒤 스누피와 찰리 브라운에 대해 조금씩 더 알아갔다. 『피너츠』가 삶에 대해 냉소적이지만 그런 삶에 대한 애정을 보이는 만화, 그것도 어린이가 아니라 어른들을 위한 철학적인 만화라는 사실도 알게 됐다. 하지만 이는 살다보면 이리저리 쌓이는 상식 수준이었다. 단편적인 몇 컷이나 스누피의 명언 몇 구절을 보긴 했지만 『피너츠』의 철학적 세계를 제대로 확인하지 못했다.

　　본격적으로 스누피와 찰리 브라운을 보게 된 것은 딸과 함께 피너츠 비디오를 보면서였다. 아이를 키우다보면 아이와 함께 어린 시절로 돌아가, 다시 한 살 두 살 나이를 먹으며 자라는 과정을 반복하게 된다. 그때 아이를 키우는 것은 인생을 두 번 사는 것이라는 사람들의 이야기를 완벽하게 실감했다. 같은 대상도 어떤 눈으로 보는가가 얼마나 중요한지, 아이와 함께, 아이 눈에 맞춰 보다보면, 놀랍게도 순진한 어린 마음이 되살아났다. 어른이 되어 어린이의 마음을 다시 가질 수 있다는 건 귀하고 고마운 경험이다.

　　그제야 나는 스누피가 착하고 유쾌한 애완견이 아니라 무심하고 때론 까칠한, 인생에 통달한 강아지라는 것을 알게 됐다. 스누피가 아니라 찰리 브라운이 주인공이라는 사실도 새삼 확인했고, 잘난 체하는 스누피보다 실패의 아이콘인 찰리가 더 좋아졌다. 자신을 좋아하는 사람은 아무도 없다고 지레짐작하고, 하는 일마다 실패를 거듭하는 찰리. 야구팀 감독이지만 야구팀은 지기 일쑤이고, 연을 날리면 언제나 '연 먹는 나무'에 걸린다. 좋아하는 '빨간 머리 소녀'에게 좋아한다는 말도 못하고, 빨간 머리 소녀가 찰리를 찾아올 때면 깜박 잠이 드는 불운의 캐릭터이다. 왜 이렇게 되는 일이 없지? 늘 이런 상황이다.

하지만 찰리는 내일은 오늘보다 더 나아질 거라는 희망을 포기하지 않고, 다음 날 아침 해가 뜨면 또다시 웃으며 세상 밖으로 나간다. 큰 성공보다 자잘한 실패와 실수가 더 많고, 애써 한 일은 별 볼 일 없는 결과가 되기도 하고, 그래서 나 자신이 한심하다고 느껴지는 일이 다반사인 우리 삶에서, 찰리는 위로가 됐다. 어쩜 이렇게 특별한 일이라곤 없이 회사와 집을 오가는 쳇바퀴 같은 일상을 살까, 그렇게 지루한 마음이 드는 날에도 찰리는 힘이 됐다. '뭐 어때. 내일이 있잖아' 찰리는 이렇게 말해줬다. 실제로 슐츠는 찰리가 바로 매일매일 좌절하지만 포기하지 않고 힘을 내서 살아가는 평범한 우리의 모습이라고 했다.

루시는 순진하고 착한 소녀들로 가득 찬 이야기 세계에서, 거의 모든 전형적인 소녀상을 전복시킨 독보적인 존재이다. 나는 그녀가 밉지 않다.

"좀 더 나은 사람이 되면 좀 더 나은 삶을 산대"라고 말하는 평범한 영웅 찰리를 좋아했던 한 시절을 지나, 드디어 찰리만큼, 아니 찰리보다 더 사랑스러운 이들을 만나게 됐다. 우리의 소녀 루시 그리고 샐리다. 때는 2015년, 피너츠 탄생 65주년을 기념해, 개봉한 영화 〈스누피 더 피너츠 무비〉를 보고, 이에 맞춰 국내에 첫 출간된 『피너츠』 완역본을 보기 시작하면서였다. 이때 비로소, 드문드문 알고 있던 『피너츠』의 세계를 전체적으로 보게 됐다.

『피너츠』의 세계에서 루시와 샐리는 매우 개성적인 인물이다. 찰리나 라이너스, 슈뢰더 같은 소년들이 비교적 조용하고 온순하며, 언제나 거친 삶 속에서도 삶의 진실을 깨달아가는 캐릭터라면 루시와 샐리는 바로 이들을 괴롭히는 역할이다.

찰리가 둥근 얼굴만큼 온화하고 따뜻한 곡선 같은 성품이라면 루시는 하고 싶은 말을 마음에 담아두는 법 없이 그대로 내뱉는 직선 스타일이다. 좋은 말은 거의 없고 남의 마음, 특히 찰리와 동생 라이너스의 아픈 곳을 찌르는 데 명수다. 루시에게 위로란 없다. 찰리가 도서관에서 책을 잃어버렸다고 하면 "넌 이제 죽었다"라고 말하고, 찰리가 시를 낭독하며 소감을 물으면 "내가 들어본 것 중에 가장 형편없는 시야. 이 시를 누가 들어주겠니, 누구의 마음도 건드리지 못해"라며 그 자리에서 낙담시킨다.

늘 다른 사람이 자신을 좋아하는지 아닌지에 신경을 쓰는 찰리가 "누군가 다가와서 '찰리 브라운, 나는 네 친구야'라고 말해줬으면 좋겠다"라고 진심을 털어놓을 때에도 "날개가 생기는 법을 빌어보는 건 어때?"라고 냉소를 퍼붓는다. 루시는 상황을 직시하는 자신의 강점을 살려 5센트짜리 심리 상담소를 차리는데, 상담을 신청하는 찰리에겐 언제나 냉정하게 말해 그의 의욕을 꺾어놓는다.

게다가 라이너스에겐 정말 나쁜 누나다. 동생에게 온갖 심부름을 다 시키고, 자기 하고 싶은 대로 하고, 동생이 애써 쌓은 모래탑을 무너뜨린다. 동생이 항의라도 하면 얼마나 무섭게 몰아붙이는지, 라이너스는 매번 기가 죽는다.

루시가 냉정한 말로 찰리를 아프게 한다면, 찰리의 동생 샐리는 슬쩍 둘러가 오빠를 구슬리는 데 귀재다. 새 도시락이 필요하면 "새 도시락 사줘"가 아니라 "새 도시락에 샌드위치를 먹으면 얼마나 맛있을까"라고 말한다. 오빠의 도움이 필요할 땐, "오빠는 훌륭해, 오빠 때문에 살았어, 오빠가 도와주면 말로 다

할 수 없는 고마움을 표하겠어"라며 오빠의 마음을 얻는다. 아이답지 않게 세상 이치에 꽤 도통해 자신이 잘못되거나 틀리면 임기응변으로 자기를 옹호하며 상황을 빠져나간다. 게다가 둘 다 얼마나 자기중심적인지, 각각 짝사랑하는 슈뢰더와 라이너스가 싫어하든 말든 상관없이, 마음대로 좋아하고 따라다니고 사랑을 퍼붓는다. 철학적이고 은유적인 만화이고, 어린이라는 설정이니 그냥 넘어갈 수 있지, 만약 연령과 성역할이 바뀌어 성인 남자나 성인 여자가 루시나 샐리처럼 군다면 데이트 폭력에 걸릴 만하다.

하지만 루시나 샐리가 밉지 않다. 루시는 순진하고 착한 소녀들로 가득 찬 동화 세계에서, 거의 모든 전형적인 소녀상을 전복시키는 독보적인 존재이다. 루시가 하고 싶은 말을 남김없이 그대로 쏘아붙일 때면 카타르시스에 이르는 시원함과 통쾌함을 느끼기도 한다. 좀처럼 만나기 힘든 '심술의 해방구'랄까. 해야 할 말을 해야 할 바로 그 순간에 앞뒤 재지 않고 에두르지 않고, 정확하게 말을 할 때, 그 순발력과 눈치 보지 않는 과감함이 놀랍다. 살아가다보면 하고 싶은 말을 할 때보다 참을 때가 더 많은 우리로선 부럽기도 하다.

물론 말은 날카로운 칼날 같아서 상대에게 큰 상처를 남기니, 말의 칼은 조심스럽게 휘둘러야 한다. 문제는 이 칼을 써야 할 땐 쓰지 않고, 쓰지 말아야 할 곳에 마구 휘두른다는 데 있다. 분명히 잘못된 일을 눈앞에서 보면서도 관계를 고려하고 예의를 차리고, 돌아올 피해를 생각해 제대로 말 한마디 못하면서, 그렇게 쌓인 스트레스를 가까운 사람에게 날카로운 말로 쏟아내 풀어버릴 때가 있다. 언제나 루시가 되어선 안 되지만, 루시가 되어야 할 땐 루시가 되어야 한다. 해야 할 말을 속 시원히 못하고 돌아온 날, 너무 억울해서 이불을 뒤집어쓰고 '이렇게 말했어야 했는데, 저렇게 해야 했는데' 하고 중얼거리는 그런 날, 루시가 그립다.

심한 말을 아무렇지 않게 하는 루시보다 샐리는 훨씬 더 고수다. 세상 돌아가는 이치에 대해서라면 어리숙한 오빠 찰리보다 한 수 위다. 과제 발표에서 "읽기가 중요할까요? 여러분이 묻는다면 '예'라고 답하겠어요. '아니요'라고 답했다간 나쁜 점수를 받을 테니까요"라고 말할 정도로 보통이 아니다. 그런 샐리는 원하는 것이 있으면 다른 사람들을 칭찬하고 요령껏 쥐락펴락하며 매끄럽게 원하는 것을 얻는다. 『피너츠』 세계에서 얻는 거라곤 오빠에게 숙제를 대신하게 하는 정도지만 말이다. 상대를 파악하고 전체 그림을 그리고, 어떤 사람에게 어떻게 말해야 좋은 결과를 얻어낼지를 예상하여 부드럽게 이끌어간다. 뛰어난 실용적인 전략가랄까. 그런 점에서 나는 샐리가 되고 싶다.

하지만 루시와 샐리가 밉지 않고 사랑스러운 것은 루시식 직설적 표현과 샐리식 실용주의적 접근이 부럽기 때문만은 아니다. 루시와 샐리가 없으면, 『피너츠』의 세계가 불가능하기 때문이다. 특유의 직설적이고 심술궂은 루시의 말과 행동, 어린애처럼 굴지만 알고 보면 사람 다루기에 능숙한 샐리의 말과 행동은 우리의 주인공, 찰리 브라운(그리고 라이너스, 슈뢰더와 많은 친구)이 인생에서 마주치는 쓰디쓴 현실 그 자체이며, 인생의 진실을 깨닫게 해주는 계기이다.

루시는 야구를 같이 한 뒤, 대가 없는 일을 하지 않는다며 3달러 75센트를 청구해 냉혹한 현실을 보여주고, 찰리의 연이 잘 날아가자 "내가 도움을 줄 수 있게 해줘서 고마워. 내가 널 도왔다고 모두에게 말해줘. 우리는 한 팀이야"라고 말했다가 연이 툭 떨어지자 "너 같은 애 몰라!"라며 휙 돌아서 달면 삼키고 쓰면 뱉는 세상의 인심을 보여준다.

찰리가 야구 시합에서 한번 이겼으면 좋겠다고 했을 때, 루시는 "야구 시합에서 이기기만 하면 행복해질 거라고 생각하지? 안 그래. 만약 시합에 한 번 이긴다면 한 번 더 그리고 또 한 번 더 이기고 싶어질 걸. 그러다 머지않아 네가 하는 모든 야구 시합에서 이기길 바라게 될 거야"라며 가지면 가질수록 더 많이 가지고 싶어 하는 우리 욕망의 속성도 집어낸다. 자기가 만든 작품을 망쳐놓고, 온갖 심부름을 다 시키는 누나 루시는 라이너스로 하여금 다음과 같은 깨달음에 이르게 한다.

> "친구는 선택할 수 있지만, 가족과 친척은 선택할 수 없는 거야."*

샐리도 다르지 않다. 샐리의 감언이설은 그 자체에 의미가 있는 것이 아니다. 찰리가 샐리의 감언이설에 넘어가는 모습을 통해 우리들이 얼마나 다른 사람의 칭찬에 약한지 보여준다. 또 다 알면서도 속아주는 게 우리가 보여줄 수 있는 사랑의 자세라는 것도 말한다.

**주인공 찰리를 위해 존재하는 루시와 샐리,
그녀들이 심술궂고 얄미워질 수밖에 없는 이유.**

찰스 슐츠는 언젠가 "주인공인 찰리 브라운이 당신의 모습인가"라는 물음에 자신에겐 "찰리 같은 면도 있고, 루시 같은 면도 있다는 가정 하에서 그렇다"고 말했다. 슐츠는 평범한 사람을 대변하는 찰리를 중심에 놓고, 주변에 사람의 다양한 부분을 분명하게 보여주는 캐릭터들을 배치했다. 루시와 샐리는 그런 역할로 선택된 인물이다. 우리 안에 찰리도 있고, 샐리도 있고, 루시도 있다는 말이다.

좀 억울한 것은 찰리 브라운이나, 라이너스, 슈뢰더 같은 소년들은 삶의 비애, 페이소스 속에서도 철학적으로 뭔가를 깨달아가는 역할인 데 비해 루시와 샐리 같은 소녀들은 이들의 깨달음을 위한 나쁜 역할을 도맡아 한다는 점이다.

『피너츠』는 숱한 실패 속에서도 하루하루를 열심히 살아가는 것이 우리의 소명이라는 것을 이야기한다. 작가 찰스 슐츠는 죽을 때까지 매일 작업실에 앉아 『피너츠』를 그리며 자기 소명을 다했고, 슐츠의 소명이었던 『피너츠』 안에서 찰리는 낙담하지 않고 다음 날 또다시 '문을 열고 나가며' 소명을 이어갔다. 라이너스도 루시의 괴롭힘 속에서도 자라나가고, 슈뢰더는 루시의 끈덕진 사랑 고백 같은 주변의 방해에도 아랑곳하지 않고 피아노를 친다. 그게 슈뢰더의 소명이다.

하지만 루시와 샐리에겐 그녀들만의, 그녀들을 위한 소명이 없다. 그저 소년들이 성숙해지고, 자기 소명을 향해 나가는 데 잽을 날리고, 다리를 거는 역할일 뿐이다. 이 잽들 때문에 찰리가 느끼는 삶의 어려움은 더 생생해진다. 생전에 슐츠는 루시 역할은 같은 소년이 아닌 소녀에게 맡길 수밖에 없다고 한 적이 있다. 찰리와 같은 또래 남자 친구가 끝없이 찰리를 공격하고 비웃고, 냉소하고, 우스개로 만든다면 찰리도 참기 어렵다는 뜻이다. 결국『피너츠』라는 세계를 만들기 위해, 주인공 찰리를 부각하기 위해 루시와 샐리는 더 심술궂고 더 얄미워져야 했다. 그런 점에서 루시와 샐리는 고약함과 얄미움으로『피너츠』라는 세계를 만드는 데 자기의 역할을 다했다고 할 수 있다. 그것이『피너츠』의 세계에서 주어진 그녀들의 소명이다.

만약 루시가 만화의 주인공이 됐다면 냉정하지만 상황을 정확하게 보는 냉철함이 매력으로 부각됐을 것이다. 샐리가 주인공이라면 호기심 많고, 문학적이며, 능수능란하고 유연한 매력적인 인물로 등장했을 것이다. 루시와 샐리의 이야기 세계에선 찰리 브라운이 아닌 그들이 주인공이다. 우리가 살아가는 세상도 다르지 않다. 세상의 모든 이야기엔 주연이 있고, 조연이 있고, 지나가는 행인 1, 2가 있다. 모두가 자기 삶의 주인공이지만 살아가면서 숱하게 조연이나 엑스트라를 맡는다. 반대로 숱하게 조연과 엑스트라 역할을 하지만 자기 삶에선 언제나 주인공이다. 우리는 주연인 동시에 조연이고, 엑스트라이고, 때론 누구도 관심조차 주지 않는 세상의 배경이 되기도 한다. 하지만 오늘 아무리 낙담해도 다음 날 다시 문을 열고 나가는 찰리처럼 각자 최선을 다해 자기 삶을 살아갈 뿐이다. 그것이 우리의 소명이다.

아주 긴 시간, 세상에서 제일 유명한 셀러브리티 스누피에서 시작해, 『피너츠』의 주인공 찰리 브라운을 거쳐, 유명인도 주인공도 아닌 조연 루시와 샐리를 드디어 만났다. 자기가 주인공이 아닌 세계에서 그 세계를 완성하기 위해 불려와 자신의 소명을 다한 루시와 샐리, 이 사랑스런 소녀들에게 그리고 그런 하루하루를 살아가는 세상의 모든 이들에게 사랑과 경의를 보낸다.

그녀들의 속마음

다들 공을 어디로 던지는 거야

야구

+

왜 내가 아니고, 찰리 브라운이 주인공이야?

남동생을 어떻게 할까?

인생 상담소

슈뢰더

+ 다들 한심해

여기 구름하나 왔다

흥!

+

할말 다함

라이너스

애, 제발 말하기 전에 생각을 좀 해!

오늘도 피아노 옆에

남동생 비켜

내말은 옳아

+ 예휴, 인생 정말!!!

알아서 철들 살아

예휴

+ 그놈의 베토벤

내가 루시야

루시

내가 아닌 나를 꿈꾸게 한
그녀들, 지금의 나를 만들다

『해리 포터』의 헤르미온느

그 친구들은 현실을 뛰어넘어 더 넓은 세상을 그려보게

했고, 내가 아닌 존재가 되는 것을 꿈꾸게 했다. 마법소녀가

되어 요술봉을 흔들고 나의 소원을 말하게 했다. 어린 시절,

그때의 나의 소원이 무엇이었지 기억할 수 없지만, 그것이

지금의 나를 만드는 작은 씨앗 하나쯤은 됐을 것이다.

『해리 포터』
Harry Potter
조앤 롤링, 1997-2007, 영국

1997년 첫 권 출간 이래 전 세계적인 인기를 얻었고, 영화는 물론 비디오 게임이나
테마파크 등 다양한 관련 상품이 제작되었다. 『해리 포터』는 작가의 성공작이라는
것으로도 유명하다. 처음 이 소설을 여러 출판사에 제안했으나 거절당했다는 일화와
이 소설의 성공으로 무명의 작가에서 세계적인 작가이자 부호로 급부상한 조앤 롤링
의 이야기는 『해리 포터』의 성공과 비례하여 이 시대의 새로운 신화가 되었다. 새 책
이 나오는 날 독자들이 춥거나 덥거나 서점에서 줄을 서서 기다리는 진풍경이 세계
곳곳에서 펼쳐졌고, 2001년 워너 브라더스에서 영화의 첫 편이 개봉된 뒤 2011년
까지 여덟 편의 영화가 만들어지는 동안 '해리 포터'는 전 세계 출판계와 영화계를 지
속적으로, 매우 강력하게 뒤흔들어왔다.

나에게 마법이란 신기하고도 신기한 세계. 그때 나는
앞으로 내가 살아갈 세상에 이렇게 신기하고 재미있는
것들이 가득하길 바라며 마음이 설렜다.

우리는 자라면서 언제까지 마법을 진짜라고 믿을까. 요즘
아이들이야 조숙해 어리숙한 우리보다 훨씬 세상의 진실을 더
빨리 알아차리겠지만, 옛날이나 지금이나 산타 할아버지가 이
세상에 없고, 크리스마스에 선물을 주는 이가 아빠와 엄마라는
것을 눈치채는 시기와 비슷하지 않을까.

돌아보면 까마득한 1970년대, 어린 나는 꽤 오랫동안 산
타 할아버지를 믿었다. 다들 가난하고 못 살았던 시절 산타라니
가당치도 않은 것 같지만, 1930년대 일제강점기 조선에서도 아

이에게 크리스마스 선물을 줬다니 나의 어린 시절의 기다림은 그리 터무니없는 일은 아니었다. 산타가 누구인지도 모른 채 루돌프가 끄는 썰매를 타고 오는 산타 할아버지의 선물을 기다렸다.

그런 시절, 나에게 마법에 대한 첫 기억이라면 모자에서 새가 나오는 마술이었다. 마법은 원인을 알 수 없는 마력으로 불가사의한 일을 행하는 술법, 마술은 손놀림이나 장치를 이용한 일종의 속임수, 또 요술은 초자연적 능력으로 이상한 일을 행하는 것으로 마법, 마술, 요술의 뜻이 조금씩 다르지만 당시 나에겐 마법사가 요술쟁이였고, 요술쟁이가 마술사였다. 이들은 영어로 모두 '매직'magic으로 번역되지만 나에겐 매직이라기보다는 '판타지'fantasy에 더 가까웠다. 현실에서 일어날 수 없는 일들이 일어나는 환상적인 꿈의 세계.

그런 어린 시절, 내가 살았던 작은 도시는 지금도 봄 벚꽃으로 유명한 곳이다. 꽃이 필 즈음엔 꽃 축제가 열렸는데 그 축제엔 어김없이 서커스단이 왔다. 사자가 나와 불붙은 링을 뛰어넘는 그런 정식 서커스가 아니라 다리가 다섯인 기형 소(지금 생각하면 속임수가 분명한)나 엄청나게 큰 뱀 같은 동물을 한쪽에 전시하는, 어린 눈에도 조악해 보이는 유랑 극단이었다. 하지만 이들의 마술은 언제 봐도 신기했다. 모자 속에서 새가 나오는 마술을 한 번도 눈속임이라고 생각해본 적이 없었다.

마법사라면 흔히 커다란 솥에 이상한 약초와 개구리 뒷다리 같은 온갖 것들을 넣고 펄펄 끓이며 저주의 약을 만드는 고약하고 퀴퀴한 늙은 마녀가 먼저 떠오른다지만 나에게 마법이란 꽃 피는 봄날, 우리 동네에 찾아온 마술 같은 것이었다. 바로 내 눈앞에서 펼쳐지는 판타지. 친구들이 가짜 아니냐라고 의심을 품었을 때도, 나는 가짜가 아니며, 아니어야 한다고 믿었다. 고맙게도 엄마 아빠는 내가 물어볼 때마다 언제나 진짜라고 했다. 신기하고도 신기한 세계. 그때 나는 앞으로 내가 살아갈 세상에도 이렇게 신기하고 재미있는 것들이 가득하길 바라며 마음이 설렜다. 빨리 커서 그 모든 것들을 다 보고 싶었다.

서커스 마술이 내가 본 현실의 마법이었다면, 이야기 세계 속 마법 판타지의 첫 주인공은 일본 애니메이션, 〈요술 공주 세리〉의 세리였다. 원제는 '마법사 세리魔法使いサリ-지만 번역되면서 '요술 공주 세리'가 됐다. 말의 어감상 마법사 세리보다는 요술 공주 세리가 좀 더 친근하고 귀엽다.

〈요술 공주 세리〉는 일본의 유명 만화가인 요코야마 미츠테루가 1966년부터 1967년까지 만화 잡지 『리본』에 연재한 작품이 원작이다. 일본에선 1966년부터 애니메이션으로 방영됐고, 우리나라에선 1970년대 중반 방영돼 크게 인기를 끌었다가 1980년에 재방영됐다. 말괄량이 요술 공주 세리가 인간 세상에서 살면서 친구들과 함께 겪는 아기자기한 이야기로, 결국 세리는 요술 공주인 것이 발각돼 마법 나라로 돌아가게 된다. 오랜 시간 탓에 세세한 에피소드는 잘 기억나지 않지만 무척 재미있게 봤다는 사실 그 자체는 굉장히 또렷하게 남아 있다. "요술 공주 세리가 찾아왔어요. 별 나라에서 집으로 찾아왔어요. 세리 세리 신기한 그 힘으로 우리들에게 꿈과 웃음을 뿌려준대요"라는 주제가는 수십 년이 지난 지금도 생생하다.

세리는 작은 요술을 부릴 땐 '삐빠뽕', 좀 큰 요술을 부릴 땐 '마하라쿠 마하리타'를 외쳤다. 어린 시절 요정 놀이, 마법사 놀이, 요술 공주 놀이가 유행이었는데, 그때 요술봉이라고 생각한 것을 흔들며, 마치 내가 세리인 양 삐빠뽕이나 마하라쿠 마하리타를 외쳤었다. 그때 나는 어떤 소원을 가졌을까. 작은 시골 마을에 사는 특별할 것 없이 고만고만한 꼬마였으니 세계 평화나 우주 평화 같은 엄청난 소원을 빌었을 리는 없고, 소심하게 학교에 불이 나 시험이 취소되거나, 갖고 싶던 노트나 필통을 선물로 받길 원하는 정도였을 테다. 우리 가족이 행복했으면 좋겠다는 소원도 가졌던 것 같다.

아마 이 시절을 통과한 이들이라면 누구나 자신의 어린
시절을 함께 한 마법소녀가 한 명쯤 있지 않을까?

어쩌면 그때의 나는 지금의 내가 짐작하는 것보다 훨씬
더 크고 엄청나게 위대한 소망을 가졌는지도 모른다. 소심한 건
지금의 나이지, 그때 어린 나는 스스로 한계 짓지 않고 더 과감
하고 더 자유로웠을 수도 있다. 어린 시절 나의 꿈이 궁금해진다.
그때 나는 무엇을 꿈꾸었을까. 지금의 나는 어린 시절 '내가 꿈
꾸고 바랐던 나'에 얼마나 가까이 와 있을까. 반대로 얼마나 멀리
떨어져 있을까. 도저히 생각나지 않는 그때의 꿈을 더듬어본다.

〈요술 공주 세리〉가 크게 인기를 끌면서 1989년에 일본에
서 시즌 2가 방영됐고, 곧 우리나라에서도 방영됐다지만 보지는
못했다. 시즌 2에서 마법 나라로 돌아간 세리는 여왕 대관식을
앞두고 어려움에 빠진 친구를 돕기 위해 다시 지구로 돌아온다.

나중에 알고 보니 〈요술 공주 세리〉는 놀랍게도 소녀를 위
한 첫 애니메이션이었다. 마법소녀 애니메이션의 원조라는 역사
적 의미도 갖고 있었다. 요코야마는 당시 미국 드라마 〈아내는 요
술쟁이〉Bewitched를 보고 문화적 충격을 받아 밝고 명랑한 마법
소녀 세리를 만들었다. 마녀라면 고약하고 사악한 마녀만 떠올
리다 밝고 명랑한 요술쟁이 아내를 보고 세리를 만들었다는 것

이다.

　　그런데 〈아내는 요술쟁이〉라면, 어린 시절 내가 빼놓지 않고 본 TV드라마였다. 인간과 결혼해 살아가는 귀여운 요술쟁이 아내는 코를 찡긋하며 요술을 부렸고, 항상 정체를 들킬 위기를 아슬아슬하게 넘겼다. 요코야마가 〈아내는 요술쟁이〉를 보고 〈요술 공주 세리〉를 만들었듯, 역사적으로 마법, 마녀라면 흑마술을 쓰는 추악한 마녀가 먼저이고, 그 뒤에 이를 뒤집는 유쾌한 마녀가 등장하지만, 그 당시 어린 나는 '역사적 수순'을 건너뛰어 모든 마녀를 한꺼번에 받아들였다.『인어공주』의 목소리를 빼앗는 마녀도 있고,『헨젤과 그레텔』의 고약한 마녀도 있고,『신데렐라』의 새엄마도 마녀였고,『백조의 호수』의 흑조도 마녀였다. 여기에 〈요술 공주 세리〉와 세리를 낳게 한 〈아내는 요술쟁이〉를 한꺼번에 읽고 봤다. 이들 중에서 어린 시절 내가 가장 좋아하는 마법 판타지 주인공이라면 단연 〈요술 공주 세리〉였다.

　　세리가 예상치 못한 폭발적인 인기를 얻으면서 그뒤 숱한 마법소녀가 차례로 나왔다. 〈요술 공주 밍키〉, 〈세일러 문〉, 〈프리 큐어〉, 〈웨딩 피치〉, 〈베리베리 뮤우뮤우〉, 〈꼬마 마법사 레미〉 등이 줄 지어 등장했다. 처음에는 마법 나라 공주가 인간 세상에 오는 콘셉트였다면 곧 주인공이 혼자 혹은 친구들과 함께 변신해, 악의 무리를 물리치는 '변신 마법소녀 대유행 시대'가 활짝 열렸다. 나는 이미 훌쩍 커버려 마법소녀 대유행 시대를 직접 경험하지 못했지만 이 시절을 지나온 이들이라면 누구나 어린 시절을 함께 한 자신만의 마법소녀가 한 명쯤 있을 것이다. 〈요술 공주 밍키〉의 인기는 엄청났고, 〈세일러 문〉은 말할 필요도 없을 정도로 전설이 된 작품이다. 〈꼬마 마법사 레미〉는 귀여움이 남달랐다.

그렇게 시간이 흐른 뒤 한동안 떠나 있던 마법소녀들을 다시 만나게 됐다. 딸이 〈요술 공주 세리〉를 보며 요술봉을 흔들던 어린 시절 내 나이 또래가 되면서, 딸과 나란히 앉아 이 만화들을 보기 시작했다.

다시 만난 마법소녀는 화려했다. 설정도 캐릭터도, 마법의 종류도 업그레이드됐고 변신 능력은 점점 화려해졌다. 악당들도 변신을 거듭했다. 하지만 마법소녀가 아무리 화려해도 어린 시절, 〈요술 공주 세리〉에게처럼 빠져들진 않았다. 당연히 마법소녀의 탓이 아니었다. 내가 더 이상 마법 판타지에 몰입해 빠져들 어린이가 아니었기 때문이었다.

그냥 빠져들지 않는 정도가 아니라 〈세일러 문〉이나, 〈베리 베리 뮤우뮤우〉 같은 마법소녀물을 보면서 여주인공들의 짧은 치마에 마음이 불편해지기도 했다. 소녀라지만 이미 성인 몸매인 여주인공이 딱 붙는 옷에, 가슴을 드러내고, 짧은 치마를 입고 등장했다. 여성을 성적 대상으로 삼고 있는 소녀 만화와 그런 이미지를 아이에게 보여주는 것이 자꾸 마음에 걸렸다. 하지만 재미있게 보는 아이에게 보지 말라고 해야 할지, 아이는 그렇게 보지 않을 텐데 나만 지나치게 예민한 것은 아닌지, 아이에게 어떻게 설명해야 할지 난감해하며 우물쭈물하는 사이 그 시절은 어느새 흘러가버렸다.

> 헤르미온느의 가장 큰 무기는 뛰어난 지성이다.
> 성적 이미지는 말할 것도 없고, 이야기 속 소녀에 대한
> 전통적인 관념을 속 시원하게 깨준 친구가 바로 그녀였다.

그러는 사이에 고만고만하던 '마법소녀' 계보를 완전히 새롭게 쓴 마법소녀가 등장했다. 바로, 『해리 포터』의 여주인공 헤르미온느. 헤르미온느 진 그레인저. 헤르미온느는 일본 애니메이션이 장악해온 마법소녀 계보와는 전혀 다른 완전히 새로운 마법소녀였다. 과도한 성적 이미지는 말할 것도 없고, 광범위한 이야기 속 소녀에 대한 전통적인 관념도 속 시원하게 깼다.

조앤 롤링의 판타지 소설 『해리 포터』가 국내에 첫 출간된 1999년, 그때 나는 문학 담당 기자로 일하고 있었다. 출판사에서 엄청난 기대작이라고 소개를 해왔고, 이미 외신을 통해 『해

리 포터』가 책 안 읽던 아이들로 하여금 다시 책을 펴게 한 놀라
운 작품이라는 소식이 들려왔지만 한국 독자들에게도 통할지에
대해서는 반신반의했다. 『해리 포터』대장정의 시작인 제1권 『마
법사의 돌』을 읽었는데, 기대가 너무 컸던 탓인지, 완전히 빠져들
듯 재미있지 않았다. 그때 나는 문화적 차이라고 여겼다. 영국이
나 미국에서 엄청난 인기를 끌어도 한국 독자에겐 흥미롭지 않
을 수 있다고. 칸 영화제나 베를린 영화제 수상작이 국내 흥행에
실패할 수 있고, 노벨 문학상을 받은 작품도 어떤 소설은 팔리고
어떤 작품은 안 팔리는 것과 같은 이치라고 생각했다.

　　그런데 국내에서도 출간 몇 주 후부터 무섭게 베스트셀러
목록에 오르는 것을 보면서, 내 판단이 틀렸다는 것을 알았다.
문화적 차이가 아니라 이번에도 내가 마법 판타지물에 몰입해
빠져들 수 있는 시기를 이미 지나왔기 때문이었다. 게다가 우리
세대는 본격적인 판타지 장르물에 대한 읽기 훈련이 안 된 세대
였다. 그때 뭔가를 좋아하는 데도 연습이 필요하다는 걸 알았다.
하지만 『해리 포터』를 너무나 좋아하는 딸과 함께 기꺼이 그 세
계에 뛰어들었다. 당시 책보다는 지금 봐도 전혀 뒤지지 않는 컴
퓨터 그래픽이 뛰어난 영화를 통해 '해리 포터'를 만났다. 그 세
계 속에 오랜 마법소녀의 틀을 깬 헤르미온느가 있었다.

　　헤르미온느는 우리가 알던 마법소녀들과 달랐다. 헤르미

온느는 마법 나라의 공주가 아니었고, 태어날 때부터 마법사도 아니었다. 엄마 아빠가 모두 치과 의사인 머글(인간) 집안 출신이다. 마법의 성물을 얻거나 우연한 기회에 마법의 힘을 얻는 행운의 마법소녀도 아니다. 마법 학교 호그와트에 입학해 학업열과 특유의 승부욕으로 최고의 마법사로 성장해나가는 소녀다. 쉽게 공짜로 얻은 것이 없는, 모두 자기 노력으로 이루어낸 마법사다.

헤르미온느의 가장 큰 무기라면 뛰어난 지성이다. 여학생이 남학생보다 학업 성취도가 높아져 남학생들을 위한 특별 교육법에 대한 논의까지 나오는 시대지만 '해리 포터'가 나올 그즈음에도 여자 주인공이 갖춰야 할 가장 중요한 조건은 성격, 착한 성격이었다. 그 모든 것에 앞서 일단 착해야 했다. 똑똑하고 실력이 뛰어난 것이 중요한 것이 아니라 똑똑하지만 못 되면 안 되고 똑똑하면서 착해야 했다. 친구들과 주변 사람들에게 친절하고, 배려하고, 희생하고, 힘든 일이 있어도 언제나 웃어야 했다. 일본 애니메이션 속 마법소녀들도 마찬가지였다. 세리도, 밍키도, 뮤우뮤우도 하나같이 착하고 구김살 없고 명랑했다.

하지만 헤르미온느는 착하지 않았다. 그렇다고 못된 것은 아니다. 사실 사람은 착하다, 못됐다, 이분법으로 구분할 수 없는 복잡한 존재다. 헤르미온느에게 착하냐 아니냐는 이미 문제가 아니었다. 처음엔 좀 심한 잘난 척으로 똑똑한 여학생에 대한 부정

적 고정관념을 고스란히 드러내지만, 헤르미온느는 곧 성장해나
간다. 학구파이고, 노력파이며, 상황 판단력과 담력이 뛰어나고,
그러면서도 상대를 배려할 줄 알게 된다. 혈통과 가문을 중시하
는 마법 세계에서 하인처럼 부리는 집요정 문제를 제기하는 진
보적인 소녀이기도 하다.

　또 흔히 많은 드라마와 영화에서 여주인공은 남자 주인공
과 사랑에 빠져 결혼을 하는 것으로 마무리되면서 그때까지 그
녀가 거둔 성취를 한꺼번에 의미 없게 만들곤 했지만 헤르미온
느는 끝까지 해리와 독립적인 관계를 유지했다. 물론 헤르미온느
는 해리가 아닌 론과 결혼한다. 하지만 누구나 결혼을 할 수도 있
고 싱글로 살 수도 있듯이 헤르미온느의 결혼 여부는 그리 중요
한 문제가 아니다. 남자 주인공인 해리와 결혼하지 않고, 뛰어난
남자 주인공에 의지하지 않으며, 독립된 존재로 남았다는 것에
의미가 있다. 물론 단독 주인공이 되지 못하고 해리 포터의 최고
조력자에 머물렀다는 것이 아쉽긴 하다.

　하지만, 헤르미온느가 있었기에 많은 여주인공이 헤르미
온느를 거쳐 그 다음 단계로 나아갈 수 있었다. 최근엔 '왜 판타
지의 주인공은 언제나 백인 소년 소녀냐'는 의문을 표하며 블랙
걸 판타지가 나오고 있으니 이야기 세계의 여주인공들은 헤르미
온느를 징검다리로 새로운 세계로 나가고 있다. 하지만 개인적으

로 아직까지 헤르미온느만큼 당대의 틀을 깬, 새롭고 독보적인 캐릭터는 없었다.

돌아보면 요술 공주 세리에서 헤르미온느까지 꽤 긴 시간이었다. 그사이 나는 작은 아이에서 한 사람의 어른으로 컸다. 나의 요술 공주 세리는 아주 단순했다. 어느 날 인간 세상에 왔다가 친구들과 노는 것이 좋다며, 왕위도 버리고 인간 나라에 살게 된 철부지 소녀였다. 세리에 비해 헤르미온느는 정말 단단한 캐릭터다. 처음에 미숙한 소녀였지만, 훌륭한 마법사이자 성숙한 인간으로 커나가 결국 해리 포터와 함께 거대 악인 볼드모트를 물리친다.

요술 공주 세리와 헤르미온느가 한판 붙는다면, 세리가 백전백패다. 마법의 기술은 물론 인간적인 성숙도, 문제를 해결하는 강한 의지과 능력 등 모든 면에서 헤르미온느의 압승이다. 하지만 그 순진하던 시절, 마법소녀 세리가 나에게 열어준 환상의 세계는, 헤르미온느가 그 세대 아이들에게 열어준 세상만큼 넓고 멋졌다. 나에겐 헤르미온느가 보여준 세상보다 어린 나에게 세리가 열어준 세상이 더 놀라웠다. 현실을 뛰어넘어 현실 아닌 세상을 그려보게 했고, 내가 아닌 존재가 되는 것을 꿈꾸게 했다. 마법소녀가 되어 요술봉을 흔들고 나의 소원을 말하게 했다. 어린 시절, 그때 나의 소원이 무엇이었는지 기억할 수는 없지만 그

것이 지금의 나를 만든 작은 씨앗 하나쯤은 됐을 것이다.

그렇다면 나의 어떤 부분은 그 작은 씨앗에서 피어난 꽃일 것이다. 화려하지 않아도 내 안 그 어딘가에 피어 있는, 소망의 꽃송이……. 요술 공주 세리 그리고 그 시절의 나를 돌아보면 우리는 자라면서 순간순간 틔워온 숱한 싹에서 피어난 존재라는 생각을 하게 된다. 어쩌면 우리는 우리 스스로 생각하는 것보다 훨씬 더 아름다운 존재일 수도 있다.

헤르미온느가
여자일 때 남자일 때

마법은 잘할지 모르지만
예쁘지는 않아서 별로 !

저런 '범생이'일수록
더 발랑 까졌을걸?

꼭 밤새 공부해놓고
'망했다'고 하더라!

남자가 똑똑한 척
해서 재수가 없어!

진짜 악바리야, 못 말려!

잘난척해서
얄미워!

남자가 기가
너무 세지 않아?

저런 애들이 나중에
애 놓아도 적장 안
그만두고 버틸 거야!

아주
여우야!

왜 저렇게 스펙에 집착해?

여자에게 하는 말이 남자에게는
뭔가 어색하다. 나만 그런가?
사람 하나를 두고 남자일 때와
여자일 때의 속마음이 이렇게 다르다!

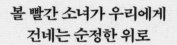

볼 빨간 소녀가 우리에게
건네는 순정한 위로

『하이디』의 하이디

『하이디』는 선한 사람들의 선한 세계이다. 그래서 알프스 소녀

하이디의 이야기는 알프스 대자연을 느끼며 마음을 열고,

하이디의 고난에 한바탕 눈물을 쏟은 뒤 모두가 행복해지는

해피 엔딩으로 마무리되는 거대한 치유의 서사이다.

『하이디』
Heidi
요한나 슈피리, 1880-1881, 스위스

세대를 뛰어넘어 하이디를 통해 처음 알프스 산과 스위스를 만난 이들이 많을 것이다. 하이디는 많은 독자들에게 아름다운 자연의 풍광과 더불어 천진난만한 이미지의 대명사로 기억된다. 이런 이미지를 만든 데에는 1974년 일본의 다카하다 이사오 감독이 만든 TV 만화 영화 〈알프스 소녀 하이디〉의 힘이 컸다. 유럽에서 만든 원작을 바탕으로 한 작품은 다시 유럽 각국으로 수출되어 큰 호응을 얻었고, 우리나라에서는 1976년 방영되어 선풍적인 인기를 끌기도 했다.

왜 옷을 벗었느냐는 이모의 말에 하이디는
"없어도 되니까"라고 답한다.
하이디는 산으로 올라오는 동안, 필요 없는 것을
모두 벗어던지고, 어느새 알프스의 하이디가 된다.

착하고, 천진난만하고, 호기심 넘치고, 사람들을 사랑하
고, 모두에게 사랑받는 알프스 소녀 하이디. 나쁜 마음이라고는
손톱만큼도 없고, 봄날의 햇볕처럼 따뜻하고, 숲속 산들바람처
럼 부드럽고, 풀꽃 향기처럼 은은한 소녀. 하이디는 우리가 '어린
이'라는 단어를 떠올릴 때 저절로 연상되는 순수함과 천진함의
결정체다.

우리 아이들 한 명 한 명도 하이디와 다르지 않다. 물론 어

린이의 세계가 온통 순수하기만 한 것은 아니다. 그들에게도 호기심으로 가득한 아름다운 시간만 존재하지 않는다. 하지만 아이를 키우다보면 저절로 알게 된다. 아이들 하나하나가 얼마나 놀라운 존재인지. 그 천진함이 얼마나 경이로운지. 하지만 이곳은 알프스의 대자연이 아니다. 서둘러 경쟁에 뛰어들어 빨리빨리 커나가야 하는 곳이며 어른들은 너른 품을 가진 알프스의 알름 할아버지가 아니다. 우리 모두 하이디 같은 시절을 지나왔지만 어느새 어른이 되어 까맣게 잊고, 아이들을 어떻게 끌어안아야 하는지조차 알지 못해 우왕좌왕하고 있다. 어린 시절 우리가 어떤 마음이었는지를 기억한다면 우리는 지금보다 좋은 어른이 될 수 있을 텐데.

　『하이디』는 스위스 여성 작가 요한나 슈피리가 1880년에 발표한 1부 『하이디의 수업 시대와 편력 시대』가 폭발적인 인기를 얻으면서 이듬해에 나온 2부 『하이디는 배운 것을 쓸 줄 안다』를 하나로 묶은 동화다. 이 세계적 베스트셀러의 주인공, 하이디는 등장부터 참 '하이디'스럽다.

　시작은 햇볕이 뜨거운 6월의 어느 날 아침. 스위스 알프스의 오래된 작은 도시 마이엔펠트에서 알프스 고원으로 이어지는 가파르고 좁은 오르막길 위에 몸집이 크고 건강한 산골 출신 젊은 여성이 작은 여자아이의 손을 잡고 올라가고 있다. 작은 여자아이는 다섯 살이 채 안 된 하이디, 젊은 여성은 고아인 하이디를 돌봐온 이모 데테이다. 그녀는 대도시 프랑크푸르트에 좋은 일자리가 생겨 더는 하이디를 돌볼 수 없게 되자 알프스 고원에 홀로 사는 하이디의 할아버지 알름에게 아이를 맡기러 가는 중이다.

6월의 더운 날씨에 이모가 옷 꾸러미를 줄이기 위해 옷을 겹겹이 입히고, 두꺼운 빨간 목도리까지 친친 싸맸으니, 얼마나 덥고 숨이 찼을까. 호기심 넘치는 하이디는 이모를 잘 따라가는가 싶더니 어느새 이모의 손을 놓고 염소를 몰고 가는 페터를 쫓아간다. 그리고 짧은 반바지에 맨발로 별 일 아니라는 듯 염소를 가볍게 몰고 가는 페터를 유심히 보다가 자신도 두꺼운 겉옷을 벗기 시작한다. 먼저 외출복을 벗고 그 안의 평상복 치마까지 순식간에 벗은 뒤 징 박힌 무거운 구두까지 벗어던지더니 가벼운 속치마 차림에 맨발로 페터와 염소들을 따라 가볍게 알프스 산을 뛰어 올라간다.

왜 옷을 벗었느냐는 이모의 말에 하이디는 "없어도 되니까"라고 답한다. 정말 맞는 말이다. 하이디는 마이엔펠트 어귀에서 산으로 올라오는 동안, 필요 없는 것을 모두 벗어던지고, 오래전부터 페터와 염소와 함께 살아온 것처럼 어느새 알프스의 소녀 하이디가 된다. 페터보다 더 빨리, 이모보다 먼저 올라간 하이디는 무뚝뚝한 할아버지에게 다가가 손을 내밀며 인사한다.

"안녕하세요, 할아버지."

할아버지는 하이디가 내미는 손을 잡고 한참 동안 하이디를 쳐다본다. 어쩌면 이 순간, 젊은 시절 방탕하게 생활하다 사랑하는 부인과 아들을 잇달아 잃곤 세상을 원망하고, 사람들과 담을 쌓고 살아온 할아버지의 마음에 새로운 바람이 불기 시작했는지도 모른다. 한때 동네에서 제일 큰 농장주의 아들이었던 할아버지는 노름으로 농장을 통째로 날리고, 전쟁터에서 사람을 죽였을지 모른다는 흉흉한 소문의 주인공이지만 머지않아 이 순수하고 귀한 손녀딸 하이디로 인해 마음의 문을 열고, 세상과 화해하고 다시 교회에 나가 많은 이들을 깜짝 놀라게 한다.

그 시절 우리는 어떤 유럽을 선망했던가. 디즈니 공주를 통해 미국이 그려낸 유럽, 미야자키 콤비의 명작 극장이 그려낸 유럽이 우리가 바라보는 그곳의 전부였다.

하이디는 역시 슈피리의 소설보다는 동그란 얼굴, 짧고 까만 머리, 까만 눈동자, 발그레한 뺨을 표현하기 위해 양쪽 볼에

각각 붉은색 작은 동그라미를 그린 〈세계 명작 극장〉 애니메이션 〈알프스 소녀 하이디〉의 하이디가 먼저 떠오른다. 재패니메이션의 대가 미야자키 하야오와 그의 오랜 동료 다카하다 이사오 감독이 1972년에 함께 만든 총 52편짜리 장편 애니메이션 속 그 하이디 말이다.

이 애니메이션은 국내에서는 1976~77년, 그리고 1980년대 두 차례 방영됐다. 미야자키 하야오는 이 작품의 전편에 걸쳐 장면 설정과 레이아웃을 담당했고, 훗날 하야오와 함께 지브리 스튜디오를 만드는 다카하다 이사오는 감독을 맡았다. 제작팀은 알프스의 자연을 묘사하기 위해 배경이 된 스위스 마을을 여러 차례 찾아 그곳 풍경과 사람들의 살림살이를 살폈다. 덕분에 작품이 방영됐을 때 일본에서조차 유럽에서 만든 만화라고 생각했다는 후일담은 전설로 남았다.

〈알프스 소녀 하이디〉가 처음 나올 당시 일본에서는 회의적인 의견이 많았다고 한다. 특별하게 극적인 사건 없이 어린 소녀의 일상이 펼쳐지는 이야기, 그것도 일본과 전혀 관계없는 알프스를 배경으로 한 유럽 동화가 인기를 얻을 수 있을까라는 의심이었다. 하지만 우리가 알고 있듯 이 작품은 큰 성공을 거뒀고, 하야오와 이사오 콤비는 〈세계 명작 극장〉이라는 이름으로 〈엄마 찾아 삼만 리〉, 〈플랜더스의 개〉, 〈빨간 머리 앤〉 등을 차례로 만들어 전 세계 어린 시청자들을 빠져들게 했다. 이들 '명작 극장' 애니메이션은 하나같이 어린이의 순수함을 강조하는데, 이는 훗날 〈이웃집 토토로〉를 포함한 미야자키 감독의 세계로 고스란히 이어진다.

이들 만화 영화들은 국내에 속속 들어와 그 시절 어린 시절을 보낸 우리 세대에게 교양 독서를 대신했다. 동화 『하이디』를 읽지 않고, 『플랜더스의 개』나 『빨간 머리 앤』을 책으로 보지 않아도 이들 만화만으로 원작을 다 읽은 것 같은 기억을 갖게 해주었다. 물론 〈알프스 소녀 하이디〉의 경우만 해도 종교적인 색채는 빼고, 몇몇 에피소드는 추가하는 식으로 원작과 크고 작은 차이가 있긴 했다. 〈알프스 소녀 하이디〉는 흔히 순수한 소녀 이야기로 기억되곤 하지만 실제 원작은 할아버지가 하이디로 인해 치유 받고, 다시 교회로 돌아오는 기독교적 교양물 성격이 강했다. 만화에서 항상 하이디, 페터와 함께 나오는 세인트 버나드 개 요셉도 원작엔 없다.

그렇게 실제로는 한 번도 가보지 못한 스위스, 이탈리아, 캐나다 등 여러 나라에 대한 인상이 미야자키 콤비의 '명작 극장'을 통해 만들어졌다. 그 시절 우리 대부분은 디즈니 공주들을 통해 미국이 그려낸 유럽을, 미야자키 콤비의 '명작 극장'을 통해 일본이 그려낸 유럽을 보며 그곳을 선망했다. 어린 시절, 우리의 눈으로 본 유럽이 있었을까? 아쉽게도 내 기억 안에는 없다.

> 잠깐이라도 그 순정한 세계에 들어갔다 나오면 아름다운
> 세계에서 잠깐이라도 쉴 수 있는 행복을 누린다. 그것이 볼
> 빨간 소녀 하이디에게 내가 받는 소중한 치유다.

이 책을 쓰기 위해 모처럼 하이디의 원전을 펼쳤다. 읽었다고 생각했지만 역시 일본의 〈세계 명작 극장〉을 보고 다 읽었다고 착각한 것이 맞았다. 드문드문 짧은 이야기나 그림책으로 보긴 했지만 제대로 읽은 것은 거의 처음이었다. 줄거리는 이미 아는 내용이었는데, 읽으면서 뜻밖에 얼마나 눈물을 쏟았는지 모른다.

하이디를 누구보다 아끼는 할아버지, 염소를 모는 소년 페터와 하이디를 좋아하는 페터 할머니에 둘러싸여 3년간 알프스에서 행복하게 지내던 하이디는 여덟 살이 되던 해 이모의 손에 끌려 프랑크푸르트의 부잣집 딸 클라라의 친구로 들어간다. 이모로서는 하이디가 부잣집에서 클라라와 함께 글도 배우고 교육도 받을 수 있는 데다 점잖은 제제만 씨의 품성으로 볼 때 하이디의 미래를 책임져줄 거라고 생각했다. 하지만 알프스의 딸 하이디는 프랑크푸르트에서 행복할 수 없었다. 클라라와 친한 친구

가 되고, 제제만 씨는 친절했고, 클라라 할머니의 도움으로 글자를 익혀 책도 읽을 수 있게 됐지만 하이디는 조금씩 아프다. 하이디는 매일 밤 알프스 꿈을 꿨다. 할아버지 집 지푸라기 침대에 누워 있으면 밖에서는 하이디가 제일 좋아하는 전나무가 쏴쏴하는 소리를 내고 하늘에는 별들이 반짝였다. 하지만 꿈에서 깨어나면 누워 있는 곳은 알프스의 할아버지 집이 아니라 프랑크푸르트의 넓은 침대였다. 그럴 때마다 하이디는 무엇이 울컥하고 목구멍으로 올라오는 것 같았고, 가슴에는 커다란 돌멩이가 놓여 온몸을 꾹꾹 누르는 것 같았다. 하지만 소리 내어 울 수는 없었다. 집안 살림을 책임지는 엄격한 로텐마이어 부인이 집으로 돌아가는 것은 제제만 씨나 클라라에게 배은망덕한 짓이라고 말했기 때문이었다. 하이디가 베개에 얼굴을 묻고 소리 죽여 울 때, 알프스 꿈을 꾸다 귀신처럼 집 안팎을 헤맬 때 하이디와 함께 눈물을 훔쳤다. 하지만 하이디의 몽유병을 정점으로 이야기는 극적인 해결점을 찾는다. 그건 하이디의 세계에는 나쁜 어른이 거의 없기 때문이다.

⭐

　　깐깐한 로텐마이어 아주머니 정도를 빼고 나면 무뚝뚝하지만 실제로는 따뜻한 알름 할아버지는 물론, 가난하지만 신의 뜻에 따라 살아가려는 페터 할머니, 다리가 불편하지만 투명하고 착한 클라라와 그의 아버지 제제만 씨, 하이디를 종교의 세계로 이끄는 클라라의 할머니, 하이디의 몽유병을 알아채고 빨리 알프스로 돌려보내라고 처방한 제제만 씨의 친구 의사 선생님까지 모두 선하다. 『하이디』는 선한 사람들의 선한 세계다.

그래서 『하이디』는 알프스 대자연을 느끼며 마음을 열고, 하이디의 고난에 한바탕 눈물을 쏟은 뒤 모두가 행복한 해피 엔딩으로 마무리되는 거대한 치유의 이야기다. 하이디 때문에 할아버지는 마을 사람들에게 다시 마음을 열고, 클라라는 할아버지와 하이디의 보살핌으로 휠체어에서 일어나 걷게 된다. 페터는 하이디의 도움으로 글을 익히고, 페터 할머니는 하이디가 들려주는 성경과 기도문에 매일이 즐겁다. 딸을 잃고 슬퍼하던 의사 선생님은 알프스 산자락 마을로 옮겨와 하이디를 양딸로 삼아 다시 행복해진다. 모자람 없는 해피 엔딩이다.

하이디는 그녀를 탄생시킨 『하이디』의 작가 요한나 슈피리에게도 위로를 안겼다. '창조자를 위로하는 피조물'인 셈이다. 취리히에 가까운 산골 마을, 높은 산과 호수가 내려다 보이는 곳에서 나고 자란 작가는 결혼한 뒤 대도시 취리히에서 지내며 우울증에 걸렸다고 했다. 알프스 대자연 속에서 살다가 프랑크푸르트의 부잣집에서 몽유병에 걸린 하이디와 닮았다. 슈피리가 나고 자란 하르첼 산골은 하이디의 배경인 스위스 산골의 모델이다. 우울증에 시달리던 슈피리는 어머니 친구였던 목사의 권유로 글을 쓰기 시작해, 마흔넷에 첫 작품을 발표했다. 그가 쓴 60여 편 중에서 『하이디』가 대표작이다. 하이디가 프랑크푸르트에서 다시 알프스 자연으로 돌아가 건강해지고, 많은 사람들에게 행복을 선물했다면, 슈피리는 『하이디』를 쓰면서 위로를 받았을 테고, 독자는 그렇게 쓰인 『하이디』를 읽으면서 또 위안을 얻는다. 서로서로 연결된 아름다운 위안의 고리다.

한 번도 가본 적 없는 알프스의 케사르 고원을 떠올려 본다. 조잘대는 하이디의 말이 들려온다.

> "산 전체가 활활 타고 있어요. 어쩜 저렇게 아름다운지. 저건 해님이 산에게 잘 자 하고 인사하는 거예요. 내일 아침에 또 올 때까지 잊지 말라고 말이에요."

하이디의 말에 귀 기울이며 날아가는 독수리까지 붉게 물들인 알프스의 저녁노을을 상상해본다. 한 번도 가본 적이 없기에 오로지 상상에 기댈 수밖에 없는, 그렇기에 오히려 내가 가장 좋아하는 더없이 평화로운 풍경을 만들 수 있다. 당연히 힘써야 할 일에 바쁘고, 쓸데없는 일에 지친 그런 날, 알프스의 하이디를 상상하는 것만으로도 위로를 얻는다.

『하이디』는 타임캡슐 같다. 130여 년 전 묻혀 있다 사람들이 필요할 때 꺼내 보면, 그 어떤 것도 변하거나 섞이지 않고, 원래 그 모습을 그대로 드러내는 타임캡슐. 우리가 살아가는 지금 현실에서는 찾기 어려운 세계를 담고 있는 타임캡슐이다. 착하고 사랑스러운 하이디와 알프스에서의 일들은 시간이 흐를수록 점점 현실에서 멀어져 간다. 모든 슬픔을 빨아들이며 주변의 어두움과 우울을 사라지게 하고 환한 웃음으로 주위를 밝히는 하이디와 하이디의 선한 세계를 만나기는 점점 어려워진다.

어떤 이야기는 전혀 현실적이지 않아 수명이 다한 옛날이야기가 되어버리고 만다. 하지만 어떤 이야기는 현실에서 다시 만날 수 없기에 더 소중하게 오늘의 이야기로 살아남는다. 하이디가 바로 그런 이야기이다. 잠깐이라도 그 순수의 결정 같은 세계, 편안하고 평온하고 아름다운 세계에서 숨쉬는 것만으로도 쉼표 같은 위로를 얻는다. 그것이 볼 빨간 소녀 하이디가 우리에게 주는 아름답고 소중한 치유다.

이 순간, 나도
하이디의 마음을 알 것 같다!

"온 세상이 아름다워요. 아, 알고 있던 것보다 더 아름다워요.
이제 이 모든 것이 다 제 것이잖아요!"

"이 모든 것이 아름다워요. 아! 생각했던 것보다 더 반짝거려요.
이 모든 것이 다 제 거라면 얼마나 좋을까요!"

"하이디는 매일 밤 알프스 꿈을 꿨다. 밖에서는 제일 좋아하는 전나무가 쏴쏴 하는 소리를 내고 하늘에는 별이 반짝이는 꿈이다. 하지만 꿈에서 깨어나면 하이디가 누워 있는 곳은 프랑크푸르트의 넓은 침대였다."

"나는 자주 눈을 감는다. 캄캄한 어둠 속 세계에서 따뜻하고 다정하고 자유롭고 부드럽고 한가한 세상을 꿈꾼다. 하지만 눈을 뜨면 바쁘고 분주하고 거칠고 메마른 표정들이 나를 둘러싸고 있다."

참고문헌 및 인용문 출처

1. 참고문헌

강문종, 「[한국사의 안뜰] 유교 박차고 나온 조선의 '걸크러쉬' ……동성혼까지 꿈꾸다」, 『세계일보』, 2017년 6월 17일.

곽아람, 「전쟁통에 엄마를 잃었다……그땐 우리 모두가 '앤'이었다」, 『조선일보』, 2014년 3월 22일.

김민웅 지음, 『동화독법 : 유쾌하고도 섬세하게 삶을 통찰하는 법』, 이봄에동선동, 2017.

너새니얼 브랜든 지음, 임정은 옮김, 『낭만적 사랑의 심리학 : 예리하고 솔직하고 거침없는 사랑의 심리 해부』, 교양인, 2019.

니콜 바샤랑·프랑수아즈 에리티에·실비안 아가생스키·미셸 페로 지음, 강금희 옮김, 『페미니즘의 역사』, 이숲, 2019.

데이비드 위즈너 그림, 도나 조 나폴리 글, 심연희 옮김, 『인어 소녀』, 보물창고, 2018.

도널드 시먼스·캐서린 새먼 지음, 임동근 옮김, 『낭만전사 : 여자는 왜 포르노보다 로맨스 소설에 끌리는가』, 이음, 2011.

레베카 트레이스터 지음, 노지양 옮김, 『싱글 레이디스 : 혼자인 우리가 세상을 바꾼다』, 북스코프, 2017.

루이스 캐럴 원작, 마틴 가드너 주석, 존 테니얼 그림, 최인자 옮김, 『이상한 나라의 앨리스 거울 나라의 앨리스 : 마틴 가드너의 앨리스 깊이 읽기』, 북폴리오, 2005.

마렌 고트샬크 지음, 이명아 옮김, 『아스트리드 린드그렌 : 영원한 삐삐 롱스타킹』, 여유당, 2012.

민혜영·강남규·김태형·손진원 지음, 바꿈청년네트워크 기획, 『글 쓰는 여자는 위험하다』, 들녘, 2019.

백승종 지음, 『신사와 선비 : 오늘의 동양과 서양은 어떻게 만들어졌는가』, 사우, 2018.

샤를 페로 지음, 에바 프란토바 그림, 유말희 옮김, 『샤를 페로 동화집』, 주니어파랑새, 2004.

서맨사 엘리스 지음, 고정아 옮김, 『여주인공이 되는 법 : 책벌레 소녀의 인생을 바꾼 11명의 여성 캐릭터들』, 민음사, 2018.

손희정·최지은·허윤·심혜경·오수경·오혜진·김주희·조혜영·최태섭 지음, 한국여성노동자회·손희정 기획, 『을들의 당나귀 귀 : 페미니스트를 위한 대중문화 실전 가이드』, 후마니타스, 2019.

시미즈 마사시 지음, 이은주 옮김, 『미야자키 하야오 세계로의 초대 : 모성과 카오스, 에로스의 판타지』, 좋은책만들기, 2004.

알렉산드라 호로비츠 지음, 박다솜 옮김, 『관찰의 인문학 : 같은 길을 걸어도 다른 세상을 보는 법』, 시드페이퍼, 2015.

에이브러햄 J. 트월스키 지음, 찰스 M. 슐츠 그림, 공보경 옮김, 『왜 스누피는 마냥 즐거울까 : 좀 더 괜찮아지고 싶은 나를 위한 심리학』, 더좋은책, 2018.

엘리자베트 벡 게른스하임 지음, 이재원 옮김, 『모성애의 발명 : '엄마라는 딜레마와 모성애의 부담에서 벗어나기』, 알마, 2014.

오찬호 지음, 『결혼과 육아의 사회학 : 스스로 '정상, 평균, 보통'이라 여기는 대한민국 부모에게 던지는 불편한 메시지 』, 휴머니스트, 2018.

웬디 무어 지음, 이진옥 옮김, 『완벽한 아내 만들기 : 피그말리온 신화부터 계몽주의 교육에 이르는 여성 혐오의 연대기』, 글항아리, 2018.

이남석 지음, 『앨리스의 이상한 인문학 : 동화로 풀어낸 12가지 지식 스펙트럼』, 옥당, 2016.

잭 자이프스 지음, 김정아 옮김, 『동화의 정체 : 문명화의 도구인가 전복의 상상인가』, 문학동네, 2008.

조던 B. 피터슨 지음, 강주헌 옮김, 『12가지 인생의 법칙 : 혼돈의 해독제』, 메이븐, 2018.

조정현 지음, 『동화 넘어 인문학 : 미운 오리 새끼도 행복한 어른을 꿈꾼다』, 을유문화사,

2017.

조혜영 엮음, 김은하·듀나·류진희·손희정·심혜경·장수희·쥬리·현시원·홍승은 지음, 『소녀들 : K-pop 스크린 광장』, 여이연, 2017.

주경철 지음, 『마녀 : 서구 문명은 왜 마녀를 필요로 했는가』, 생각의힘, 2016.

찰스 M. 슐츠 지음, 신소희 옮김, 『피너츠 완전판』, 북스토리, 2014 ~2018.

_____ 지음, 이솔 옮김, 『찰리 브라운과 함께한 내 인생』, 유유, 2015.

_____ 지음, 황서미·정상우 옮김, 『아직 내 생각해? : 스누피와 친구들의 세상물정 STICKER BOOK: 사랑 편』, 오픈하우스, 2017.

최우성 지음, 『동화경제사 : 돈과 욕망이 넘치는 자본주의의 역사』, 인물과사상사, 2018.

최흡 지음, 『은하철도 999 캔디 캔디 유리가면 마징가Z 겟타 로보 먼나라 이웃나라 황금박쥐의 비밀』, 부천만화정보센터, 2008.

캐럴 길리건 지음, 김문주 옮김, 『담대한 목소리 : 가부장제에서 민주주의로, 세상을 바꾸는 목소리의 힘』, 생각정원, 2018.

케르스틴 뤼커·우테 댄셀 지음, 장혜경 옮김, 『처음 읽는 여성 세계사 : 그 많던 역사 속 여성들은 다 어디로 사라졌을까』, 어크로스, 2018.

크리스토퍼 델 지음, 장성주 옮김, 『오컬트, 마술과 마법 : 고대 주술부터 현대 마법까지 오컬트 대백과사전』, 시공아트, 2017.

필립 아리에스 지음, 문지영 옮김, 『아동의 탄생』, 새물결, 2003.

한스 크리스티안 안데르센 지음, 이브 스팡 올센 그림, 햇살과나무꾼 옮김, 『인어 공주』, 소년한길, 2002.

2. 인용문 출처

44쪽 · 샤를 페로 지음, 에바 프란토바 그림, 유말희 옮김, 『샤를 페로 동화집』, 주니어파랑새, 2004. 187쪽.

45쪽 · 루이스 캐럴 원작, 마틴 가드너 주석, 존 테니얼 그림, 최인자 옮김, 『이상한 나

라의 앨리스 거울 나라의 앨리스 : 마틴 가드너의 앨리스 깊이 읽기』, 북폴리오,
2005. 143~144쪽.

49쪽 • 같은 책, 75쪽.

50쪽 • 같은 책, 76쪽.

50쪽 •• 같은 책, 108~109쪽.

51쪽 • 같은 책, 108~109쪽.

51쪽 •• 같은 책, 108~109쪽.

51쪽 ••• 같은 책, 108~109쪽.

63쪽 • 루시 M 몽고메리 지음, 강주헌 옮김,『빨강머리 앤』, 세종서적, 2008. 243쪽.

64쪽 • 같은 책, 33쪽.

85쪽 • 마렌 고트샬크 지음, 이명아 옮김,『아스트리드 린드그렌 : 영원한 삐삐 롱스타킹』, 여유당, 2012. 104쪽.

95쪽 • 제임스 배리 지음, 프란시스 베드포드 그림, 장영희 옮김,『피터 팬』, 비룡소, 2004. 62~63쪽.

100쪽 • 같은 책, 138~139쪽.

102쪽 • 제인 오스틴 지음, 류경희 옮김,『오만과 편견』, 문학동네, 2017. 162쪽.

109쪽 • 제임스 배리 지음, 프란시스 베드포드 그림, 장영희 옮김,『피터 팬』, 비룡소, 2004. 62~63쪽.

139쪽 • 한스 크리스티안 안데르센 지음, 이브 스팡 올센 그림, 햇살과나무꾼 옮김,『인어공주』, 소년한길, 2002. 134쪽.

160쪽 • 황순원문학촌 소나기마을 엮음, 김종회 책임편집,『소년, 소녀를 만나다 : 황순원의 「소나기」이어쓰기』, 문학과지성사, 2016. 26쪽.

166쪽 • 같은 책.

167쪽 • 같은 책.

192쪽 • 김윤아·이종승·문현선 지음,『신화, 영화와 만나다』, 아모르문디, 2015. 254쪽.

272쪽 • 찰스 M. 슐츠 지음, 신소희 옮김,『피너츠 완전판』, 북스토리, 2016. 92쪽.

이 책을 둘러싼 날들의 풍경

한 권의 책이 어디에서 비롯되고, 어떻게 만들어지며,
이후 어떻게 독자들과 이야기를 만들어가는가에 대한 편집자의 기록

2017년 8월. 직장을 그만두고 이후를 고민하고 있던 편집자가 차 한 잔 하자는 저자의 연락을 받다. 저자가 참여한 책의 편집을 맡은 뒤 안부를 나누곤 하던 편집자는 반갑게 응하다.

2017년 9월. 저자로부터 '사랑해온 동화 속 소녀들에 관한 책을, 20대인 딸과 만들고 싶다'는 계획을 듣다. 편집자는 반사적이고 즉흥적으로 의견을 덧붙이다. 목록을 정리해보기로 하다. 편집자는 이후 행보가 정해지지 않았음에도 손을 내밀어준 저자의 신뢰를 귀하게 간직하다. 출간의 기약은 없었으나 책 한 권의 역사가 시작되다.

2017년 11월. 1차 목록을 받은 편집자는 오래전 읽은 만화의 한 문구를 떠올리다. '왼손은 거들 뿐.' 역시 책을 이끄는 존재는 저자이며, 편집자는 '거들 뿐'임을 생각하다. 대상을 '동화'로 한정할지, 영화나 만화 등을 포함할지, 어린 시절에 읽은 책으로만 한정할지, 어른이 된 뒤에 읽은 것도 넣을지, 한국 작품의 비중을 어떻게 할지에 대해 의견을 주고 받다. 또다른 저자와는 모녀지간이기는 하나 편집자가 각각 연락하기로 하다. 동등하게 존중하되, 책임 역시 동등하

게 질 것을 전제하다. 50대인 저자는 글을 쓰기로 했으나, 20대의 저자는 무엇을 어떻게 담을지 정하지 못하다. 20대의 저자와 편집자 사이의 호칭은 위계를 반영한 직함 대신 이름에 '씨'를 붙이는 것으로 하다. 세대의 차를 의식하지 않을 수 없는 편집자는 이 저자와 소통을 무리없이 해낼 수 있는가를 은근히 염려하다.

2017년 12월. 목록을 두고 의논을 거듭하다. 결정한 것부터 집필을 시작하다. 저자는 "일주일에 한 꼭지씩, 속도가 붙으면 일주일에 두 꼭지씩 써보겠다", "생각 자체가 큰 즐거움"이라며 의욕을 불태우다.

2018년 1월. 목록의 수정 보완을 거듭하다. '초원의 집의 로라', '장화 홍련', '심청', '춘향', '토토로의 메이', '몽실언니', '원더우먼', '플랜더스의 개의 알로하', '헨젤과 그레텔의 그레텔', '백설공주', '신데렐라' 등이 거론되었으나 제외되다. 또 한 사람의 저자와 구성안을 의논하다. 소녀들에 관한 생각을 '시각적'으로 구현하되 '시각적 요소=사진 또는 그림'이 아님을 서로 확인하다. 우선 '하고 싶은 이야기'를 개념으로 정리하고, 그뒤에 어떻게 시각화할 것인가를 의논하기로 하다. 편집자는 책의 상을 떠올리기 시작하다.

2018년 3월. 원고는 아직 편집자에게 당도하지 못하다. 편집자는 출판사를 시작하기로 하고, 첫 책의 출간을 목전에 두었으며 이 책을 연내에 출간하고 싶다는 계획을 저자들에게 전하다.

2018년 6월. 저자가 첫번째 원고를 보내오다. 최초 원고는 '작은 아씨들의 조', '이상한 나라의 앨리스의 앨리스'였음을 여기에서 밝히다.

2018년 8월. 여름을 관통하며 원고가 편집자에게 당도하다. 목록의 '넣고 빼는 작업'은 이어지다. 또 다른 저자는 넘치는 에너지로 온 세상을 주유하다. 만날 때마다 머리색과 메이크업의 주조색이 달라지는 이 저자로 인해, 편집자는 '펄펄 뛰는'의 의미를 오랜만에 맛보다.

2018년 12월. 가을을 지나 겨울에 접어들며 약 80퍼센트의 원고가 편집자에게 당도하다. 한편으로 개념의 시각화를 둘러싼 또다른 저자의 의욕이 충만해지는 동시에 피로감 역시 높아지는 단계에 이르다. 목록을 확정하다. 애초 계획한 연내 출간에 대해서는 서로 언급하지 않게 되다.

2019년 1월. 인터넷 서점 알라딘의 '2019년 출간할 도서목록'에 포함되어, 이 책이 출간 예정임을 최초로 세상에 밝히다. 저자의 원고, 편집자의 의견, 저자의 수정 및 보완의 과정이 인터넷의 망을 타고 전개되다. 전체 원고를 완성하다. 본문 레이아웃 디자인을 의뢰하다. 20대의 의견이 궁금한 편집자는 20대의 외부 조력자 강소이에게 일독을 의뢰하다.

2019년 2월. 본문 레이아웃 시안이 순조롭게 정해지다. 저자와 편집자가 전체 원고를 몇 차례에 걸쳐 읽고 수정 및 보완을 거듭하다. 두 저자는 서로의 작업물을 전혀 공유하지 않았음으로, 편집자는 서로 같거나 다른 두 사람의 생각을 홀로 맛보는 즐거움을 누리다.

2019년 3월. 신간 홍보를 위해 인터넷 서점 알라딘 MD를 만나다. 정작 신간에 관한 이야기보다 곧 출간 예정인 이 책에 관해 이야기를 나누고, 출간 전 홍보를 위해 알라딘 '북펀드 프로그램' 참여를 의논하다. 책의 제목을 '우리가 사랑한 소녀들'이냐, '우리가 사랑했던 소녀들'이냐를 두고 고민하다. 한두 글자로 달라지는 미묘한 어감의 차이가 얼마나 의미가 있을까, 싶기도 했지만 쉽게 그 고민을 내려놓지 못하다. '우리가 사랑한 소녀들'로 결정하다.

2019년 4월. 본문의 초교지가 나오다. 두 저자가 서로의 작업물을 최초로 확인하다. 50대의 저자는 자신의 원고보다 20대 저자의 결과물을 먼저 살피고, 신기해하고, 재미있어 하다. 20대 저자는 자신의 영역에 더 채우고 싶은 것들에 대한 욕망과 해야 할 일에 대한 부담을 동시에 느끼다. 초교 및 저자 교정을 완료하다. 세 사람이 출판사에서 최초로 함께 모이다. 회의 후 20대의 저자는 다음 약속 시간까지 출판사 대청에 누워 시간을 보내다. 편집자는 이전에 볼 수 없던 저자 유형을 목도하다. 인터넷 서점 알라딘의 북펀드 대상 도서에 채택되다. 급박하게 표지의 시안을 준비하다. 저자의 이전 출간 도서 중 두 권은 여성 저자 네 명이 함께 쓴 것으로, 여성이 연대하여 지속적으로 결과물을 만들어내

고 있는 그 자체의 의미를 소중히 여긴 편집자는 그 세 분에게 추천사를 받았으면
한다는 의견을 전한다. 마침 이 책이 '소녀들'에 관한 책이어서 더할 수 없이 어
울리는 추천사가 아닐 수 없다는 말을 보태다. 세 분 모두에게 더할 수 없는 추
천사를 받다.

2019년 5월. 15일 인터넷 서점 알라딘의 북펀드 페이지가 열리다. 5월 31일
목표 금액 300만 원을 달성하다.

2019년 6월. 10일. 인터넷 서점 알라딘의 북펀드를 마감하다. 모두 236분이
참여하여 총액 3,643,000원에 도달하다. 참여해주신 분들의 이름을 여기에
남기다. 게재를 사양하신 분들의 이름은 제외하다. 동명이인의 경우 (A), (B)로
표시하다.

◇

저자 최현미, 노신회 그리고 도서출판 혜화1117은 출간 전 북펀드를 통
해 각별한 관심을 보여주신 모든 독자분들께 진심으로 감사의 마음을
전합니다. 이 책에 내밀어주신 따뜻한 손의 온기, 잊지 않고 귀하게 간직
하겠습니다.

강명희, 강민정, 강소영, 강예신, 고수현, 곽성숙, 곽은희, 권수현, 권승
현, 권주희, 금미향, 금성은, 기수희, 김구철, 김규랑, 김기혜, 김나은, 김
남연, 김다인, 김란영, 김리연, 김말숙, 김명숙, 김명현, 김미선(A), 김미
선(B), 김미희, 김민정, 김민주(A), 김민주(B), 김새진, 김서현, 김선옥, 김
선희, 김성란, 김성희, 김수현, 김승희, 김신호, 김용열, 김원정, 김유라,
김유미, 김윤하, 김은정, 김인영, 김재영, 김정진, 김종락, 김지현, 김진영
(A), 김진영(B), 김하나, 김한성, 김한효, 김해정, 김현진(A), 김현진(B),
김형원, 김혜리, 김혜숙, 김희영, 김희정, 남예린, 남유정, 남정원, 노성열,
노영숙, 단은정, 문수정, 문정희, 박경완, 박경일, 박대우, 박동미, 박미
진, 박서정, 박선경, 박세민, 박송이, 박수인, 박아영, 박영미, 박은영, 박

정희, 박종환, 박향기, 박희원, 배영은, 백경림, 백지연, 변춘선, 서민지, 서윤정, 서지원, 성기승, 신나은, 신보영, 신수경, 신수정, 신우영, 신진수, 심민경, 심하나, 안소영, 안진심, 양민경, 양성희, 양지수, 오승훈, 오하림, 오현경, 우순주, 유근하, 유성희, 유준상, 윤승희, 윤지영, 윤지원, 윤항식, 이나경, 이다인, 이동은, 이명진, 이미영, 이민경, 이성숙, 이소민, 이수경, 이수진, 이순정, 이연실, 이영학, 이윤경, 이의선, 이인, 이인희, 이정미, 이정아, 이지숙, 이지연, 이채영, 이태우, 이한나, 이한슬, 이향미, 이혜민, 이혜진, 임다은, 임정완, 장민정, 장아미, 장은수, 전보경, 정가을, 정경덕, 정구현, 정보배, 정은주(A), 정은주(B), 정주영, 정진아, 정희수, 조민주, 주하윤, 최문식, 최보라, 최선희, 최순영, 최원아, 최윤정, 최은숙, 최일근, 최정민, 최현원, 표근혜, 하지수, 한희정, 허금선, 허민선, 홍성윤, 홍혜정, 황한솔, 황현정(A), 황현정(B), Hwaju Park, Stephen Kisik Jeon

◇

표지 및 본문을 최종적으로 점검하다. 편집의 모든 작업이 끝나다. 13일. 인쇄 및 제작에 들어가다.

원고의 일독과 초교의 교정은 강소이가, 표지 및 본문 디자인은 김수연이, 제작 관리는 제이오에서(인쇄:민언프린텍, 제본:정문바인텍, 용지:표지 스노우250그램, 순백색, 본문 클라우드80그램), 기획 및 편집은 이현화가 맡다.

2019년 6월. 20일. 혜화1117의 여섯 번째 책, 『우리가 사랑한 소녀들』 초판 1쇄본이 출간되다. 출간 이후 기록은 2쇄 이후 추가하기로 하다.

우리가 사랑한 '어린 나'의 그녀들…….

도로시…. 앨리스…. 앤…. 삐삐…. 웬디….

조…. 인어공주…. 소나기의 소녀…. 사파

이어…. 나우시카…. 주디…. 사라…. 캔

디…. 루시와 샐리…. 헤르미온느…. 하이

디…. 그리고 지금 이 순간의 우리들…….

우리가 사랑한 소녀들

2019년 6월 20일 초판 1쇄 발행　　**지은이** 최현미·노신회
　　　　　　　　　　　　　　　　펴낸이 이현화
　　　　　　　　　　　　　　　　펴낸곳 혜화1117
　　　　　　　　　　　　　　　　출판등록 2018년 4월 5일 제2018-000042호
　　　　　　　　　　　　　　　　주소 (03068)서울시 종로구 혜화로11가길 17(명륜1가)
　　　　　　　　　　　　　　　　전화 02 733 9276 **팩스** 02 6280 9276
　　　　　　　　　　　　　　　　전자우편 ehyehwa1117@gmail.com
　　　　　　　　　　　　　　　　블로그 blog.naver.com/hyehwa11-17
　　　　　　　　　　　　　　　　페이스북 /ehyehwa1117 **인스타그램** /hyehwa1117

　　　　　　　　　　　　　　　　ⓒ 최현미 · 노신회

　　　　　　　　　　　　　　　　ISBN 979-11-963632-5-3　03810

이 도서의 국립중앙도서관 출판예정도서목록(CIP)은 서지정보유통지원시스템 홈페이지
(http://seoji.nl.go.kr)와 국가자료종합목록 구축시스템(http://kolis-net.nl.go.kr)에서
이용하실 수 있습니다. (CIP제어번호 : CIP2019022601)